Die Straße der fünf Monde

Im Econ & List Taschenbuch Verlag sind außerdem folgende Titel von Elizabeth Peters lieferbar:

Aus der Serie um Amelia Peabody
Der Fluch des Pharaonengrabes (TB 25096)
Verloren in der Wüstenstadt (TB 25098)
Die Schlange, das Krokodil und der Tod (TB 25099)
Im Schatten des Todes (TB 25145)
Der Mumienschrein (TB 25157)
Der Ring der Pharaonin (TB 25156)
Ein Rätsel für Ramses (TB 25217)

Aus anderen Serien
Ein todsicherer Bestseller (TB 25136)
Kreuzfahrt ins Ungewisse (TB 25221)
Der versunkene Schatz (TB 25220)
Der letzte Maskenball (TB 25198)

Zum Buch:

Die hervorragende Fälschung eines wertvollen Schmuckstücks und ein Zettel mit sonderbaren Zeichen sind die einzige Spur im neuesten Fall der Kunsthistorikerin Vicky Bliss. Die Polizei fand den Schmuck eingenäht in die Seitentasche des Mantels eines namenlosen Toten.

Schon bald zeigen die Ermittlungen der smarten Vicky den ersten Erfolg, und sie heftet sich an die Fersen eines Schmugglerrings, der hauptsächlich in Rom agiert. Neben einem geheimnisvollen Grafen, seiner schönen Geliebten und einem unheimlichen Geist trifft sie dort auch auf den attraktiven John, der ihr seine Hilfe – nicht nur in dem Fall – anbietet.

Zur Autorin:

Elizabeth Peters hat an der *University of Chicago* in Ägyptologie promoviert. Sie hat über 20 Krimis geschrieben und ebenso viele Thriller unter dem Pseudonym Barbara Michaels veröffentlicht. 1986 hat sie den *Antony Grand Master Award* und 1989 den *Agatha Award* gewonnen. Sie lebt in Chicago und in Frederick, Maryland.

Elizabeth Peters

Die Straße der fünf Monde

Roman

Aus dem Amerikanischen von Stefanie Mierswa

Econ & List Taschenbuch Verlag

Veröffentlicht im Econ & List Taschenbuch Verlag

Der Econ & List Taschenbuch Verlag
ist ein Unternehmen der Econ & List Verlagsgesellschaft

Published by arrangement with Warner Books, Inc., New York
Titel des amerikanischen Originals: Street of the Five Moons
Aus dem Amerikanischen übersetzt von Stefanie Mierswa
Umschlagkonzept: Büro Meyer & Schmidt, München – Jorge Schmidt
Umschlagrealisation: Init GmbH, Bielefeld
Titelabbildung: Tony Stone, Hamburg
Lektorat: Martina Sahler
Gesetzt aus der Caslon, Linotype
Satz: Josefine Urban – KompetenzCenter, Düsseldorf
Druck und Bindearbeiten: Ebner Ulm
Printed in Germany
ISBN 3-612-27555-0

Für Sara und Dave
und all die anderen Davidsons
in Liebe

Eins

Ich saß gerade am Schreibtisch und manikürte meine Fingernägel, als die Tür aufging und der Spion hereinschlich. Er trug einen dieser Trenchcoats mit allen möglichen Taschen, Patten und Schulterklappen. Er hatte den Kragen so weit hochgeschlagen, daß er fast die Krempe des bis über die Augenbrauen heruntergezogenen Hutes berührte. Seine rechte Hand steckte in der gewölbten Manteltasche.

»*Guten Morgen, Herr Professor*«, begrüßte ich ihn. »*Wie geht's?*«

Obwohl ich Amerikanerin bin, weiß ich natürlich, daß *wie geht's* kein ordentliches Deutsch ist. Es wird nur gern von Amerikanern benutzt, so wie Chop Suey. Eigentlich ist mein Deutsch hervorragend, aber Herr Professor Doktor Schmidt fand es ganz amüsant, daß ich mich umgangssprachlich ausdrückte. Er hat sowieso eine merkwürdige Art von Humor. Schmidt ist mein Chef im Nationalmuseum, und wenn er alle Sinne beieinander hat, ist er einer der besten Mittelalterforscher überhaupt. Gelegentlich scheinen jedoch einige seiner Sinne auszusetzen. Er ist ein verhinderter Romantiker. In Wirklichkeit möchte er ein Musketier sein, mit Stiefeln und einem Schwert, das so lang ist wie er selbst, oder ein Pirat oder – wie in diesem Fall – ein Spion.

Er nahm schwungvoll den Hut ab und warf mir einen verschmitzten Blick zu. Wenn ich ihn so sehe, könnte ich mich kringeln vor Lachen. Sein Gesicht bringt einfach keinen anderen Ausdruck zustande als ein breites, gutmütiges Weihnachtsmanngrinsen. Er versucht immer, nur eine Augenbraue zu heben, hat aber die Muskeln nicht unter Kontrolle, so daß beide nach oben gehen. Dann zwinkert er mit seinen blauen Augen und spitzt den Mund wie ein Cherub.

»*How goes it, babe?*« fragte er mit einem Akzent, der so überdeutlich war wie Goethes, wenn er Englisch gesprochen hätte – was durchaus sein könnte, soweit ich weiß. Aber das ist nicht mein Gebiet. Mein Fachbereich ist Europa im Mittelalter, Nebenfach Kunstgeschichte. Darin bin ich ziemlich gut. Jetzt kann ich ja zugeben, daß ich den Job im Münchner Museum durch ein gewisses Maß an – na, sagen wir höflichem Drängen bekommen habe. Professor Schmidt und ich hatten uns kennengelernt, als er gerade unter dem Einfluß eines seiner Alter ego stand – ein welterfahrener, gebildeter Gauner wie Arsene Lupin. Wir suchten beide nach einem verschwundenen Kunstobjekt, und einige der Aktivitäten des guten Doktors in dieser Hinsicht wären seinen Wissenschaftler-Kollegen sicher nicht ganz lupenrein vorgekommen. Nein, erpreßt habe ich ihn nicht – zumindest nicht ganz –, und jetzt, da ich den Job schon fast ein Jahr ausübte, war Schmidt der erste, der zugab, daß ich mein Geld wert war. Er hatte noch nicht mal etwas dagegen, daß ich während der Bürozeit an meinem Roman arbeitete, solange ich dringende Angelegenheiten zuerst erledigte. Und seien wir ehrlich – in der mittelalterlichen Geschichte gibt es nur wenig Fälle, in denen ein Wettlauf mit der Zeit vonnöten ist.

Professor Schmidts Blick fiel auf den Stapel Manuskriptseiten zu meiner Rechten.

»Wie geht's mit dem Buch voran?« erkundigte er sich. »Konnte die Heldin aus dem Bordell flüchten?«

»Es ist kein Bordell«, erklärte ich zum fünften oder sechsten Mal. Schmidt ist irgendwie besessen von Bordells – von literarischen, versteht sich. »Es ist ein Harem. Ein türkischer Harem, in der Alhambra.«

»Die Alhambra war nicht in . . .«

»Ich weiß, ich weiß. Aber der Leser wird es nicht wissen. Sie sind einfach zu sehr auf Authentizität bedacht, Herr Professor.

Deshalb können Sie auch keinen Schundroman schreiben, so wie ich. Obwohl ich im Moment nicht weiterkomme. Es gibt einfach schon zu viele Trivialromane über Türken und Harems. Ich versuche, die Begierde an sich herauszustellen. Das ist gar nicht so leicht.«

Professor Schmidt dachte über dieses Problem nach. Seine Vorstellung von Begierde an sich interessierte mich nicht unbedingt, deshalb sagte ich schnell: »Aber ich zerstreue Sie, Herr Professor. Weshalb wollten Sie mich sprechen?«

»Ach ja.« Schmidt setzte wieder seinen verschmitzten Blick auf. Er zog die Hand aus der Tasche.

Natürlich kam kein Revolver zum Vorschein. Ich hatte auch keinen erwartet. Statt dessen rechnete ich mit einem Apfel oder einer Handvoll Bonbons. Schmidts Schmerbauch ist auf seine unheilbare Naschsucht zurückzuführen. Doch als ich sah, was er hervorzog und mit seinen Wurstfingern vorsichtig umklammerte, verschlug es mir den Atem.

Lassen Sie sich dadurch nicht in die Irre führen. Dies ist nicht eins dieser Bücher, in denen die Heldin ständig loskreischt, in Ohnmacht fällt oder den Atem anhält. Ich falle nicht so schnell in Ohnmacht, und es gibt nicht viel, was mich wirklich überrascht. Das liegt nicht am Alter (ich bin immer noch auf der richtigen Seite der Dreißig), aber meine unvorteilhaften körperlichen Eigenheiten haben mir so manche Erfahrung beschert.

Ganz ehrlich, ich meine es vollkommen ernst, wenn ich meine Figur als unvorteilhaft bezeichne. Ich bin zu groß, fast ein Meter achtzig. Außerdem habe ich von meinen skandinavischen Vorfahren einen kräftigen, kurvenreichen Körper geerbt, dazu dunkelblaue Augen und dichtes, blondes Haar. Ich habe kein Übergewicht, also ist besagter Körper an den angeblich richtigen Stellen schlank. Was mich betrifft, so sind es die falschen Stellen. All ihr häßlichen Entlein da draußen, faßt euch ein Herz – ihr seid besser dran, als ihr denkt. Wenn euch die Leute mögen, dann mögen sie das, was eigentlich von Bedeutung ist; das, was auch noch da ist, wenn sich Falten und der Speck der mittleren Jahre breitgemacht haben – eure Intelligenz, eure Persönlichkeit und euer Sinn für Humor. Wenn die Leute mich sehen, glauben sie, sie hätten ein 3D-Playmate vor sich. Niemand nimmt mich ernst. Als ich noch jünger war, wollte ich immer klein und niedlich sein. Inzwischen wäre ich gern flachbrüstig und kurzsichtig. Das würde mich weitaus weniger Nerven kosten.

Tut mir leid wegen dieser Tirade. Aber es ist nicht leicht, die Leute davon zu überzeugen, daß man etwas im Kopf hat, wenn sie nur Kurven und wallendes Haar wahrnehmen. Ebenso schwierig ist es für eine Frau wie mich, einen Job zu bekommen. Intellektuelle Frauen mißtrauen mir auf Anhieb. Intellektuelle Männer unterscheiden sich nicht von anderen Männern. Sie stellen mich zwar ein, aber mit den gleichen Hintergedanken. Deshalb war ich auch so begeistert, als ich Professor Schmidt traf. Der Gute ist wirklich so unschuldig, wie er aussieht. Er hält mich für blitzgescheit. Wenn er ein Meter fünfundneunzig groß und dreißig Jahre jünger wäre, würde ich ihn auf der Stelle heiraten.

So stand er da in seiner Spionverkleidung, streckte die Hand aus und strahlte mich an. Der Gegenstand auf seinem Handteller glitzerte und funkelte, als ob auch er lachte.

Es war ein sehr schöner Anhänger aus Gold, reich verziert mit filigranen Spiralen und Blattformen. Zwei winzig kleine kniende Frauen aus Gold trugen die stabile Öse, die einmal eine Kette gehalten hatte. Der schwere Goldrand war mit grünen, roten und perlweißen Steinen in Filigranrahmen besetzt. In der Mitte saß ein riesiger, azurblauer Stein, der so durchscheinend war wie Wasser in einem Kristalldoma. Dieser hatte einen Einschluß im Innern, der aussah wie ein kleines, grob herausgearbeitetes Kreuz.

Ein ungeschulter Betrachter hätte diese Steine für unregelmäßige, grobgeschliffene Glasklötze halten können. Aber zum Glück bin ich kein ungeschulter Betrachter.

»Der Talisman von Karl dem Großen«, stellte ich fest. »Hey, Schmidt, alter Junge, legen Sie ihn lieber wieder zurück. Sie können sowieso nicht damit entkommen. Irgend jemand wird bemerken, daß er weg ist.«

»Sie glauben, ich habe ihn gestohlen?« Schmidts Grinsen wurde noch breiter. »Aber wie habe ich ihn aus dem Glaskasten nehmen können, ohne die Alarmanlage auszulösen?«

Das war eine gute Frage. Das Museum besitzt eine prachtvolle Sammlung antiker Schmuckstücke, die in einem extra dafür angefertigten Ausstellungsraum aufbewahrt wird – ein einziger riesiger Tresor. Er ist nachts verschlossen und wird am Tag ständig von drei Wärtern bewacht. Die Alarmanlage ist so feinfühlig, daß die Sirene schon schrillt, wenn man vor einem der Kästen nur zu heftig atmet. Obwohl Schmidt einer der Museumsdirektoren war, hatte weder er noch jemand anders die Befugnis, eins der historischen Schmuckstücke aus dem Ausstellungskasten zu nehmen, ohne von zwei anderen hohen Tieren des Museums und einer Armee von Sicherheitsleuten begleitet zu werden.

»Ich geb's auf«, sagte ich. »Ich habe keine Ahnung, wie Sie ihn herausbekommen haben, aber legen Sie ihn um Himmels willen zurück. Sie haben wegen Ihrer seltsamen Art von Humor schon öfter Schwierigkeiten bekommen, und wenn das jetzt rauskommt...«

»No, no.« Er schüttelte reumütig den Kopf und wurde ernst, als er sah, daß ich mir wirklich Sorgen machte. »Ich habe ihn nicht aus dem Glaskasten genommen. Er stammt überhaupt nicht aus dem Museum. Er wurde gestern abend in der Jackentasche eines Toten gefunden, und zwar in einer Gasse in der Nähe des ›Alten Peter‹.«

Mein Gehirn war mit diesen neuen Informationen einige Sekunden lang beschäftigt.

»Dann ist dies nicht die echte Brosche«, stellte ich fest.

»But no. Wie könnte sie auch? Ich versichere Ihnen, daß uns

ein Diebstahl des echten Talismans nicht entgangen wäre. Es ist eine Fälschung. Aber was für eine, *dear Vicky*!«

Ich nahm den Anhänger aus seiner Hand. Obwohl ich wußte, daß es sich nicht um den echten handelte, berührte ich ihn behutsam und achtungsvoll. Je genauer ich ihn untersuchte, desto mehr wuchs mein Erstaunen. Ich mußte Schmidt einfach glauben, daß dies nicht der echte Talisman war, aber er sah zweifellos gut aus, selbst für mein geschultes Auge.

Die Goldschmiedearbeit war hervorragend, jeder winzige Filigranfaden war mit meisterhaftem Geschick geformt und angebracht worden. Und was die Steine betraf, so hätte selbst ein Experte ohne die komplizierten Gerätschaften seines Metiers nicht mit Sicherheit sagen können, ob es sich um Fälschungen handelte. Der Originalanhänger stammt aus dem neunten Jahrhundert, als moderne Techniken der Edelsteinfacettierung noch lange nicht entwickelt waren. Die Rubine, Smaragde und Perlen auf dem Goldrand waren grob poliert und rundgeschliffen – »Cabochon« lautet der Fachausdruck. Die einzigen Edelsteine, die heute in diesem antiken Stil geschliffen werden, sind Sternrubine und Sternsaphire. Die gewölbte Form bringt die sternförmige Lichtbrechung im Innern gut zur Geltung. Der im Cabochon-Stil geschliffene Saphir in der Mitte dieses Anhängers schimmerte sanft, glühte jedoch nicht mit dem Feuer eines facettierten Steins. Ich wußte, daß ich nicht einen, sondern zwei Saphire vor mir hatte, die jeweils mit der Rückseite zueinander lagen, und daß der Einschluß in der Mitte kein »Stern« oder ein natürlicher Makel war, sondern ein Splitter des echten Kreuzes Christi, welcher das Schmuckstück zu einem äußerst kostbaren Reliquiar oder eben einem Talisman machte.

»Könnte mich echt täuschen«, sagte ich und legte den Anhänger auf meine Schreibtischkladde. »Kommen Sie schon, Schmidt, sagen Sie's mir. Wer war dieser Typ, in dessen Tasche der Anhänger gefunden wurde?«

»Ein Penner«, entgegnete Schmidt und winkte ab.

»Ein was?«

»Ein Penner, ein Landstreicher, ein Trinker«, wiederholte er ungeduldig.

»Ach so.«

»Er hatte kein Geld, keinen Ausweis und keinerlei Papiere bei sich. Nur das hier war in eine versteckte Tasche seines Anzugs eingenäht.«

»Wie ist er gestorben?«

»Nicht durch Gewalteinwirkung«, sagte Schmidt offensichtlich enttäuscht. »Er hatte keine Wunden. Vielleicht durch Gift oder Drogen, Heroin – *horses* sagt man wohl. Oder billigen Fusel, *hooch*, oder ...«

»Lassen Sie's gut sein«, unterbrach ich ihn. Wenn Schmidt erst mal zu spekulieren anfängt und dann auch noch vermeintliche amerikanische Slangausdrücke benutzt, ist er kaum noch zu stoppen. »Wirklich, Schmidt, das ist ja faszinierend. Ich nehme an, die Polizei hat Sie benachrichtigt. Woher wußten sie denn, daß dies eine Fälschung eines unserer Stücke ist?«

»Sie dachten, es *sei* unser Schmuckstück«, entgegnete Schmidt. »Sie sind schon kultiviert, unsere Polizisten. Einer von ihnen besucht häufig das Museum und hat das Stück wiedererkannt. Heute morgen mußte ich dann aufs Präsidium.«

»Sie haben bestimmt einen Schock bekommen, als Sie ihn gesehen haben«, sagte ich mitfühlend. »Mit Ihrem schwachem Herzen und so.«

Schmidt verdrehte dramatisch die Augen und faßte sich an die Brust.

»Das war ein schrecklicher Moment! Mir war natürlich klar, daß es nicht unser Anhänger sein konnte, aber war dieser hier nun der falsche oder derjenige in unserer Schatzkammer? Bis unsere Experten beide untersucht hatten, bin ich tausend Tode gestorben.«

»Ich könnte mich trotzdem davon täuschen lassen. Sind Sie sich ganz sicher?«

»Sagen Sie so was nicht, nicht mal im Scherz! Nein, dies hier ist die Fälschung. Aber was für eine! Das Gold ist echt. Die Steine sind nicht aus Glas, sondern aus modernem Kunststoff. Sie haben sicherlich von diesen imitierten Rubinen, Smaragden und Saphiren gehört? Einige sind solch exzellente Nachahmungen, daß man nur mit Hilfe ausgeklügeltster Instrumente feststellen kann, daß sie nicht echt sind. Und die Qualität dieses...«

»Ich verstehe nicht, warum Sie so aufgeregt sind«, sagte ich, denn er tupfte sich den kahlen Kopf ab, und seine babyblauen Augen waren vor Kummer ganz klein. »Irgendein exzentrischer Sammler wollte anscheinend eine Nachbildung des Anhängers von Karl dem Großen. Eine gute Nachbildung, nicht einen dieser Abgüsse, die die Museen heutzutage verkaufen. Die Verwendung von echtem Gold ist vielleicht etwas sonderbar, aber der Rahmen ist hohl. Und ich glaube kaum, daß das benutzte Edelmetall mehr als ein paar hundert Dollar wert ist. Also was ist das Problem?«

»Und ich dachte, Sie würden es verstehen!« Schmidt starrte mich an. »Sie sind doch eine gescheite Frau. Aber Juwelen sind natürlich nicht Ihr Spezialgebiet. Solche Schwierigkeiten, solche Kosten auf sich zu nehmen, um ein Schmuckstück wie dieses zu kopieren... Es gibt nur ein paar Goldschmiede auf der Welt, die zu einer solchen Arbeit fähig sind. Sie haben es nicht nötig, von Fälschungen zu leben. Sie ist... zu billig und gleichzeitig zu kostspielig, diese Kopie. Verstehen Sie?«

Als er es mir so erklärte, verstand ich es. Ich nickte nachdenklich und schaute mir das entzückende Ding auf dem Schreibtisch genauer an.

Die meisten Frauen haben eine Schwäche für Juwelen. Der einzige Grund, weshalb Männer sie nicht haben, ist, weil es aus der Mode gekommen ist. In früheren Jahrhunderten trugen Männer ebensoviel Schmuck mit ebensoviel Eitelkeit wie Frauen. Ich konnte es nachvollziehen, wenn jemand eine Nachbildung des Talismans nur besitzen wollte, um sie als Schmuck zu verwenden. Ich selbst hätte auch gern eine getragen. Aber wer immer eine Kopie nur so zum Spaß wollte, würde sich nicht die Mühe machen, ein dermaßen teures Material zu verwenden, und auch nicht einem solch begabten Goldschmied die notwendige, extrem hohe Geldsumme bezahlen. Außerdem gab es da noch einen weiteren Punkt, den Schmidt gar nicht erwähnt hatte: Um das Schmuckstück mit einer solchen Präzision nachzubilden, müßte sich ein Designer jedes noch so kleine Detail des Originals genau ansehen. Niemand hatte bei der Museumsleitung um Erlaubnis gebeten, dies tun zu dürfen, ansonsten hätte Schmidt darüber Bescheid gewußt. Folglich mußte jemand viele Stunden damit zugebracht haben, Fotografien und Beschreibungen zu studieren, vielleicht sogar das Museum zu besuchen. Warum hätte er all dies heimlich tun sollen, wenn er einen ehrlichen Zweck verfolgte?

»Sie glauben, eine Gangsterbande plant einen Raub«, sagte ich. »Daß die echten Schmuckstücke durch Nachbildungen ersetzt werden sollen.«

»Diese Möglichkeit müssen wir in Betracht ziehen«, antwortete Schmidt. »Wir können ein solches Vorhaben nicht ausschließen.«

»Ja, natürlich. Sie haben recht. Ich habe schon Filme darüber gesehen...«

»Das passiert leider nicht nur im Fernsehen«, sagte Schmidt düster und wischte sich mit dem Taschentuch über die Stirn. »Das Problem perfekter Fälschungen haben wir von jeher. Als die Menschen anfingen, schöne Dinge zu sammeln, zu Hause oder in Museen, begannen auch die Betrüger und Fälscher ihr schändliches Werk. Vicky, wir müssen die Sache klären. Wir müssen sicher sein. Wenn es eine harmlose Erklärung gibt – okay. Aber wenn nicht, dann ist für jedes Museum, für jeden Sammler auf der Welt ein solch geschickter Kunsthandwerker eine Gefahr. Mal angenommen, daß so ein Austausch durchgeführt wird. Dann brauchen wir möglicherweise Jahre, um herauszufinden, daß unser Objekt nicht das echte ist. Eine Kopie, die so gut ist wie diese, erfordert mehr als einen flüchtigen Blick.«

»Das stimmt.« Ich berührte den Saphir in der Mitte des Anhängers mit dem Finger. Er fühlte sich kühl und glatt an. Es fiel mir schwer zu glauben, daß dieses Ding nicht echt war. »Was werden wir also unternehmen?«

»Nicht wir. Sie.« Schmidts rosiges Gesicht drückte wieder seine übliche gute Laune aus. »Die Polizei hat natürlich schon die Ermittlungen aufgenommen. Aber sie sind in einem *dead stop* gelandet – heißt das ›Sackgasse‹ auf englisch?«

»Sie meinen *dead end.*«

»Ach so, ja ja. Der Tote, bei dem der Anhänger gefunden wurde, ist nicht identifiziert. Seine Beschreibung und seine Fingerabdrücke sind Interpol nicht bekannt. Unsere Polizei ist wirklich großartig, aber ihr Handlungsspielraum ist begrenzt. Also wende ich mich an die Lady, deren Fachkenntnis und Phantasie dem großen englischen Sherlock Holmes gleichkommen. Ich wende mich an meine Vicky! Finden Sie diesen Mann für mich, diesen unbekannten Schöpfer herrlicher Nachbildungen. Sie haben so etwas schließlich schon mal gemacht.«

Seine blauen Augen glühten wie der Cabochon-Stein in dem Talisman.

Bescheidenheit gehört nicht unbedingt zu meinen Tugenden, aber diese naive Bitte machte mich untypischerweise verlegen. Sicher, ich hatte schon einmal mäßigen Erfolg als eine Art geschichtsbewanderter Detektiv gehabt, allerdings nur deshalb, weil die Lösung des Falles von einem gewissen Maß an Spezialwissen abhing, welches ich zufällig besaß. Ich bin Historikerin, keine Kriminologin, und wenn es sich hierbei um einen Fall von Kunstfälschung im großen Stil handelte, wären die Fähigkeiten der letztgenannten wahrscheinlich hilfreicher als die der ersten.

Na ja ... Wieder wurde mein Blick auf den riesigen, mattblau schimmernden Saphir gelenkt. Eine Fälschung? Er sah so erschreckend echt aus. Dieser Stein hatte etwas Hypnotisches an sich, ebenso die Bitte, die Schmidt an mich gerichtet hatte. Meine Arbeit im Museum war zwar angenehm, aber ziemlich langweilig. Selbst mit meinem pornographischen Roman kam ich nicht von der Stelle. Und wir hatten Mai, den Monat, in dem Gefühle meistens die Vernunft besiegen.

»Nun«, sagte ich. Ich lehnte mich in meinem Stuhl zurück und legte die Fingerkuppen aneinander. (An welchen literarischen Detektiv erinnerte mich diese Geste? An Sherlock Holmes? Schmidt stellte einen prima Watson dar.) »Nun, Wat- äh, ich meine Schmidt, ich bin geneigt, diesen Fall zu übernehmen.«

II

Der Polizeibeamte ähnelte Eric von Stroheim, den ich in der »Late, Late Show« zu Hause in Cleveland gesehen hatte, nur trug er kein Monokel. Wahrscheinlich sind sie aus der Mode. Immerhin küßte er meine Hand. Ich lasse mir gerne die Hand küssen. Ich verstehe überhaupt nicht, warum amerikanische Männer das nicht auch tun, denn damit kann man selbst Feministinnen wie mich für sich einnehmen.

Ich hatte nicht erwartet, daß man mir die Hand küßt, dafür aber etwas mehr Interesse. Normalerweise stehen die Leute ja auf Blondinen. Ich trug einen engen Pullover und einen Rock, dazu das Haar lose über die Schultern. Es war mir egal, was Herr Feder über meine Intelligenz dachte, ich wollte nur soviel Information wie möglich aus ihm herausbekommen.

Allerdings konnte er mir nicht viel sagen. Die üblichen Ermittlungen hatten nichts ergeben. Der Tote war der Polizei einfach nicht bekannt.

»Das muß nicht bedeuten, daß er kein Krimineller ist«, erklärte Feder und rieb an seinen dichten, grauen Augenbrauen. »Es bedeutet nur, daß er uns oder Interpol nicht bekannt ist. Er könnte auch in irgendeinem anderen Land schon einmal verhaftet worden sein.«

»Haben Sie es in den Staaten versucht?« fragte ich, lehnte mich in meinem Stuhl zurück und holte tief Luft.

»Wie bitte?« Feders Blick richtete sich nur zögernd wieder auf mein Gesicht. »Ach – *verzeihen Sie, Fräulein Doktor*... Nein, das haben wir nicht. Schließlich hat der Mann kein Verbrechen begangen – außer zu sterben.«

»Die Museumsleitung ist ziemlich besorgt.«

»Ja, ich weiß. Und dennoch, *Fräulein Doktor*, gibt es wirklich einen Anlaß zu einem konkreten Verdacht? Wie alle Polizeidienststellen heutzutage sind auch wir hoffnungslos überlastet. Wir haben genug damit zu tun, Verbrechen aufzuklären, die wirklich begangen wurden. Wieso sollten wir Zeit und Geld in eine vage Theorie investieren? Wenn das Museum auf eigene Faust recherchieren möchte, garantieren wir unsere vollste Unterstützung, aber ich sehe nicht ganz... das heißt, ich möchte keinesfalls Ihre Urteilskraft anzweifeln, *Fräulein Doktor*, aber...«

»Oh, ich habe nicht vor, irgendwelche Verbrecher in dunklen Gassen zu verfolgen«, entgegnete ich. Bei dieser Vorstellung mußten wir beide herzlich lachen. Herr Feder hatte große, weiße, gleichmäßige Zähne. »Aber«, fuhr ich fort, »der Fall hat mich neugierig gemacht. Ich wollte sowieso gerade Urlaub nehmen, und Herr Professor Schmidt meinte, ich könnte einigen Hinweisen in eigener Sache nachgehen. Vielleicht kann ich ja etwas herausfinden. Ob ich wohl... ich würde mir gern die Leiche ansehen.«

Ich weiß nicht, wie ich auf diese Idee kam. Ich bin zwar nicht zimperlich, aber auch nicht gerade ein Fan von Leichen. Mir fiel nur einfach nichts Besseres ein. Ich hatte keinen anderen Hinweis.

Als ich in dem weißen, sauberen, sterilen Raum des Münchner Leichenschauhauses stand, bereute ich meinen forschen Vorschlag schon wieder. Es war der Geruch, der mir zusetzte: der Gestank von Karbolsäure, der einen anderen, intensiveren Geruch nicht völlig übertünchte. Als das Laken aufgedeckt wurde und ich in das starre, leblose Gesicht blickte, fühlte ich mich nicht allzu gut. Wahrscheinlich erinnerte es mich an meine eigene Sterblichkeit. Ansonsten hatte das Gesicht nichts Grausiges an sich.

Der Mann war mittleren Alters gewesen, obgleich die Gesichtszüge nun durch den Tod weicher und weniger ausgeprägt schienen. Er hatte buschige, schwarze Augenbrauen und dichtes, graumeliertes, schwarzes Haar. Er war braungebrannt oder von Natur aus dunkelhäutig. Seine Lippen wirkten ungewöhnlich groß und voll. Die Augen waren geschlossen.

»Danke«, murmelte ich und wandte mich ab.

Auf dem Weg zu seinem Büro bot Feder mir ein Glas Brandy an. So aufgewühlt hatte mich der Anblick zwar nicht, aber ich wollte nicht seinen Glauben an die Zartheit des schwachen Geschlechts erschüttern. Außerdem mag ich Brandy.

»Er sieht aus wie ein Latino«, bemerkte ich und nippte an meinem Glas. Kein schlechtes Zeug.

»Ja, Sie haben recht.« Feder lehnte sich zurück und balancierte das Glas zwischen seinen überraschend grazilen Fingern. »Vielleicht ein Spanier oder Italiener. Schade, daß wir ihn nicht identifizieren konnten.«

»Das scheint doch verdächtig zu sein.«

»Nicht unbedingt. Der Mann lag schon seit Stunden in dieser Gasse, wer weiß, wie lang. Möglich, daß ihn irgendein Gelegenheitsdieb ausgeraubt hat. Falls er eine Brieftasche oder einen Geldbeutel bei sich trug, hat sie jemand des Geldes wegen gestohlen. Die Papiere hätte er natürlich in dieser Brieftasche aufbewahrt. Und ein gültiger Personalausweis kommt den Kriminellen immer gelegen.«

»Ja, natürlich«, stimmte ich zu. »Ein Dieb hätte das Schmuckstück übersehen, da es in seine Kleidung eingenäht war.«

»Das nehmen wir an. Er hatte noch ein paar Kleinigkeiten in den Taschen; Dinge, mit denen sich ein Dieb nicht aufhalten würde. Ein Taschentuch, Schlüssel . . .«

»Schlüssel? Schlüssel zu was?«

Feder zuckte demonstrativ mit den Schultern.

»Woher sollen wir das wissen, *Fräulein Doktor*? Es waren keine Autoschlüssel. Wenn er eine Wohnung hat, Gott weiß, wo sie ist. Wir haben bei den Hotels der Stadt nachgeforscht, allerdings ohne Erfolg. Möglicherweise ist er aber auch erst gestern in München angekommen und hat sich noch kein Hotelzimmer genommen. Möchten Sie den Inhalt seiner Taschen sehen?«

»Das sollte ich wohl«, antwortete ich mißmutig.

Nicht, daß ich mir etwas davon versprach. Ich wollte nur keinen möglichen Anhaltspunkt übersehen. Ich konnte schließlich nicht wissen, daß sich in dieser armseligen Sammlung der entscheidende Hinweis verbarg.

Es war ein zusammengefaltetes Stückchen Papier. Es gab noch einige weitere Schnipsel, Quittungen irgendwelcher Geschäfte über kleinere Summen, keine über zehn Mark. Aber dieser spezielle Papierfetzen war keine Quittung, sondern eine Seite, die aus einem billigen Notizbuch herausgerissen worden war. Darauf stand die Zahl Siebenunddreißig – die Sieben mit dem Querstrich, den Europäer benutzen, um sie von der Eins zu unterscheiden – sowie ein paar seltsame Zeichen, die abgeschnittenen Fingernägeln ähnelten. Sie sahen aus wie folgt:

Ich saß da und starrte diese geheimnisvollen Hieroglyphen an, bis Herrn Feders Stimme meine fruchtlosen Überlegungen unterbrach.

»Eine Art Puzzle«, stellte er beiläufig fest. »Ich sehe keinen Sinn darin. Außerdem gibt es verschlüsselte Botschaften doch nur in Kriminalromanen, oder etwa nicht?«

»Wie wahr, wie wahr«, sagte ich.

Herr Feder lachte. »Vielleicht ist es die Adresse seiner Maniküre.«

»Waren seine Fingernägel manikürt?« fragte ich eifrig.

»Aber nein, ganz und gar nicht.« Herr Feder sah mich vorwurfsvoll an. »Ich habe mir nur einen kleinen Scherz erlaubt, *Fräulein Doktor.*«

»Oh.« Ich kicherte. »Die Adresse seiner Maniküre ... Sehr geistreich, Herr Feder.«

Ich hätte ihn nicht ermutigen sollen. Er lud mich zum Abendessen ein und – als ich sagte, ich sei zu beschäftigt – zum Mittagessen am nächsten Tag. Also erzählte ich ihm, ich würde die Stadt verlassen. Normalerweise gehe ich mit solchen Angelegenheiten etwas subtiler um, aber ich wollte ihn nicht vollends entmutigen. Wer weiß, vielleicht konnte ich seine Hilfe noch brauchen, wenn der Fall eine überraschende Wendung nehmen würde. Obwohl zu diesem Zeitpunkt von einem Fall gar keine Rede sein konnte, geschweige denn von einer Wendung.

Es war ein wundervoller Frühlingstag, etwas kühl, aber der Himmel war blau und klar, mit dicken, weißen Wolken, die die Form der Zwiebelkuppeln der Frauenkirche nachahmten. Ich hätte wieder an die Arbeit gehen sollen – ich mußte ein paar Kleinigkeiten regeln, falls ich wirklich Sherlock Holmes spielen sollte –, aber was hatte es für einen Sinn, etwas zu regeln, wenn ich nicht wußte, wohin ich mich wenden sollte. Und ich konnte Professor Schmidt nicht unter die Augen treten. Er erwartete sicher, daß ich nach meinem Besuch bei der Polizei alle möglichen tollen Spuren verfolgte.

Ich spazierte in Richtung ›Alter Peter‹ und lief eine Zeitlang in den angrenzenden Straßen herum. Eigentlich war es reine Zeitverschwendung. Ich wußte nicht, in welcher der schmalen

Gassen in der Umgebung die Leiche gefunden worden war. Und selbst wenn, was hätte es gebracht, mir die leere Stelle anzusehen? Die Polizei hatte die Gegend vermutlich gründlich untersucht.

Ich ging über den Viktualienmarkt und sah mir die Buden mit frischem Obst und Gemüse und die wundervollen Blumenstände an. An diesem Morgen gab es eine farbenprächtige Palette bunter Frühlingsblumen – gelbe Narzissensträuße und eine Fülle von Flieder und Hyazinthen in Rosa und sattem Blau verströmten einen süßlichen Duft. Schließlich gelangte ich in die Kaufingerstraße, eine meiner Lieblingsstraßen, weil ich so gerne Schaufensterbummel mache. Dabei gibt man wenigstens kein Geld aus. Ich betrachtete interessiert die Auslagen, doch beim Weitergehen fiel mein Blick auf etwas auf der anderen Straßenseite.

Es war nur ein Reklameschild für die Lufthansa. »Rom!« stand da über einem riesigen Foto der Spanischen Treppe, die von Körben mit rosafarbenen und weißen Azaleen gesäumt war. »Rom sehen und leben! Sechs Flüge jeden Tag.«

Alle Puzzleteile fügten sich plötzlich zusammen, so wie es manchmal geschieht, wenn man sie eine Weile liegenläßt. Die dunkle Gesichtsfarbe und das südländische Aussehen des Toten; Herr Feders nicht ernst gemeinter Vorschlag, daß die geheime Botschaft eine Adresse bezeichnen könnte; all die Antiquitäten, Kostbarkeiten und Juwelen, die die ganze Angelegenheit so bedeutsam machten.

Ich hatte schon daran gedacht, meinen Urlaub in Rom zu verbringen, und mich gefragt, woher ich das Geld nehmen sollte. Es gab eine ganz bestimmte Gegend, die ich in aller Ruhe erkunden wollte – in der Nähe des Tiber, wo Berninis windumwehte Engel die Brücke bewachen, die zur Engelsburg führt. Eine Gegend mit engen, gewundenen Gäßchen und hohen, bedrohlich wirkenden Häusern. Die Via dei Coronari ist das Paradies der Antiquitätenliebhaber. Und nicht weit entfernt von der Via dei Coronari befindet sich eine Straße mit dem Namen Via delle Cinque Lune – die Straße der fünf Monde.

Es war nur so ein Gefühl. Ich konnte es noch nicht einmal eine Theorie nennen. Aber die fünf gekrümmten Zeichen könnten tatsächlich Mondsicheln darstellen; und sicherlich war es mehr als ein Zufall, daß ausgerechnet dieser Teil von Rom auf Antiquitäten besonders kostbarer Art spezialisiert war.

Auf jeden Fall konnte es nicht schaden, sich die Nummer 37 der Via delle Cinque Lune mal anzuschauen. Ich drehte mich um, ging zum Museum zurück und plante einen kleinen Diebstahl.

Wenn ich mich anstrenge, kann ich eine ganz gute Rednerin sein. Wobei Professor Schmidt allerdings auch ungewöhnlich gutgläubig ist. Manchmal mache ich mir wirklich Sorgen um ihn. Zum Glück ist er bei anderen Leuten vorsichtiger als bei mir. Er hielt meine Interpretation der geheimnisvollen Zeichen für absolut spitze. »Aber natürlich«, rief er aus, nachdem ich es ihm erklärt hatte. »Genau das ist es! Was könnte es sonst bedeuten?«

Na ja, ich konnte mir ein Dutzend anderer Möglichkeiten vorstellen. Komisch, daß Schmidt, der in seinem eigenen Fachgebiet so ein messerscharfer Analytiker ist, nicht den Unterschied zwischen einer Tatsache und einer vagen Theorie erkennen kann, sobald es um etwas anderes als mittelalterliche Geschichte geht. Aber vermutlich sind viele Experten so. Der Himmel weiß, daß sie ebenso oft auf Spiritisten und Hochstapler hereinfallen wie Leute mit weniger Verstand.

Also bekam ich ab sofort Urlaub und dazu ein nettes kleines Spesenkonto. Ich hatte keine Ahnung, wie Schmidt diese Ausgaben vor seinen Kollegen rechtfertigen wollte, aber das war schließlich nicht mein Problem. Ich löste den Scheck ein, den er mir gab, rief am Flughafen an, buchte einen Flug und eilte dann nach Hause, um zu packen. Mein Reisepaß war in Ordnung, also mußte ich mir nur noch überlegen, wo ich in Rom wohnen wollte.

Ich brauchte nicht lange zu überlegen. Leute, die eine Spesenabrechnung machen, übernachten nicht in Pensionen oder Jugendherbergen. Das sah nicht gut aus. Ich hielt es für meine Pflicht gegenüber meinem Arbeitgeber, ein Zimmer im teuersten Hotel der Stadt zu buchen.

III

Vielleicht gibt es schönere Städte als Rom an einem strahlenden Maimorgen, aber ich glaube nicht, daß sie mich jemals so faszinieren werden. Die Spanische Treppe sah aus wie auf dem Werbeplakat in München; die unzähligen Blumen an den Seiten wirkten wie ein rosa-weißer Wasserfall. Die Touristen verdarben den Anblick natürlich ein wenig – der Künstler hatte sie auf dem Plakat wohlweislich weggelassen –, aber mich störten sie nicht. Sie verliehen der Szene eine Art unbekümmerte Respektlosigkeit, die so typisch ist für Rom. »Eklektisch« ist der passende Ausdruck für diese Stadt. Von jedem ist ein bißchen da: üppigverschwenderische, barocke Springbrunnen neben reliefverzierten Säulen aus der Kaiserzeit; ein modernes Stadion mit lauter Stahlträgern und Beton neben einer gewundenen, dunklen Straße, in der sich Raffael sicher zu Hause gefühlt hätte. Wie ein weites, grünes Band zwischen all dem wirken die Bäume und Pflanzen: Schirmtannen und Zypressen, Palmen, Stechpalmen und Oleander; lachsfarbene Geranien und blaue Bleiwurz, die Balkone und Dachterrassen schmücken.

Zum Mittagessen war es noch zu früh, deshalb ließ ich mich in einem Straßencafé nieder, bestellte Campari mit Soda und beobachtete die vorbeiziehenden Menschenmengen.

Ich saß gerade eine Minute, als sich ein gutaussehender junger Mann zu mir setzte, mich anlächelte wie ein Engel von Fra Angelico und mir ein äußerst unanständiges Angebot auf italienisch machte.

Ich lächelte zurück und machte ein ebenso unanständiges Angebot in gleichfalls fließendem Italienisch, allerdings mit einer besseren Aussprache. (Der römische Akzent klingt grauenhaft; die übrigen Italiener machen sich häufig darüber lustig.)

Der Gesichtsausdruck des Jungen wirkte absolut grotesk. Er hatte damit gerechnet, daß ich nur sein zuckersüßes Lächeln verstehen würde. Ich erklärte ihm, daß ich auf meinen Freund wartete, der ein Meter achtundneunzig groß und ein Profifußballer sei.

Der Junge verschwand. Ich schlug meinen Reiseführer auf und gab vor zu lesen. In Wirklichkeit sah ich mir den Stadtplan an und dachte über mein weiteres Vorgehen nach.

In Süditalien sind die Geschäfte zwischen zwölf Uhr mittags und vier Uhr nachmittags geschlossen. Dann öffnen sie wieder und haben auf bis abends um sieben oder acht. Während dieser süßen Abendstunden, wenn die Hitze des Tages langsam schwindet und die Schatten länger werden, sind die Straßen voller Menschen. Ich hatte noch genügend Zeit, mir die Via delle Cinque Lune und vor allem die Nummer 37 auf subtile, unauffällige Weise anzusehen.

Während ich meinen Weg fortsetzte, fiel mir ein, daß ein bestimmter Aspekt dieses Plans nicht so einfach sein würde, wie ich es mir vorgestellt hatte. Genaugenommen bin ich nämlich nicht unauffällig. Vor allem bin ich einen halben Kopf größer als die meisten – männlichen und weiblichen – Römer; aus dieser Masse kleiner, dunkler Menschen ragte ich heraus wie ein wandelnder Obelisk. Mir wurde mehr und mehr bewußt, daß ich irgendeine Verkleidung brauchte.

Ich empfand mich als noch auffälliger, nachdem ich die Via del Corso überquert hatte und in das wirre Netz kleiner Gäßchen um das Pantheon und die Piazza Navona herum eingetaucht war. Hier gibt es keine Bürgersteige, außer auf den großen Hauptverkehrsstraßen und Corsos. Die Häuserfassaden reichen bis ans Straßenpflaster, das an einigen Stellen so schmal ist, daß die Fußgänger sich flach gegen eine Häuserwand drücken müssen, um einen Fiat vorbeizulassen. Auf jeder noch so winzigen Piazza finden sich ein oder zwei Cafés, deren Tische und Stühle nur unzulänglich durch große Topfpflanzen vom Verkehr geschützt werden.

Ich schlenderte die Via dei Coronari entlang und spähte in die Schaufenster. Man konnte die ausgestellten Waren nicht besonders gut erkennen, denn es waren keine hellerleuchteten Spiegelglasfenster wie in amerikanischen Geschäften. Doch die dunklen, staubigen Innenräume dieser Läden hielten so manchen Schatz bereit. Eine wurmstichige, aber auf seltsame Art betörende Heiligenfigur aus Holz, die wohl aus einer ausgeplünderten Kirche stammte und größer war als ein Mensch; zwei riesige Armleuchter aus vergoldetem Silber; Meißner Porzellan; körperlose, vergoldete Barockcherubinen; ein trübes, rissiges Triptychon mit Szenen aus dem Leben irgendeiner jungfräulichen Heiligen...

Wenn ich nicht danach gesucht hätte, wäre ich an der Via delle Cinque Lune vorbeigelaufen. In diesen Durchgang hätte selbst ein Fiat nur zusammengequetscht hineingepaßt, doch die Läden zur Rechten und zur Linken sahen noch dunkler und teurer aus als die auf der Via dei Coronari. In einem der Schaufenster entdeckte ich ein besticktes chinesisches Festgewand, das ich mir genauer ansah. Ein verborgenes Licht brachte die schimmernden Goldfäden zur Geltung, die die Formen bernsteinfarbener und zitronengelber Chrysanthemen und eines blaugrünen Pfauenschwanzes beschrieben. Es muß die Robe eines hohen Beamten gewesen sein. Ich hatte mal eine, die nicht annähernd so schön war wie diese, im Victoria and Albert Museum in London gesehen.

Die Hausnummer über der Ladentür war 37.

Ich ging langsam weiter, blickte in andere Schaufenster und war unsinnigerweise zufrieden mit mir selbst. Die Nummer 37 entpuppte sich tatsächlich als Antiquitätengeschäft. Dies war zwar nur eine schwache Bestätigung meiner diffusen Theorie, aber im Moment war ich für jede Ermutigung dankbar.

Die Straße machte einen Bogen und mündete in einen ebenso schmalen Durchgang, der Via della Stellata hieß. Am anderen Ende dieser zweiten Straße konnte ich ein Fünkchen Sonnenlicht und ein Stück eines Springbrunnens erkennen. Es war Berninis »Vier-Ströme-Brunnen« auf der Piazza Navona.

Ich lese eher selten Kriminalromane. Als leichte Lektüre ziehe ich schlechte historische Romane mit sinnlichen Heldinnen und verwegenen Helden vor, in denen haufenweise Säbelkämpfe und Verführungen vorkommen. Aber in einigen der Krimis, die ich gelesen hatte, brachen die Helden – und die Bösewichte – oft irgendwo ein. Meistens stürmten sie den Hintereingang über eine schmale Gasse, die praktischerweise genau hinter dem Haus lag, das sie durchsuchen wollten.

Hinter der Via delle Cinque Lune gab es keine solche Gasse.

Die Straße stellte noch nicht einmal eine Seite eines Vierecks dar. Wie schon erwähnt, machte sie einen Bogen. Vielleicht hatte der Laden nur einen Eingang. Wenn man sich den Müll anschaute, der neben der Tür aufgehäuft war, so schien diese Annahme sehr wahrscheinlich.

Ich kehrte um und spazierte die Straße der fünf Monde noch einmal entlang. Diesmal blieb ich nicht stehen, um mir die Mandarinenrobe anzusehen, sondern lenkte meine Aufmerksamkeit auf das Haus. In dezenten, schwarzen Buchstaben war ein Name über die Tür gemalt worden: A. Fergamo. Er sagte mir nichts. Aber ich sah noch etwas anderes, das ich vorher nicht bemerkt hatte – eine spaltförmige Öffnung auf der einen Seite des Hauses, die so schmal war, daß die Sonne die Finsternis darin nicht durchdringen konnte.

Auf dem Weg zurück zum Hotel erledigte ich verschiedene Einkäufe. Ich nahm alles mit auf mein Zimmer und machte mich frisch. Dann setzte ich mich in den Speisesaal und bestellte die Spezialität des Hauses und eine Flasche Frascati. Alles ging auf Professor Schmidt. Also brachte ich einen Toast auf ihn aus, während ich meinen Wein trank.

Ich verließ das Hotel gegen zehn. Zum Einbrechen war es noch zu früh, aber ich wollte nicht länger warten, um keine Aufmerksamkeit auf mich zu ziehen. Selbst in Rom gehen brave Mädchen um zwei Uhr nachts nicht allein aus. Die Straßen waren noch immer voller Menschen. Sie schienen alle paarweise unterwegs zu sein, wie siamesische Zwillinge, selbst die Touristen mittleren Alters. Die älteren Damen Arm in Arm mit ihren dickbäuchigen, kahl werdenden Begleitern sahen wirklich reizend aus. Rom an einem Frühlingsabend ... Ich mußte mir ins Gedächtnis zurückrufen, daß ich mich wegen wichtigerer Angelegenheiten hier aufhielt.

Ich verschwand im ersten dunklen Hauseingang und legte meine Tarnung an. Sie war nicht besonders ausgeklügelt, nur ein dunkler Regenmantel, eine Sonnenbrille und ein marineblaues Tuch, das ich fest um mein Haar band. Dazu trug ich Turnschuhe und eine braune Freizeithose. Mehr brauchte ich nicht – nur noch einen gebeugten, schlurfenden Gang und einen mürrischen Blick mit heruntergezogenen Mundwinkeln. Jetzt belästigte mich niemand mehr.

Fast drei Stunden lang durchstreifte ich die Straßen von Rom. Während ich so umherlief, gingen langsam die Lichter aus. Ladentüren wurden verschlossen, Jalousien herabgelassen. Als es von den unzähligen Kirchtürmen Mitternacht schlug, befand ich mich gerade auf dem Lungotevere Sangello, einem der breiten Boulevards, die dem kurvenreichen Lauf des Tibers folgen. Ich stand lange am Fluß, die Ellbogen auf die steinerne Brüstung gelehnt, und schaute hinab in die dunklen Wellen, in denen sich die Umrisse des Petersdoms und der Engelsburg spiegelten. Die Laternen der Via della Conciliazione führten kerzengerade auf die kreisrunde Piazza vor der Peterskirche zu, und der riesige Dom verdeckte ein rundes Stück Himmel.

Rom ist eine pulsierende Stadt. Hier werden nicht um Mitternacht die Bürgersteige hochgeklappt. Aber in einigen Gegenden herrscht mehr Treiben als in anderen, und das Antiquitätenviertel war schon um zehn Uhr ruhig. Als ich mich endlich von dem bezaubernden Blick losriß, waren die meisten Straßen verlassen.

Gut, daß ich diesen Teil der Stadt bereits bei Tag besucht hatte, sonst hätte ich den Weg kaum wiedergefunden. Nachdem ich die belebten Boulevards am Tiber verlassen hatte, fühlte ich mich wie in einer anderen Welt. Dieser Teil Roms hat sich äußerlich seit Jahrhunderten nicht verändert, und Straßenlaternen gibt es hier auch nicht. Ich hatte eine Taschenlampe bei meinen Einkäufen am Nachmittag erstanden, wollte sie aber nicht benutzen.

So schlurfte ich weiter mit eingezogenem Kopf durch die dunklen Straßen. Gelegentlich begegnete ich einer Gestalt, die genauso finster und schattenhaft wirkte wie ich selbst. Am entfernten Ende einer gewundenen Straße konnte ich manchmal einen kurzen Blick auf ein grelles Licht erhaschen und ein geisterhaftes Echo des Trubels auf der Piazza Navona hören. Der Platz ist sehr beliebt bei den Touristen, und einige der Cafés und Restaurants dort sind bis spät in die Nacht geöffnet.

Die Piazza befand sich nur ein paar Häuserblocks entfernt, aber es hätten ebensogut mehrere Kilometer sein können. Das Licht reichte nicht bis in die düsteren Gäßchen, in denen ich herumschlenderte. Ich hoffte nur, daß die Polizei damit beschäftigt war, auf allzu ausgelassene Touristen aufzupassen.

Schließlich fand ich die Hausnummer 37 und den Durchgang neben dem Laden. Mein Gott, war es hier dunkel! Die Straße war schon dunkel genug, aber dieser Gang hier sah aus wie der Rachen eines riesigen Raubtiers. Ich tastete mich langsam hinein und schob die Füße über den Boden, damit ich nicht über etwas Unsichtbares stolperte. Meine Hände fühlten sich sandig an, als ich sie über die bröckeligen Ziegelsteine der Wand schob.

Vielleicht gab es Fenster in der Wand, doch andererseits – warum sollte man Fenster einbauen, die sich auf einen Durchgang öffnen, der nur etwas über einen halben Meter breit ist? Ich suchte nach einer Tür, die ich auch bald fand. Dann knipste ich meine Taschenlampe an, wobei ich sie mit den weiten Falten meines Regenmantels bedeckte. Die Tür war aus massivem Holz mit einem großen, altmodischen Schloß.

Jeder Jugendliche mit einem Fünkchen Unternehmungsgeist lernt irgendwann einmal, wie man Schlösser knackt. Ich lernte es in der zehnten Klasse von Piggy Wilson. Er klaute immer Fahrräder – nicht um daraus Profit zu schlagen, sondern um damit ein wenig herumzufahren. Er hatte es irgendwie mit Fahrrädern... Jedenfalls braucht man für ein gewöhnliches Schloß – keine Kombinationsschlösser – nur zwei lange, feste Stahlstäbe und ein weiteres langes Metallding mit einem Haken am Ende – etwas wie einen Stiefelknöpfer. Einen solchen hatte ich in einem Antiquitätenladen der billigeren Sorte, etwas weiter entfernt von der Via dei Coronari, erstanden.

Mit Hilfe des Stiefelknöpfers und des dünnen Stahlstabes war es kein Problem, das Schloß aufzubrechen. Ich hatte befürchtet, auf eine Kette und einen Riegel an der Tür zu stoßen, doch zu meiner Überraschung und Freude gab die Tür dem Druck meiner Hand nach, sobald ich das Schloß geöffnet hatte. Ich hätte lieber mißtrauisch als erfreut sein sollen. Ich hätte mir denken können, daß es einen Grund gab, wenn sich kein Riegel vor der Tür befand.

Ich hörte den Grund, noch ehe ich ihn sah. Es war ein Knurren, das sich anhörte, als käme es von einem Grizzlybären.

Ich schaltete die Taschenlampe ein. In ihrem Schein sah ich, was knurrte. Kein Grizzlybär – der wäre harmlos gewesen –, sondern ein Hund von der Größe eines Ponys und schwarz wie die Nacht, bis auf eine Reihe weißer Reißzähne. Stellen Sie sich den Hund von Baskerville vor. Da stand er – ein Dobermann, der grimmigste Wachhund der Welt.

Zwei

Kein Wunder, daß die Hintertür nicht verriegelt war. Ich fragte mich, warum sie sich die Mühe gemacht hatten, ein Schloß davorzuhängen.

Ich hätte die Tür hinter mir zuwerfen und die Beine in die Hand nehmen können. Ich hatte Zeit. Nicht Mut, sondern das Gegenteil hielt mich davon ab, die Flucht zu ergreifen. Ich stand wie gelähmt. Nach langen ein oder zwei Sekunden sah ich etwas, das ich vorher nicht bemerkt hatte. Der Hund bleckte noch immer die Zähne und knurrte, doch er hob den Schwanz und wedelte zaghaft.

Der Raum, in den die Tür führte, war nicht besonders groß. Es handelte sich eher um einen Korridor als um einen Raum. Der Fußboden war zementiert, Wände und Decke zierten staubige Spinnweben, und die Annehmlichkeiten für den Hund waren auch nicht gerade berauschend – in einer Ecke ein Haufen schmutziger Säcke und zwei zerbeulte Zinnteller, beide leer. Auf einem Teller lag ein verschrumpeltes Stückchen Pasta, anscheinend die Überreste vom Abendessen des Hundes. Der andere Teller, die Wasserschale, war staubtrocken.

Es heißt, daß die Südeuropäer nicht so gefühlsduselig mit Tieren umgehen wie wir Amerikaner. Aber ich habe gesehen, wie gutherzige Römer Essensreste für die in den alten Ruinen streunenden Hunde und Katzen hinlegten. Einmal beobachtete ich einen bulligen, derb aussehenden Arbeiter dabei, wie er ein halbes Dutzend Katzen im Forum Romanum fütterte. Dosenfutter und einen Dosenöffner zog er aus seiner Hosentasche. Zweifellos stellte das Füttern ein tägliches Ritual dar, denn die halbwilden Katzen folgten seinem Ruf und putzten sich schnurrend, wenn er sie streichelte. Der Besitzer des Dobermanns gehörte nicht zu dieser Art von Römern. Er hatte dem Tier noch nicht einmal frisches Wasser hingestellt.

Ich trat ein und setzte meine sanfteste Stimmlage ein, wie bei Duke, meinem Retriever zu Hause in Cleveland.

»Armer alter Junge, *poverino,* hat man vergessen, dich zu füttern? Hier, mein Kleiner, *carissimo,* Frauchen wird dir etwas Wasser bringen.«

Der Hund machte einen Satz.

Er hätte mich wohl umgeworfen, wenn ich durch Duke nicht gelernt hätte, wie man sich bei einem solchen Ansturm auf den Beinen hält. Der Dobermann war ein echter Etikettenschwindel – ein Schaf im Wolfspelz. Hunde sind wie Menschen, es gibt gute und schlechte; doch auch wenn ein lieber Hund durch schlechte Behandlung mißtrauisch wird, heißt das nicht unbedingt, daß er alle Menschen als Feinde sieht.

Ich schaffte es, die Tür hinter mir zu schließen, setzte mich hin und spielte ein wenig mit dem Hund, wobei er mir freudig auf die Hände sabberte. Schließlich ließ er mich aufstehen, und ich machte mich auf die Suche nach Wasser.

Ich fand einen Wasserhahn in einem winzigen Zimmerchen, in dem sich ein Spülbecken, eine Toilette und jede Menge Küchenschaben befanden. Ich füllte den Napf des Hundes mit Wasser und sah mit wachsender Empörung zu, wie er es gierig hinunterstürzte. Er war schrecklich dürr. Wahrscheinlich glaubten sie, er würde einen Eindringling um so bereitwilliger verspeisen, wenn er so unterernährt war. Also dachte ich, ich könnte ihm noch schnell etwas zu fressen besorgen. Ich erwartete allenfalls eine Kaffekanne und eine Schachtel Kräcker, irgend etwas, was ein Angestellter für zwischendurch aufhob. Statt dessen landete ich einen richtigen Treffer. In einem weiteren Kämmerchen neben dem WC fanden sich eine Kochplatte und ein erstaunlicher Vorrat an Köstlichkeiten – Konserven mit Pastete und geräucherten Austern, eine Dose mit teurem englischen Tee und eine Plätzchendose. »Feines englisches Gebäck« stand auf dem Deckel.

Dem Dobermann mundete dic Pastete, aber am meisten mochte er die geräucherten Austern. Als Nachtisch gab ich ihm eine Handvoll Plätzchen. Ich schwor mir, wenn sich dieser Ort als das Versteck des Meisterfälschers herausstellen sollte – so hoffte ich –, würde ich dafür sorgen, daß der Hundehalter eine besonders schwere Strafe bekam.

Während der Hund hinter mir auf meinen Regenmantel hechelte, erkundete ich den Laden.

Schwere Metalljalousien waren über die Schaufenster gezogen, so daß ich meine Taschenlampe benutzen konnte. Ich hielt mich nicht lange im Verkaufsraum des Ladens auf, obwohl ich mir einige der Kostbarkeiten dort gerne genauer angesehen hätte. Die meisten Möbel waren in dem in Italien immer noch so beliebten Barockstil mit reichlich Verzierungen und Vergoldungen. Es gab einen venezianischen Kronleuchter aus Glas, der den Palast eines Herzogs im 17. Jahrhundert geschmückt haben könnte, dazu Regale voller Kristall, Silber und seltenem Porzellan. In einem Kästchen lagen Juwelen, daher inspizierte ich es eifrig. Mit einem einzigen Blick erkannte ich, daß nichts darin für mich von Bedeutung war. Die meisten Schmuckstücke stammten aus dem 19. Jahrhundert – sie waren edel und wertvoll, aber nicht rar wie das nur einmal existierende Schmuckstück Karls des Großen. Also kehrte ich in das Zimmer hinter dem Laden zurück.

Es war als Büro eingerichtet: ein Schreibtisch, zwei Stühle und ein großer, rostiger Aktenschrank. Der Hund legte sich hin und begann, auf dem Rand des zerschlissenen Teppichs herumzukauen, während ich die Schreibtischschubladen durchsah.

Darin fand ich genau das, was man vermuten würde – Papier, Kohlepapier, Bleistifte und ähnliches. Also nahm ich mir den Aktenschrank vor.

Dumm nur, daß ich überhaupt nicht wußte, wonach ich suchte. Ich erwartete nicht, den detaillierten Plan eines Raubüberfalls zu finden, komplett mit allen Namen der Verschwörer und Museumsgrundrissen. Doch ich hoffte zumindest, auf irgendeine Anregung oder einen Hinweis zu stoßen, der mich weiterbringen würde.

Erstaunlicherweise fand ich tatsächlich etwas, allerdings nicht im Aktenschrank. Wie im Schreibtisch befanden sich darin nur Utensilien, die für ein Gewerbe wie dieses völlig normal sind. Da lagen Schnellhefter voller Quittungen von Kunsthandwerkern, mit denen ein Antiquitätenhändler üblicherweise zu tun hat – Möbelrestauratoren, Weber und so weiter. Mehrere Schmuckhändler wurden genannt. Ich notierte mir die Namen, versprach mir aber nicht viel davon. Jemand, der mit antikem Schmuck handelt, läßt eben manchmal ein Stück reinigen oder restaurieren. Eine der Firmen kannte ich, ein altes, renommiertes Unternehmen auf der Via Sistina. Diese Geschäftsabwicklungen schienen legal und harmlos zu sein.

Einer der Schnellhefter war interessant, aber er wäre mir wahrscheinlich nicht aufgefallen, wenn ich nicht verzweifelt nach irgendeinem Hinweis gesucht hätte. Es handelte sich um einen recht dünnen Hefter mit nur wenigen Blättern, und im Gegensatz zu den übrigen Dingen in der Schublade wirkte er relativ neu und sauber. Zu den Papieren gehörte auch eine Liste mit Namen – sehr vornehmen Namen. Fast alle hatten einen Adelstitel, und einige waren mir bekannt.

Aus Gründen, die im Verlauf meiner Erzählung noch deutlich werden, halte ich es für besser, diese Namen zu ändern – um die Unschuldigen zu schützen, wie es heißt. »Unschuldig« bin in diesem Falle ich. Ich habe auch so schon genug Probleme im Leben; ich brauche keine Gerichtsverfahren. Die Sache ist die: Die mir bekannten Namen gehörten Leuten, die seltene und wertvolle Kunstgegenstände besaßen. Der Titel des Grafen von xy, um nur ein Beispiel zu nennen, reichte bis ins zehnte Jahrhundert zurück, und so auch einiges von dem, was er in seinem

Schloß in den bayerischen Alpen aufbewahrte. Einer seiner Schätze, ein Salzstreuer, der angeblich von Cellini stammte, war in einem Dutzend Kunstbücher abgebildet.

Ich sah mir die Namen mit großem Interesse an. Waren diese Leute die potentiellen Opfer eines Meisterdiebes? Die Beute wäre die Mühen auf jeden Fall wert, und ein Privathaus, wie herrschaftlich auch immer, konnte man sehr viel einfacher ausrauben als ein Museum.

Aber das war ja alles nur Theorie. Ich konnte diesen Damen und Herren schlecht einen Besuch abstatten und sie bitten, einen Blick auf ihre Sammlungen werfen zu dürfen. Ich hatte noch keinen Beweis in der Hand. Und außerdem, falls der Talisman von Karl dem Großen ein repräsentatives Beispiel für das Können des Fälschers darstellte, würde ich eine Fälschung gar nicht erkennen.

Der Hund hatte allmählich genug von dem Teppich, doch ich schloß aus den verschiedenen Flecken darauf, daß dieser eine Vielzahl köstlicher Geschmacksrichtungen in sich vereinen mußte. Den Kopf hatte der Hund auf meinen Fuß gelegt, der durch das Gewicht ganz taub geworden war. Merkwürdigerweise fühlte ich mich zu diesem Zeitpunkt angenehm entspannt – nichts ist beruhigender als ein Hund zu den Füßen – und verspürte plötzlich Hunger. Also ging ich in die kleine Speisekammer zurück und holte mir ein paar Plätzchen. Ich überlegte, ob ich mir eine Tasse Tee kochen sollte, und nahm immerhin den Deckel von der Teedose. Sie war fast voll.

Die Plätzchendose war ebenfalls fast voll gewesen. Das bewies wahrscheinlich irgend etwas, aber ich konnte mir nicht vorstellen, daß es etwas Wichtiges sein sollte. Ich entschied mich gegen den Tee, aß aber die restlichen Plätzchen, wobei mir der Hund überaus behilflich war. Zum Teufel, ich konnte sowieso nicht verbergen, daß jemand in den Laden eingebrochen war. Was immer man auch auf den Hund hätte schieben können, er hätte wohl kaum die Dose mit geräucherten Austern öffnen können.

Ich wischte mir die Krümel von den Händen und ging zum Büro zurück, um einen letzten Blick hineinzuwerfen. Der Papierkorb war leer, hinter dem Aktenschrank fand ich auch nichts. Also konnte ich ebensogut gehen. Ich ließ ungern den Hund dort zurück, aber ich konnte ihn ja schlecht mit ins Hotel nehmen. Als ich mich bückte, um seinen riesigen Kopf zu tätscheln und mich dafür zu entschuldigen, daß ich ihn verließ, bemerkte ich, daß er wieder etwas zum Knabbern gefunden hatte. Mein Blick fiel auf die Skizze auf dem Papier, und ich zog es aus dem Maul des Hundes.

Eine Ecke des Blattes hatte er schon gefressen, aber es war noch genug übrig. Es war eine Zeichnung: die detaillierte, maßstabsgetreue Zeichnung einer Krone. Nicht eine dieser großen, üppigen, plüschigen Kronen, die heutige Monarchen tragen, wenn sie das Parlament eröffnen, sondern ein Diadem aus gewundenem Golddraht und winzigen Emailblumen. Die Blütenblätter bestanden aus Türkis, Lapislazuli und Karneol. Die Farben waren in der Zeichnung zwar nicht angegeben, aber ich kannte diese Krone. Soviel zum Thema antiker Schmuck: Dieses Objekt hier war viertausend Jahre alt. Es stammte aus dem Grab einer ägyptischen Prinzessin. Das Metropolitan Museum besitzt so eine Krone. Diese hier wurde im frühen 19. Jahrhundert gefunden, als es noch keine Vereinbarungen der Regierungen darüber gab, ob Antiquitäten aus dem Ursprungsland entfernt werden dürfen. Die Krone wurde von ihrem wohlhabenden Entdecker nach England geschafft und befand sich noch immer in Privatbesitz.

Ich faltete das Blatt, steckte es in meine Manteltasche und steuerte auf die Hintertür zu. Bevor mich der Hund jedoch gehen ließ, mußte ich mich noch ein wenig um ihn kümmern. Ich hatte seinen Wassernapf noch einmal aufgefüllt, verspürte aber immer noch ein schlechtes Gewissen. Das Letzte, was ich sah, bevor ich die Taschenlampe ausknipste, war sein trauriger Blick. Ich machte mir nicht die Mühe, die Tür wieder zu verschließen – warum sollte ich Hab und Gut einer Gangsterbande schützen?

Der Laden war ein Treffpunkt der Leute, die ich suchte. Dessen war ich nun sicher. Die Zeichnung mochte vielleicht kein Beweis für ein Gericht darstellen, aber für mich reichte sie aus. Die detaillierten Maßangaben und die maßstabsgerechte Skizze waren genau das, was ein Kunsthandwerker zum Kopieren eines Stückes benötigen würde, und dieses spezielle Schmuckstück hier war wie geschaffen für denjenigen, der die Kopie des Talismans von Karl dem Großen angefertigt hatte. Der Wert der Krone lag in ihrer Gestaltung, der perfekten Ausführung und in ihrer Seltenheit. Sie konnte zu einem annehmbaren Preis nachgebildet werden.

Ungefähr um drei Uhr betrat ich die Hotelhalle. Den Mantel und das Tuch hatte ich bereits unterwegs ausgezogen. Der Empfangschef lächelte verstohlen, als ich zum Aufzug ging, und ich dankte Gott für die schmutzigen Gedanken der Menschen. Der Hotelangestellte wäre mit Sicherheit nie darauf gekommen, daß ich so spät kam, weil ich in einen Antiquitätenladen eingebrochen war.

II

Am nächsten Morgen frühstückte ich im Bett – ein sehr gutes Frühstück übrigens, bis auf den Kaffee. Es ist mir unbegreiflich, warum die Leute, die den Espresso erfunden haben, keinen anderen anständigen Kaffee kochen können.

Es war ein herrlicher Morgen, wie fast alle Morgen in Rom. Die Springbrunnen auf der Piazza d'Esedra glitzerten im Sonnenlicht. Ich kleidete mich im schönsten Touristendreß, rotweiß gestreift und mit einer großen Sonnenbrille. Ich wollte auffallen. Die Ladenbesitzer konnten auf keinen Fall wissen, daß ich ihr nächtlicher Besucher war. Ich schlenderte gemütlich die Via dei

Coronari entlang und sah mich in mehreren Geschäften um. Als ich die Hausnummer 37 erreichte, war es fast Mittag.

Im Laden hielten sich gerade zwei deutsche Touristen auf. Zumindest sprachen sie Deutsch, mit lauten, kräftigen Stimmen. Sie sahen aus wie wohlhabende Kaufleute. Die Frau trug eine unvorteilhafte Freizeithose. Ich wandte ihnen den Rücken zu, lauschte eine Weile und tat so, als betrachtete ich die Kunstobjekte in einem Glaskasten an der Tür. Die Dame sammelte anscheinend chinesische Riechfläschchen, und sie fand für das, das man ihr gerade gezeigt hatte, wenig schmeichelnde Worte. Der Preis sei zu hoch, die Schnitzerei dürftig. Die übliche Kritik eines Käufers, der hofft, den Preis drücken zu können.

Der Eigentümer antwortete so leise, daß ich ihn kaum verstand. Nach seinem Tonfall zu urteilen war es ihm völlig wurscht, ob die gnädige Signora nun die Flasche kaufte oder nicht. Nach einer Weile merkte das auch die Dame, und so stampfte sie mit einem ärgerlichen Ausruf aus dem Laden, gefolgt von ihrem Gatten.

Ich drehte mich um und betrachtete interessiert eine barocke Lampe mit lauter goldenen Troddeln und Reifen. Der Verkäufer würde wahrscheinlich nicht auf mich zukommen, er wirkte nicht gerade ambitioniert. Meine Einschätzung erwies sich als richtig. Er saß vollkommen still an einem Schreibtisch im hinteren Teil des Ladens. Ich ging auf ihn zu, während ich die Waren wie ein gewöhnlicher Gelegenheitskäufer begutachtete. Dann sah ich ihn an und lächelte.

»*Buon giorno*«, sagte ich.

»Guten Morgen, Ma'am«, antwortete er.

Ich wartete darauf, daß er etwas hinzufügte wie »Kann ich Ihnen helfen?«, aber er sagte nichts weiter. Er saß einfach nur da, lehnte sich zurück und musterte mich mit einem herablassenden Lächeln.

Ich hatte auch ohne den typischen schneidigen Akzent erkannt, daß mein Gegenüber Engländer war. Der Tee und die englischen Plätzchen, die ich in der Nacht zuvor gefunden hatte, hatten mich bereits vermuten lassen, daß der jetzige Geschäftsführer des Ladens aus England kam, und seine Erscheinung war unverkennbar. Er erinnerte mich an Lord Peter Wimsey – nicht nur wegen der hellen Haarfarbe und der trotz römischer Sonne nur leicht gebräunten Haut, sondern wegen des Ausdrucks leiser Verachtung. Seine Nase war nicht unbedingt groß, aber sie schien sein Gesicht zu dominieren. Obwohl er saß und ich stand, ließ er mich spüren, daß er auf mich herabsah.

»Du liebe Güte«, rief ich aus und riß die Augen auf. »Woher wußten Sie, daß ich Amerikanerin bin?«

Das Grinsen wurde noch breiter.

»Mein liebes Mädchen!« sagte der Engländer und schwieg dann.

Plötzlich spürte ich das starke Verlangen, etwas zu sagen, das dieses irritierende Grinsen mit einem Schlag aus seinem Gesicht vertreiben würde – zum Beispiel zu fragen, ob er antiken ägyptischen Schmuck zum Verkauf anbot. Aber ich besann mich eines Besseren. Obwohl er so aalglatt und so desinteressiert wirkte, hatte dieser Mann etwas an sich, das mich zur Vorsicht ermahnte. Seine Hände, die er lässig auf dem Knie gefaltet hatte, waren gepflegt wie die einer Frau, die Finger lang und schlank – die Hände eines Musikers, wie es heißt, dabei haben die meisten Musiker, die ich kenne, Hände wie Lastwagenfahrer.

Ich fing an zu plaudern und erklärte, daß ich ein Geschenk für meinen Verlobten suchte, der sich für Antiquitäten begeistere. Die kalten, blauen Augen des Mannes zogen sich vor Vergnügen zusammen, während ich fortfuhr. Er winkte mit einer seiner schönen, manikürten Hände.

»Dann sehen Sie sich doch ein bißchen um, *my dear.* Lassen Sie sich ruhig Zeit. Wenn Sie sich für etwas interessieren, bringen Sie's mir, und ich sage Ihnen, was Sie wissen müssen.«

»Vielen Dank. Bleiben Sie ruhig sitzen«, sagte ich.

»Ich hatte nicht vor aufzustehen«.

Irgendwie kam ich nicht weiter. Ich fragte mich gerade, was als nächstes zu tun sei, als im hinteren Teil des Ladens ein ohrenbetäubender Lärm ausbrach. Das Colosseum war nur einige Häuserblocks entfernt. Ich mußte sofort an Christen und Löwen denken. Ein Krachen, Schreien, Knurren...

Knurren. Das war die einzige Warnung, bevor plötzlich der Hund durch den Vorhang hinten im Laden stürmte und sich auf mich stürzte. Ich hatte ihn zwar nicht vergessen, jedoch angenommen, daß er tagsüber angebunden war oder etwas Auslauf hatte. Auf jeden Fall hatte ich nicht damit gerechnet, daß sein Gedächtnis oder sein Gehör so gut waren.

Aus irgendeinem merkwürdigen Impuls heraus griff ich nach der barocken Lampe, als ich hinfiel. Sie fiel mit Getöse um. Mit einer unfeinen Bemerkung sprang der Verkäufer auf die Füße. Während der Hund begeistert mein Gesicht ableckte, lag ich mit dem Rücken auf dem Boden, krümmte mich und schrie.

»Hilfe, Hilfe, nehmen Sie ihn weg, er will mir an die Gurgel!«

Der Engländer trottete auf mich zu. Er beeilte sich nicht gerade, und ich bemerkte wütend, daß er, anstatt mir zu Hilfe zu kommen, zuerst die Lampe aufhob und sie mit finsterem Blick untersuchte. Dann faßte er den Hund beim Halsband und riß ihn von mir weg. Er schien sich dabei kaum anzustrengen, obwohl der Hund bestimmt fast hundert Pfund wog.

»An die Gurgel, das kann man wohl sagen«, stellte er verächtlich fest. »Stehen Sie auf, junge Dame, und wischen Sie sich das Gesicht ab. Sie haben eine überaus wertvolle Lampe beschädigt. Bruno!«

Ich dachte, er meinte den Hund, denn das arme Tier legte sich sofort folgsam vor seine Füße. Doch Bruno war ein Mann – ein dunkelhäutiger, bulliger, finster aussehender Typ, der aus dem hinteren Teil des Ladens angestürmt kam und einen riesigen Stock schwang. Als er damit auf den Hund einschlagen wollte, hielt der Engländer den Stock fest.

»Hör auf, du Schwachkopf«, sagte er auf italienisch.

»Aber er ist ein Ungeheuer«, knurrte Bruno. »Er hat mich angegriffen, mein Hemd zerrissen ...«

»Kluges Tier. Guter Geschmack. Was Kleidung betrifft und auch sonst ... Laß den Hund in Ruhe, *cretino.* Die Amis sind verrückt mit Viechern. Wenn du nicht aufpaßt, hetzt sie uns die Polizei auf den Hals.«

Der Ausdruck *cretino* ist im Italienischen eine besonders gehässige Beleidigung. Brunos unrasierte Wangen wurden noch dunkler und seine Augen ganz schmal. Doch wenig später zuckte er mit den Achseln, nahm den Stock herunter und schnippte mit den Fingern.

»Komm, Caesar.«

Der Hund folgte ihm geduckt. Es tat mir weh zuzusehen. Das Gesicht des Engländers blieb während dieses Wortwechsels – ich gab natürlich vor, nichts zu verstehen – ziemlich unbewegt, und meine anfängliche Abneigung gegen ihn stieg sprunghaft an. Normalerweise mögen Engländer Hunde. Hier hatte ich es offenbar mit einem entarteten Exemplar zu tun. Das bestätigte nur meine Überzeugung, daß er ein Gauner war.

Ich rappelte mich wieder auf – ohne daß mir jemand dabei half – und wischte meinen staubigen Rock ab.

»Die Lampe«, bemerkte der Engländer und musterte mich kühl.

»Meine Rippen«, entgegnete ich ebenso kühl. »Jetzt kommen Sie mir bloß nicht damit, daß Sie Geld für die Lampe haben wollen. Sie können froh sein, daß ich Sie nicht anzeige. So ein gefährliches Tier hier frei herumlaufen zu lassen!«

Einen Moment lang sagte er nichts und stand nur da, die Hände in den Taschen seines perfekt sitzenden Jacketts. Er hatte sein Gesicht absolut unter Kontrolle, aber während einige Sekunden vergingen, hatte ich das dumpfe Gefühl, daß sich hinter der ausdruckslosen Fassade allerlei Ideen zusammenbrauten.

»Sie haben völlig recht«, sagte er schließlich. »Ich muß Sie um Verzeihung bitten. Eigentlich sind wir Ihnen sogar mehr als das schuldig. Vielleicht ziehen Sie lieber einen Arzt zu Rate, um sicherzugehen, daß Sie nicht verletzt sind.«

»Oh, das ist schon in Ordnung. Ich bin nicht verletzt, nur ein wenig durcheinander.«

»Aber Ihr Kleid.« Plötzlich war er ganz der Charmeur, lächelte, zeigte sogar seine weißen Zähne. »Es muß gereinigt werden. Lassen Sie uns die Kosten dafür übernehmen. Geben Sie mir Ihren Namen und die Adresse Ihres Hotels, damit wir für den Schaden aufkommen können.«

Ich hätte fluchen können. Hinter seinem gutaussehenden Gesicht verbarg sich ein wacher Geist, und jetzt saß ich in der Falle. Er wußte genug über Tiere, um aus dem Verhalten des Hundes den richtigen Schluß zu ziehen. Er konnte nicht hundertprozentig sicher sein, daß ich der nächtliche Einbrecher war, aber er hegte den starken Verdacht. Wenn ich es ablehnte, ihm meinen Namen zu nennen, machte ich mich um so verdächtiger. Außerdem wäre es für ihn ein Leichtes, mich verfolgen zu lassen; das hätte ich zumindest an seiner Stelle getan. Es lief auf dasselbe hinaus, ob ich ihm meinen Namen überhaupt nicht sagte oder einen falschen nannte – er konnte mich in jedem Fall überprüfen. Immerhin war ich kein Profi, deshalb hatte ich wenig Hoffnung, einen anonymen Verfolger abschütteln zu können, der vermutlich wie eine halbe Million anderer Römer aussah. Der einzige Ausweg bestand nun darin, die Wahrheit zu sagen und zu hoffen, daß meine Ehrlichkeit seinen Verdacht zerstreuen würde.

Also sagte ich ihm, wer ich war und wo ich wohnte. Dann klimperte ich mit den Wimpern und wackelte mit den Hüften, als hoffte ich, daß ein persönlicheres Anliegen hinter seinem Interesse steckte. Er ging in haarsträubend übertriebener Zurschaustellung seines männlichen Egos darauf ein, was ich witzig gefunden hätte, wenn mir mein Sinn für Humor nicht vorher abhanden gekommen wäre. Hätte er einen Schnurrbart gehabt, so hätte er ihn gezwirbelt.

Als ich meine Schritte wieder in Richtung Piazza Navona lenkte, ließ der Glaube an mein Geschick bereits erheblich nach. Doch dann dachte ich, daß der Vorfall vielleicht gar keine so große Katastrophe darstellte. Ich war mit meinen Ermittlungen an einem toten Punkt angelangt, jetzt lag es an den Gangstern, den nächsten Schritt zu tun.

Wie recht ich doch hatte! Nur in einem Punkt nicht. Ich nahm an, sie würden ein oder zwei Tage brauchen, um mich zu überprüfen, rechnete also erst später mit Schwierigkeiten. Sicher nicht vor Einbruch der Dunkelheit. Statt dessen ergriffen sie mich mitten im Forum Romanum, vor den Augen tausender Touristen.

Drei

Ich träumte von Spaghetti. Als ich aufwachte, schmeckte ich noch den Knoblauch. Bald jedoch merkte ich, daß der Geschmack von dem Stück Stoff herrührte, das um meinen Mund gewickelt war. Außerdem waren meine Augen verbunden und meine Hände und Füße gefesselt. Ich lag auf einer ebenen, ziemlich weichen Oberfläche. Das war alles, was ich wußte. Ich konnte mich nicht bewegen, ich konnte nichts sehen, und das Atmen fiel mir schwer. Eigentlich mag ich Knoblauch, aber nicht auf rauhem Baumwollstoff.

Ich hatte mörderische Kopfschmerzen und ein komisches Gefühl im Bauch, das größtenteils Angst war, aber auch eine Folge des Betäubungsmittels sein konnte, das sie mir verabreicht hatten.

Die Augenbinde versetzte mich in Panik. Einmal, mit ungefähr zwölf Jahren, war ich von zu Hause weggelaufen und in eine Höhle in den Hügeln gekrochen, als die Nacht hereinbrach. Ich war in totaler Finsternis aufgewacht, und einen Moment lang hatte ich mich nicht erinnern können, wo ich war. Es war schrecklich. Ich leide deswegen noch immer unter Alpträumen.

Diesmal empfand ich es als noch schlimmer – ich wußte, daß um mich herum Gefahren lauerten, und die Tatsache, daß ich sie nicht einschätzen konnte, machte meine Lage fast unerträglich. Eine Zeitlang krümmte und wand ich mich und zerrte an den Stricken – ich weiß nicht, wie lang; es kam mir vor wie eine Ewigkeit. Dann nahm ich mich zusammen. Ich machte die Sache nur noch schlimmer. Das Beste, was ich tun konnte, war, einen klaren Kopf zu bewahren und nachzudenken.

Obwohl ich keinerlei Zweifel daran hatte, was mit mir geschehen war, war mir nicht ganz klar, wie sie es geschafft hatten. Das letzte, an das ich mich erinnern konnte, war das Sonnenlicht auf den verwitterten, weißen Säulen des Forums – die einzelne Phokassäule in der Nähe der Rostra und die prachtvolle Trias des Tempels der Dioskuren. Die dunklen Kiefern und Zypressen des Palatinischen Hügels bildeten einen passenden Hintergrund für diese verfallene Pracht. Der Palatin... Ja, ich war auf dem Hügel gewesen, später. Ich war den gepflasterten Hang zu den Ruinen der Kaiserpaläste hinaufgeklettert. Danach bekam ich den totalen Blackout. Ich bemühte mich, mir ins Gedächtnis zurückzurufen, was bis dahin passiert war.

Nachdem ich den Antiquitätenladen verlassen hatte, aß ich in einem der Straßenrestaurants auf der Piazza Navona zu Mittag. Ich hätte schwören können, daß mir niemand dorthin gefolgt war. Die Leute an den benachbarten Tischen waren alle Touristen: ein junges französisches Pärchen, das über Geld stritt; eine deutsche Familie; eine Gruppe dicker Amerikaner aus dem mittleren Westen, die Spaghetti hinunterschlangen, als hätten sie zehn Tage nichts zu essen bekommen. Auf der Piazza wimmelte es wie immer vor Menschen. Berninis großartige Vier-Ströme-Figuren gossen fließendes Wasser aus, und ein paar arme römische Bengel planschten kichernd darin herum, bis ein Polizist kam und sie verscheuchte. Über dem Platz reckte die Fassade der St. Agnese von Agone ihre verschnörkelten Türme in den Himmel. Autos und Motorräder brausten über die ovale Fahrbahn. Sie erinnerten an die Wagenrennen, die im alten Rom im Stadium Domizians veranstaltet wurden.

Mißtrauisch beobachtete ich die anderen Fußgänger, als ich das Restaurant verließ, doch wie ich befürchtet hatte, konnte ich unmöglich einschätzen, ob jemand hinter mir her war oder nicht – mit bösen Absichten, meine ich. Ein kleiner Mann, der mir gerade bis zur Schulter reichte, blieb mir fast einen Kilometer weit auf den Fersen. Er zeigte die Zähne und hielt dies irrtümlicherweise für ein unwiderstehliches Lächeln. Dieser Verehrer hatte einen Rivalen – einen Jungen auf einer Vespa, der mich mehrere Häuserblocks weit verfolgte und mir Sprüche wie »Hey Baby, wie wär's mit uns beiden?« zurief, bis er schließlich in einen hochgewachsenen Polizisten donnerte. Aber sicher wollte keiner von ihnen ... Wenn ich so darüber nachdenke, ist die berühmte feurige Leidenschaft der Römer ein prima Vorwand, um einen weiblichen Verdächtigen zu beschatten. Aber keiner meiner Bewunderer war noch bei mir, nachdem ich die Eintrittskarte zum Forum Romanum gekauft hatte.

Zum Forum wollte ich, weil es praktisch die einzige Sehenswürdigkeit der Stadt ist, die nachmittags geöffnet hat, und weil sich in den Ruinen vielleicht ein ruhiges Fleckchen zum Nachdenken finden würde. Doch eine Menge Leute waren auf die gleiche Idee gekommen. Das Forum war voller Menschen und in der Nachmittagssonne glühend heiß. Also kletterte ich auf den Palatin, um nach ein wenig Schatten und einem ungestörten Ort Ausschau zu halten. Dort oben befindet sich der reinste Irrgarten, lauter verfallene Mauern, die kreuz und quer zueinander stehen. Die allerersten Siedler in Rom hatten sich auf diesem Hügel niedergelassen.

Ich verlief mich. Das passiert jedem dort. Und ich weiß nicht, wo ich mich gerade aufhielt, als sie mich schnappten. Um mich herum gab es niedrige, bröckelige Backsteinmauern und verwilderte Büsche ... Und das ist das letzte, an das ich mich klar und deutlich erinnern kann, bis auf das furchtbare, plötzliche Auftauchen eines dunklen, finster blickenden Gesichtes und eine Nadel, die in meinen Arm gestochen wurde. Wenn sie nur dreist genug gewesen wären, hätten sie sich meinen bewußtlosen Körper einfach über die Schulter hängen und mit mir hinausmarschieren können. Die Leute hätten angenommen, ich wäre in Ohnmacht gefallen.

Da ich nun wußte, wie ich vermutlich hierhergekommen war, wollte ich versuchen herauszufinden, *wo* ich war. Die einzigen

Sinne, die mir noch dabei helfen konnten, waren Riechen und Hören. Ich schnüffelte angestrengt. Es hatte keinen Zweck; ich konnte nur den Geruch von Knoblauch erkennen. Zunächst waren meine Ohren auch nicht hilfreicher. Dann hörte ich das Rasseln eines Schlosses.

Ich lag ganz still auf der linken Seite, so wie sie mich vorher hingelegt hatten. Am Hall konnte ich erkennen, daß ich der Tür zugewandt lag – der Tür des Zimmers, Abstellraums, Saals... was immer es war. Ich hörte, wie die Tür geöffnet wurde, dann die Stimme eines Mannes.

»Sie schläft noch«, sagte er auf italienisch. Ich erkannte den Akzent nicht. Er ähnelte der rauhen römischen Aussprache, wirkte aber ländlicher.

Der Mann lachte – ein gehässiges Lachen. Und eine zweite Stimme sagte etwas, das ich nicht wiedergeben kann, weil ich den Begriff nicht verstand – vermutlich irgendein lokaler Slangausdruck. Der Grundgedanke des Vorschlags war allerdings nur zu klar.

»Nein«, sagte die erste Stimme bedauernd. »Das dürfen wir nicht. Sie muß verhört werden.«

»Ich würde sie gerne verhören«, bemerkte Bösewicht Nummer Zwei, abermals fröhlich glucksend. Ich hatte ein genaues Bild von ihm vor Augen, das ich nur aus diesem scheußlichen hohen Lachen herleitete. Er war mit Sicherheit klein und untersetzt, hatte schmieriges schwarzes Haar und ein Maul wie eine Kröte – groß, lippenlos und feucht.

»Und wenn schon«, fügte er hinzu, »wen würde das schon interessieren? Es würde ihrer Stimme nicht schaden, was, Antonio?«

Eine Weile unterhielten sie sich weiter darüber. Ich verfolgte die Diskussion mit großem Interesse. Schließlich gingen sie wieder. Ich hörte, wie sie die Tür öffneten und schlossen. Ich war geringfügig erleichtert. Antonio widersprach immer weniger, vielleicht war es ihm eigentlich egal. Aus irgendeinem idiotischen Grund machte ich mir mehr Sorgen wegen Bösewicht Nummer Zwei als wegen der Unbekannten, die mich verhören wollten. Wenn das Verhör mit Hilfe von körperlicher Gewalt geführt werden sollte, würde ich ohne Scham und Scheu lauthals schreien. Warum sollte ich die Heldin spielen? Aber diese schmierige, lechzende Stimme – und ich lag hier wehrlos und mit verbundenen Augen ...

Als sich die Tür wieder öffnete, versuchte ich zu schreien, so laut ich konnte. Nicht mehr als ein Gurgeln drang über den Knebel hinaus. Schritte kamen auf mich zu. Ich fing an, mich wie wild hin und her zu werfen. Doch irgend jemand hob mich mit solcher Leichtigkeit hoch, als wöge ich nur hundert Pfund. Einen Arm unter meine Knie, einen unter meine Schultern, und mit ebenso schnellen Schritten wie vorher lief er wieder los. Wir waren noch nicht weit gekommen, als ich ihn durch mein Herumzappeln dazu brachte, mich abzusetzen. Anstatt mich wieder hochzuheben, schob er mich gegen eine Wand oder einen Schrank, drückte mir mit einer Hand meine Arme an die Seiten und preßte seinen Körper gegen meinen, so daß ich mich nicht bewegen konnte. Mit der anderen Hand hielt er meinen Hinterkopf fest und drückte mein Gesicht gegen seine Schulter.

»Hören Sie auf zu zappeln«, flüsterte eine Stimme in mein Ohr. »Oder soll ich Sie Antonio und Giorgio überlassen?«

Ich glaube, noch bevor ich seine Stimme hörte, wußte ich, wer er war – durch die ganze Aura, die ihn umgab: der Duft von Seife, gestärkter Baumwolle und teurem Tabak. Entgegen seinen Anweisungen zappelte ich weiter, denn ich hatte wirklich Atemnot. Er begriff, was ich wollte, und zerrte an dem Knoten, der den Knebel in meinem Mund hielt. Sobald er draußen war, schnappte ich nach Luft. Ich hatte eine Million Fragen, kam aber nicht dazu, sie zu stellen. Seine Lippen und seine Zunge verschlossen meinen Mund ebenso effektiv wie der Knebel vorher – und sehr viel erregender.

Zu Anfang war es ein rein zweckdienlicher Kuß: Er mußte

mir auf der Stelle den Mund stopfen, denn Antonio und Giorgio stürzten in das Zimmer, welches wir gerade verlassen hatten. Ihre Stimmen klangen, als wären die beiden Männer nur ein oder zwei Meter von uns entfernt, aber ich schloß aus dem Verhalten meines Begleiters, daß sie uns nicht sehen konnten. Allerdings konnten sie uns ebenso leicht hören wie ich sie. Immerhin hatte ich noch immer die Augen verbunden, und je länger diese verrückte Umarmung andauerte, desto weniger konnte ich mich auf das Wesentliche konzentrieren.

Wie Küsse so sind, dieser war sehr einprägsam. Nachdem ich begonnen hatte zu kooperieren – ich gestehe, das geschah praktisch sofort –, war die Mitwirkung seinerseits eher stürmisch als zweckdienlich. Das Ganze war eine lächerliche Vorstellung. So gelassen, so intensiv und eindrucksvoll, als hätte er alle Zeit der Welt und nichts anderes im Kopf. Ohne überheblich klingen zu wollen, glaube ich, daß mein eigener Beitrag auch nicht zu verachten war.

Sobald sich jedoch Antonios und Giorgios aufgeregte Schritte entfernt hatten, löste er seine Lippen von den meinen. Als er flüsterte, hörte ich seinen Atem, aber wenn überhaupt, klang er eher belustigt als leidenschaftlich.

»Danke, das war sehr schön... Nein, sagen Sie nichts. Ich werde Ihre Fragen sowieso nicht beantworten, also ist es reine Zeitverschwendung. Ich werde Sie hier herausbringen. Giorgio ist kein angenehmer Bursche; es wäre mir ein Greuel, Talente wie Ihre an ihn zu vergeuden. Außerdem könnte mein Boß andere Pläne haben... Und halten Sie den Mund! Sie werden nicht eher außer Gefahr sein, bis wir das Haus verlassen haben. Tun Sie alles, was ich Ihnen sage, und verhalten Sie sich äußerst still. Sonst fallen Sie wieder Giorgio in die Hände, und dann hat er sogar einen Vorwand, um sein fieses Vorhaben in die Tat umzusetzen. *Capisce, signorina dottoressa?*«

»Woher wissen Sie?« begann ich. Wieder streiften seine Lippen die meinen. Diesmal blieb es dabei.

»Ich sagte, Sie sollen still sein. Ich werde keine Fragen beantworten. Werden Sie tun, was ich sage, oder soll ich Giorgio den Startschuß geben?«

Ich nahm nicht an, daß er diese Drohung wahrmachen würde, aber ich wollte es nicht darauf ankommen lassen. Obwohl er nur flüsterte, lag in seiner sanften Stimme eine Spur von Skrupellosigkeit.

»Okay«, sagte ich folgsam.

»Gut. Ich binde Sie jetzt los, lasse aber Ihre Augen verbunden. Das schulden Sie mir dafür, daß ich Ihnen das Leben gerettet habe, oder zumindest Ihre ... kann man heutzutage noch von ›Tugend‹ sprechen? Wahrscheinlich nicht. Aber Ihre ›Unschuld‹ ...«

»Ach, hören Sie schon auf«, zischte ich ärgerlich. »Ich bin einverstanden. Als nächstes erzählen Sie mir sicher, ich soll mich verabschieden und diesen Fall nicht weiter verfolgen.«

»So ist es. Sie wissen sowieso nichts Wesentliches, sonst wären Sie nicht so dumm gewesen, in den Laden zu kommen. Ich meine ja gar nicht, daß Sie aus diesem Abenteuer große Lehren ziehen sollen. Aber in Ihrem eigenen Interesse rate ich Ihnen, nach Hause zu fahren, dort das Fräulein Doktor zu spielen und sich nicht mehr in Dinge einzumischen, die Sie nichts angehen. Jetzt kommen Sie endlich, und halten Sie um Gottes willen den Mund.«

Während dieses Vortrags – er war ein ganz schöner Schwätzer – hatte er die Stricke an meinen Händen und Füßen durchgeschnitten und meine Knöchel gerieben, bis die Taubheit nachgelassen hatte.

Ich hatte seine Ausführungen genutzt, um mit meinen funktionstüchtigen Sinnen alles über den Ort herauszufinden, an dem wir uns befanden. Es war nicht allzu schwer, sich auszurechnen, wo wir waren. Das Gefühl, eingeschlossen zu sein; der staubige Geruch; der weiche Stoff, den ich bei jeder Bewegung berührte ... Wir standen hinter schweren Vorhängen aus Samt oder Plüsch, und zwar in demselben Raum, in dem ich gefangengehalten worden war. Mir wurde klar, warum Giorgio und Antonio uns nicht gesehen hatten und warum ich mich unbedingt still verhalten mußte, während sie im Zimmer waren.

Ich hätte so einige geistreiche, spritzige Bemerkungen vom Stapel lassen können, aber ehrlich gesagt fühlte ich mich nicht besonders spritzig. Dies war nicht das erste Mal, daß ich mich in Gefahr begeben hatte. Ich hatte sogar schon brenzligere Situationen hinter mir. Allerdings war ich deshalb nicht gerade abgehärtet. Das werde ich wohl nie sein. Ich wollte nur aus jeder Sache lebend herauskommen. Über alles weitere konnte ich mir später Gedanken machen.

Also ließ ich ihn seinen Arm um meine Schulter legen, damit er mich führen konnte, und trippelte brav schweigend neben ihm her. Ich war überrascht, wieviel ich über meine Umgebung herausfinden konnte, ohne sie zu sehen. Zum Beispiel über den Fußboden. Er war glatt und ein wenig rutschig – wahrscheinlich spiegelblankes Parkett. Als dieses schließlich von einem Teppich abgelöst wurde, bemerkten meine Füße den Unterschied sofort. Ich spürte sogar, daß es sich um keinen dieser dicken Kunstfaserteppichböden handelte, die in meiner Heimat so beliebt sind. Dieser fühlte sich dünner an, und einmal stolperte ich über etwas wie Fransen. Orientalische Teppiche?

Auf jeden Fall merkte ich recht bald, daß ich mich in keinem billigen Appartement oder einer Mietwohnung befand. Der Geruch von Bohnerwachs und Möbelpolitur und diese widerhallende Geräumigkeit, die ich überall spürte, wiesen auf ein großes Haus hin – ein sehr nobles Haus. Eine Zeitlang gingen wir auf Marmor, zumindest fühlte es sich hart und kühl unter den Füßen an. Und wir wanderten eine ganze Weile durch dieses Haus – es schien so groß wie ein Museum zu sein.

Mein Begleiter schwieg. Der Arm um meinen Schultern war steif, die Muskeln angespannt. Seine Finger umschlossen meinen Oberarm so fest, daß sie mich stärker mahnten als alle Worte. Einmal hörte ich entfernte Stimmen. Ein anderes Mal blieb er stehen und zog mich in eine schmale Nische, bis Schritte vorbeikamen und dann verhallten.

Während unserer Flucht fand ich meinen Mut und meine Neugierde wieder. An was für einem Ort waren wir? Konnte es tatsächlich ein Museum sein?

Ich bekam die Chance, auf die ich wartete, als wir an das obere Ende einer Treppe gelangten. Zuerst erkannte ich nicht, daß es eine Treppe war, bis er mich hochhob und begann, die Stufen hinabzusteigen. Wahrscheinlich war es für ihn einfacher, mich zu tragen, als mir bei jedem einzelnen Schritt zu helfen. Trotzdem hatte ich das Gefühl, daß er es genoß. Ich legte die Arme um seinen Hals und rieb mein Gesicht an seiner Schulter.

Er lachte, falls man das so nennen kann – nur ein leicht hörbares Ausatmen an meinem linken Ohr. Ich kitzelte seinen Nakken. In dieser Situation wirkte es ganz schön kitschig, aber er mochte es. Selbst wenn er es abstreiten sollte – ich weiß es. Als wir das untere Ende der Treppe erreicht hatten, setzte er mich nicht ab, sondern trug mich weiter, und zwar durch einen Gang mit Marmorfußboden und vielen Spiegeln an den Wänden. Ich wußte, daß da Spiegel waren, weil ich sie sehen konnte. Ich hatte es geschafft, die Augenbinde so zu verschieben, daß ich mit einem Auge sehen konnte.

Der Korridor war sehr lang. Hin und wieder hingen Ölgemälde in langen, schweren Rahmen zwischen den Spiegeln. So einen exklusiven Blick auf berühmte Gemälde hatte ich noch nie; alles, was ich erkennen konnte, waren Füße, die Säume langer, wallender Gewänder und Gras und Felsen im Hintergrund.

Diese Galerie erstreckte sich recht weit. Am Ende war mein tapferer Retter ganz schön außer Atem. Zu seiner Verteidigung muß ich sagen, daß er nicht nur aus Erschöpfung keuchte. Ich hatte den Mund und die Hände frei und benutzte sie nur zu gern. Währenddessen schob ich die Augenbinde wieder an ihren Platz. Ich hatte alles Wichtige gesehen.

Unser Weg führte durch eine Schwingtür – ich hörte, wie sie zurückschwang – in einen schmaleren Korridor, in dem es ein wenig nach Küche roch. Dann setzte er mich ab. Ich hatte die Arme noch immer um seinen Hals geschlungen und reckte mein blindes Gesicht vertrauensvoll dem seinen entgegen ... Diese Position war ideal für das, was er vorhatte. Seine Faust landete exakt auf meinem nach oben gerichteten Kinn.

In einem Taxi kam ich wieder zu mir, den Kopf an seine Schulter gelehnt. Zuerst wußte ich nicht, daß es ein Taxi war. Ich konnte nur vorbeihuschende Lichter erkennen, die wie lange Feuerstreifen aussahen.

»Da ist ja unser Mädchen.«

Ich drehte den Kopf und sah das Gesicht, das ich erwartet hatte, auf mich hinunter grinsen. Seine Nasenspitze war nur ein oder zwei Zentimeter von meiner entfernt, und als ich meine Sinne wieder beieinander hatte und mir einfiel, was passiert war, wurde ich so aufgebracht, daß ich nach ihm schnappte wie ein tollwütiger Hund. Er lachte nur und küßte mich. Ich wehrte mich nicht. Das lag unter meiner Würde.

Als er fertig war, hielt er mich mit ausgestreckten Armen von sich weg und musterte mich kritisch.

»Gar nicht so übel. Eine junge Dame, die ordentlich einen draufgemacht hat, muß zwangsläufig etwas mitgenommen aussehen. Ich kann Ihnen gar nicht sagen, wie ich die ganze Sache genossen habe.«

»Nein«, sagte ich. »Das würde ich an Ihrer Stelle auch gar nicht erst versuchen ... Wo sind wir?«

»Fast an Ihrem Hotel. Glauben Sie, Sie können laufen?«

Ich zog die Beine an. Er rutschte hastig von mir weg, und ich lächelte – oder besser gesagt, ich zeigte die Zähne.

»Keine Angst, ich wollte Sie nicht treten. Obwohl mir das eine enorme Befriedigung verschaffen würde. Ja, ich kann laufen. So demoralisierend Ihre Umarmungen auch sind, sie paralysieren mich nicht vollständig.«

»Was für ein Vokabular«, stellte der Engländer bewundernd fest. »Nicht nur schön, sondern auch klug ... Also gut, Darling, Sie sollten sich heute nacht etwas erholen. Aber ich rate Ihnen, morgen früh sofort aus Rom zu verschwinden.«

Das Taxi hielt an. Er öffnete die Tür und sprang hinaus, bevor mir eine passende Widerrede einfiel. Er griff in den Wagen und zog mich auf den Gehweg.

Wir standen mitten vor dem Hotel, einem dieser erstklassigen Nobelhotels, das aussah wie ein Renaissancepalast und vielleicht sogar einer war. Die Portiers tragen mehr Gold auf ihren Uniformen als sonst ein Portier in Rom. Einer von ihnen – der Mann, der mich schon in der Nacht zuvor gesehen hatte, als ich um drei nach Hause gekommen war – stand einige Meter entfernt und starrte herüber.

Man hatte mich mit Betäubungsmitteln vollgepumpt, mich wer weiß wie viele Stunden lang festgehalten und mir dann noch einen Schlag auf den Kiefer versetzt. Mir war klar, wie ich aussehen mußte – nicht wie eine arme, wehrlose, malträtierte Heldin, sondern wie eine gewöhnliche Trinkerin.

»Buona notte, carissima«, flötete mir mein blondes Gift schmeichlerisch zu. *»Grazie – per tutto ...«* Er streckte die Arme aus.

Ich wich der Umarmung aus, schwankte, taumelte und fiel gegen einen Laternenpfahl, der praktischerweise genau hinter mir stand. Der Taxifahrer kicherte leise. Der Engländer grinste noch breiter. Ich machte auf dem Absatz kehrt und wankte so würdevoll wie möglich die prächtige Marmortreppe des Hotel Belvedere hinauf, wobei mir der Portier, zwei Pagen, eine Empfangsdame, drei Taxifahrer und ein paar Dutzend Touristen höchst interessiert nachstarrten.

Ich hätte mich gedemütigt und niedergeschlagen fühlen sollen. Aber insgeheim grinste auch ich – auch wenn es nur ein schiefes Grinsen war, denn mein Unterkiefer schmerzte. Die aufregenden Stunden hatten sich gelohnt. Jetzt hatte ich einen Hinweis. Den allerersten richtigen Hinweis.

Vier

Am nächsten Morgen war ein anderes Hotelpersonal im Dienst als am Abend zuvor, aber sie hatten offensichtlich von mir gehört. Der frühreife Bursche, der mir mein Frühstück brachte, blieb so lange stehen, bis ich ihn so böse ansah, wie ich konnte. Daraufhin zog er sich hastig zurück, und ich hängte das »Bitte nicht stören«-Schild an die Tür.

Ich trank zuerst zwei Tassen Kaffee und machte mich dann über das Essen her. Danach ging es mir wieder besser, bis auf eine empfindliche Stelle am Kinn. Aber nicht nur mein Kinn erinnerte mich daran, was ich einem gewissen englischen Klugschwätzer zu verdanken hatte.

Ich sollte ihm wirklich dankbar sein, und ich war es auch – so wie meinem Zahnarzt, wenn er ohne Betäubung ein großes Loch im Zahn gefüllt hatte. Der Mann hatte mich vor einem ungewissen, aber unerfreulichen Schicksal gerettet. Und doch hatte dieser grinsende Teufel die ganze Angelegenheit in eine Farce verwandelt. Ich konnte einfach kein Komplott ernst nehmen, in das so ein komischer Typ verwickelt war wie ... Ich kannte nicht einmal seinen Namen. Er hatte meinen Fall auf ein persönliches Duell reduziert. Mein größter Wusch war nun nicht mehr, die Gangster zu schnappen, sondern mit ihm abzurechnen, diesem ... Ich kannte nicht einmal seinen Namen!

Aber ich würde ihn herausfinden. Ich brauche sicherlich nicht zu erwähnen, daß ich keinesfalls die Absicht hegte, seinen Rat anzunehmen und zu verschwinden. Falls er es so geplant hatte, so hätte er keinen besseren Weg finden können, mich zum Bleiben zu bewegen. Und dank seiner männlichen Eitelkeit hatte ich nun den Hinweis, den ich brauchte.

Meine Kenntnisse in bezug auf antiken Schmuck entsprechen nicht denen eines Experten. Den Talisman Karls des Großen hatte ich erkannt, weil sich das Original in meinem eigenen Museum befand, und die Krone der ägyptischen Prinzessin war ein rares, atemberaubendes Kunstobjekt. Aber ich kenne mich mit Gemälden aus. Von den Gemälden in der langen Galerie hatte ich zwar immer nur die untere Hälfte gesehen, manchmal sogar noch weniger, doch das reichte aus. Ich hatte nicht nur eins, sondern drei von ihnen wiedererkannt. Murillos »Zigeunermadonna« ist barfuß wie alle anderen hübschen, dunkeläugigen Bauernmädchen. Diese zierlichen Füße hätte ich überall erkannt, genau wie die Landschaft im Hintergrund von Raffaels »heiliger Cäcilie«. Das dritte Gemälde war besonders leicht. Der Sage nach wurde der heilige Petrus mit dem Kopf nach unten gekreuzigt. Solario hatte ihn in eben dieser Stellung gemalt, und so hatte ich einen exzellenten Blick auf die herunterhängenden weißen Haare und den Bart des armen Heiligen. Er sah sehr viel friedlicher aus, als ich in dieser Stellung aussehen würde.

Blieb nur noch die Frage: Wem gehörten diese Bilder? Man kann sich unmöglich merken, wo sich jedes einzelne bedeutende Kunstwerk auf der Welt befindet. Die »Pietà« in der Peterskirche, die »Mona Lisa« im Louvre, natürlich; aber Raffael hat viele Bilder gemalt, meistens Heilige oder Madonnen. Doch das stellte kein Problem für mich dar. Ich brauchte nur eine Bibliothek oder ein Museum. Ich sprang aus dem Bett, lief ins Bad und fühlte mich richtig gut.

Als ich das Hotel verließ, stand die Sonne schon hoch. Ich wußte, daß ich mich beeilen mußte, denn viele der Museen sind nachmittags geschlossen. Aber ich blieb noch einen Moment stehen, um die Aussicht zu genießen, eine zerklüftete Landschaft aus Ziegeldächern und verschnörkelten Türmen, und in der Ferne schwebte der Petersdom wie ein riesiger Luftballon am blauen Himmel.

In Rom gibt es viele Museen, aber ich wußte sofort, welches

mir weiterhelfen würde. Die Galleria Concini besitzt eine besonders exquisite Schmucksammlung. Ich wollte sowieso dorthin, falls mich meine andere Spur nicht weiterführen würde. Die Galleria schien mir ein Ort zu sein, der für eine Gangsterbande verlokkend sein könnte. Der Vatikan besitzt zwar eine wertvollere Sammlung von Kunstschätzen, doch an ein kleines, privates Museum wie das Concini kam man sehr viel leichter heran.

Ich stieg gemächlich die Spanische Treppe hinab, zwischen den riesigen Kübeln blühender Azaleen und den glotzenden Touristen. Die jüngeren saßen auf der ganzen Treppe verteilt und tranken Cola und Mineralwasser. Händler verkauften billigen Schmuck und Lederwaren oder boten ihre Dienste als Stadtführer an. Am unteren Ende der Treppe war der reizende kleine Springbrunnen fast völlig von Müßiggängern verdeckt. Einige von ihnen hielten trotz Verbots verstohlen die Füße ins Wasser. Es herrschte ein munteres Treiben, und nur durch Zufall entdeckte ich ein Gesicht, das mir bekannt vorkam.

Nachdem ich vor Schreck beinahe gestolpert wäre, kam ich zu dem Schluß, daß der Mann nicht Bruno, der Hundeaufpasser, war. Er sah ihm allerdings so ähnlich, daß er sein Bruder hätte sein können, aber das hätten viele andere Männer in der Menge auch. Bruno sah wie ein typischer Süditaliener aus – dunkelhäutig, stämmig, dunkelhaarig. Der Mann beachtete mich überhaupt nicht, und als ich in die Via del Babuino einbog, hatte ich ihn bereits aus den Augen verloren. Trotzdem hatte meine Euphorie einen Dämpfer bekommen. Der Vorfall erinnerte mich daran, daß ich um so angreifbarer war, weil ich nur ein paar Mitglieder der Bande vom Sehen kannte. Natürlich war es naiv zu glauben, daß es sich ausschließlich um finstere, üble Typen handelte. Ein Verfolger konnte ebensogut als Hausfrau, Nonne oder Tourist verkleidet sein. Genau in diesem Augenblick kam ein Tourist auf mich zu. Der Ärmste fragte lediglich nach dem Weg zum Colosseum, doch ich schreckte zurück wie ein scheues Pferd, als er mir seinen Stadtplan hinhielt.

Die Galleria Concini befindet sich in der Nähe des Monte Pincio. Es ist besser, wenn ich die genaue Adresse für mich behalte, und den Namen habe ich auch geändert. Der Grund für meine Diskretion wird im weiteren Verlauf meiner Erzählung noch deutlich werden.

Ich gelangte ohne weitere Zwischenfälle – wie ein Romancier vielleicht sagen würde – zum Museum, außer daß ich einem VW nur knapp entkam, als ich die Piazza del Popolo umrundete. Die Galleria hatte geöffnet. Auf deren prächtige Renaissancefassade lief eine lange, gewundene Treppe zu. Meine Waden, die bereits den langen Aufstieg von der Piazza hinter sich hatten, schmerzten schon beim Anblick der Treppe, doch ich kämpfte mich hinauf und tauchte in die kühle, dunkle Höhle der Eingangshalle ein. Die kleine, alte Dame im Kassenhäuschen sagte mir, daß sich die Bibliothek im zweiten Stock befinde, und nahm mir fünfhundert Lire ab.

Um zum Aufzug zu gelangen, mußte ich mehrere Ausstellungsräume durchqueren. Nur mein ausgeprägtes Pflichtgefühl trieb mich voran. Das Museum besaß eine exzellente Sammlung von Quattrocento-Gemälden, darunter auch ein Polyptychon von Masaccio, das ich schon seit Jahren bewunderte.

Der frostige Blick der Bibliothekarin wurde sanfter, als ich ihr meine Visitenkarte zeigte. Auf Schmidts Drängen hatte ich mir zu Beginn meiner Arbeit einen Stoß drucken lassen. Sie enthielten meinen vollen Namen und meinen Titel, der im Deutschen sehr eindrucksvoll klingt. Da das Nationalmuseum darauf erwähnt wurde, hatte ich freien Zutritt zu sämtlichen Bücherregalen.

Der Raum war sehr schön. Er war früher einmal ein vornehmer *salone* gewesen, als der Palazzo Concini noch als Privatwohnsitz gedient hatte. Außer mir war nur ein weiterer Besucher anwesend, ein kleiner, alter Mann mit einer Glatze und Brillengläsern, die so dick waren, daß sie undurchsichtig schienen. Er blickte nicht auf, als ich mit dem Buch, das ich ausgewählt hatte, auf Zehenspitzen an ihm vorbeischlich. Ich setzte mich an einen benachbarten Tisch und brauchte nur eineinhalb Minuten, um das zu finden, wonach ich suchte. Ich überprüfte alle drei Bilder, um sicherzugehen, doch bereits das erste, das ich nachschlug, der Murillo, verschaffte mir die nötige Information. Er befand sich in der Privatsammlung des Conte del Caravaggio, Rom.

Vor lauter Freude knallte ich heftig das Buch zu. So einen Krach hatte dieser heilige Raum schon ewig nicht mehr gehört. Der kleine, alte Mann am Tisch nebenan wackelte ein wenig, wie ein Stehaufmännchen, wenn man es antippt. Einen Moment lang dachte ich, er kippt um, mit dem Gesicht auf den Tisch wie in einem Hitchcock-Film. So könnte man sterben, und kein Mensch würde es in den nächsten Stunden bemerken. Schließlich hörte er auf zu wackeln, und ich ging übertrieben vorsichtig zum Schreibtisch zurück.

Als ich fragte, ob ich den Direktor sprechen könne, blickte mich die Bibliothekarin bestürzt an. Ich glaube, den Papst hätte ich mit weniger Aufwand treffen können. Schließlich erklärte sie sich bereit, einen Telefonanruf zu machen, und nach einer geflüsterten Unterhaltung wandte sie sich mir wieder zu und wirkte noch überraschter.

»Sie werden empfangen«, murmelte sie mit leiser Stimme, welche diese düstere Gruft mit ihrer freskenübersäten Decke und ihren statuenbevölkerten Nischen zu verlangen schien. Mir war, als müßte ich eine Kniebeuge machen.

Das Büro des Direktors befand sich noch eine Etage höher. Ich durfte den Privataufzug benutzen, der sich direkt in ein Vorzimmer öffnete, über das ein würdevoll aussehender Mann mit Bart wachte. Ich wollte ihn schon mit der Ergebenheit begrüßen, die seine gehobene Stellung erforderte, doch dann merkte ich, daß er gar nicht der Direktor war, sondern nur ein Sekretär. Er bot mir einen Stuhl an, und so ließ ich meine Füße gute zwanzig Minuten lang ausruhen, bis ein Summer auf seinem

Schreibtisch ertönte und er mir zunickte. Die geschnitzte Mahagonitür hinter ihm war ein Kunstobjekt für sich. Er öffnete sie mit einer Verbeugung, und ich trat ein. Inzwischen ärgerten mich dieser ganze Pomp und all die Formalitäten ein wenig. Ich marschierte erhobenen Hauptes in den Raum und bereitete mich darauf vor, ganz cool und hochnäsig zu tun, doch als ich die Dame hinter dem Schreibtisch sah, vergaß ich diesen Vorsatz.

Ja – eine Dame. *This is a man's world,* und nirgendwo auf der Welt ist männlicher Chauvinismus so ausgeprägt wie in Italien, doch ich hielt diese Frau keine Sekunde für eine Sekretärin.

Da ich selbst eine Art weiblicher Chauvinist bin, hätte ich mich ihr gleich verbunden fühlen müssen. Daß sie einen männlichen Sekretär beschäftigte, hielt ich für einen besonders schönen Zug. Aber sie war mir sofort unsympathisch. Ich wollte schon sagen »aus irgendeinem Grund war sie mir unsympathisch«, doch es gab einen ganz bestimmten Grund dafür: Sie sah mich an, als wäre ich eine Kakerlake.

Die Einrichtung des Raumes diente wohl dazu, die meisten Besucher in Ehrfurcht zu versetzen. Die hohen, mit Festons und goldenen Girlanden geschmückten Fenster öffneten sich auf eine Terrasse, auf der so viele Büsche und Blumen grünten und blühten, daß sie aussah wie ein Abkömmling der hängenden Gärten Babylons. Der Perserteppich auf dem Fußboden war fünfzehn Meter lang und acht Meter breit – eine mit der Zeit verblichene Farbenpracht aus Creme und Lachs, Aquamarin und Topas. Der Schreibtisch hätte unten im Museum stehen müssen, und die Bilder an den Wänden waren die größten der großen Meister.

Aber diese Frau hätte dieses Ambiente überhaupt nicht gebraucht. Sie hätte auch in einer Armenküche beeindruckt. Ihr schwarzes Haar hatte sie sicher der Kunst zu verdanken, denn die Falten in ihrem Gesicht verrieten ihr Alter – sie war mindestens vierzig, soweit ich das beurteilen konnte. Ihr Profil war so klassisch wie die Profile auf römischen Münzen. Ich konnte es gut erkennen, denn sie schaute gerade zur Seite, als ich hereinkam. Sie blickte aus dem Fenster.

Das dezente Gemurmel des Sekretärs verriet mir einiges. Er flüsterte lauter lange, gezischte weibliche Endungen. »*Principessa, Direttoressa* ...« und dann den Namen. Was sonst? Die Letzte der Concinis harrte noch immer in der Familienvilla aus.

Sie wollte, daß ich mich wie ein hochgeschossener Tölpel aus einem unzivilisierten Land fühlte, und es gelang ihr. Ich trampelte durch den Raum – meine Füße sahen aus wie Schuhgröße 47 und hörten sich auch so an – und haßte ihr feines römisches Profil mit jeder Sekunde mehr. Ich stellte mich vor ihren Schreibtisch und sah mich vergeblich nach einem Stuhl um. Sie ließ mir dreißig Sekunden Zeit – ich zählte sie in Gedanken mit – und wandte sich mir dann ganz langsam zu. Ein schwaches Lächeln huschte über ihre vollen Lippen. Es war ein Lächeln mit geschlossenem Mund, ohne die Zähne zu zeigen, und ich dachte an das geheimnisvolle Lächeln früher griechischer und etruskischer Statuen – ein Gesichtsausdruck, den einige Kritiker eher unheilvoll als gnädig finden.

»Doktor Bliss? Was für eine Freude, eine junge Kollegin begrüßen zu dürfen. Ihr Vorgesetzter, Herr Professor Schmidt, ist ein alter Bekannter von mir. Ich hoffe, es geht ihm gut?«

»Verrückt wie eh und je«, antwortete ich.

Ich hasse es, so groß zu sein. Irgendwie hatte ich das Gefühl, daß sie das wußte und mich absichtlich zwang, zu stehen und sie zu überragen. Also suchte ich nach einem Stuhl. Schließlich entdeckte ich ein graziles Exemplar aus dem 18. Jahrhundert mit unbezahlbarer Nadelspitze auf dem Sitz, rückte es neben den Schreibtisch und setzte mich.

Einen Moment lang starrte sie mich nur an. Dann öffneten sich ihre Lippen, und sie lachte. Es war ein bezauberndes Lachen, tief wie ihre Stimme, aber herzlich, aus aufrichtigem Vergnügen heraus.

»Es ist wirklich eine Freude«, wiederholte sie. »Sie haben recht, Professor Schmidt ist verrückt. Deshalb ist er bei seinen Freunden auch so beliebt. Kann ich Ihnen in irgendeiner Weise behilflich sein, meine Liebe, oder wollten Sie nur mal vorbeischauen?«

Ich muß zugeben, ich war entwaffnet. Sie hatte meine Reaktion auf ihre Brüskierung wie eine Dame aufgenommen.

»Ich würde Ihre kostbare Zeit nicht in Anspruch nehmen, um nur mal vorbeizuschauen – obwohl ich Sie natürlich gerne besuche«, sagte ich. »Ich habe Ihnen eine ganz merkwürdige Geschichte zu erzählen, Principessa...«

»Aber wir sind doch Kolleginnen – Sie müssen mich Bianca nennen. Und Sie heißen...?«

»Vicky. Danke... Es wird sich für Sie wahrscheinlich genauso verrückt anhören wie Professor Schmidt, Prin... Bianca. Aber es ist die Wahrheit.«

Ich erzählte ihr die ganze Geschichte – fast die ganze Geschichte. Sie hörte aufmerksam zu, das Kinn auf ihre schlanke, beringte Hand gestützt, der Blick der schwarzen Augen auf meinem Gesicht ruhend. Ihre Augen blitzten schon, bevor ich richtig loslegte, und als ich fertig war, zuckte ihr Mund belustigt.

»Meine Liebe«, begann sie.

»Ich sagte ja, es würde sich verrückt anhören.«

»Das tut es allerdings. Wenn Sie nicht so ausgezeichnete Referenzen hätten... Aber ich kenne Professor Schmidt, und ich kenne seine Schwächen. Kommen Sie, Vicky, ist diese Geschichte nicht ganz nach seinem Geschmack?«

Ich lachte kurz auf. »Ja, stimmt. Aber...«

»Welchen wirklichen Beweis haben Sie denn? Ein Toter – aber eines natürlichen Todes gestorben, wie Sie sagen – mit einer Kopie eines Ihrer Museumsstücke. Können Sie irgendwie beweisen, daß eine verbrecherische Absicht dahintersteckte? Verzeihen Sie, aber mir scheint, daß Sie und Professor Schmidt sich eine Theorie zurechtgelegt haben, für die es kaum einen echten Beweis gibt.«

»Das war vielleicht vor zwei Tagen so«, entgegnete ich. »Aber was ist mit dem Laden auf der Via delle Cinque Lune?«

»Eine Zeichnung, so detailliert sie auch sein mag, stellt keinen Beweis dar, meine Liebe. Übrigens bin ich froh, daß ich nicht offiziell Kenntnis nehmen muß von Ihren Aktivitäten. Ich kenne den Laden, Vicky. Signor Fergamo, der Besitzer, ist ein sehr angesehener Mann.«

»Vielleicht weiß er nicht, daß sein Laden zu kriminellen Zwecken benutzt wird«, warf ich ein. »Dieser verdammte – ich meine, dieser englische Geschäftsführer . . .«

»Er ist mir nicht bekannt.« Ihre feinen Augenbrauen zogen sich zusammen, und sie dachte nach. »Er muß neu sein. Der frühere Geschäftsführer war Fergamos Schwiegersohn. Und selbst wenn dem so ist . . .«

Sie hielt inne und wartete höflich auf meine Antwort.

Sie hatte mich in der Hand. Der einzig schlüssige, überzeugende Beweis war meine Entführung, und diesen Teil meiner Erlebnisse hatte ich wiederum als einziges für mich behalten. Ich weiß auch nicht genau, warum ich es ihr nicht erzählt hatte. Wahrscheinlich dachte ich, daß meine sowieso schon unglaubwürdige Geschichte dadurch erst recht unsinnig und abstrus wirken würde. Immerhin gehörte die Principessa zum alten römischen Adel, ebenso der Mann, den ich verdächtigte, Mitglied der Gangsterbande zu sein. Würde sie einer Anschuldigung gegen den Grafen Caravaggio Glauben schenken? Sie würde mich wohl eher für eine arme Irre halten.

All dies ging mir blitzschnell durch den Kopf. Ich sah keinen Ausweg aus meinem Dilemma.

»Sind Sie sicher, daß Ihnen keine Juwelen fehlen?« fragte ich zögernd.

Sie zwinkerte, schaffte es aber, nicht das Gesicht zu verziehen.

»Ich werde es überprüfen. Kommt Ihnen das entgegen?«

»Vielen Dank.«

»Keine Ursache. Es war nett von Ihnen, mich zu warnen. Wie Sie schon sagen, es kann nicht schaden, Vorsichtsmaßnahmen zu treffen. Aber während ich unsere Sammlung durchsehe – kann ich irgend etwas tun, um Ihren Urlaub in Rom noch angenehmer zu gestalten? Soll ich Sie mit jemandem bekannt machen, Ihnen etwas empfehlen?«

Das brachte mich auf eine Idee.

»Ich würde gern einige Privatsammlungen sehen«, sagte ich unschuldig. »Eigentlich wollte ich ein paar Telefonate führen, aber es würde die Sache sicher für mich erleichtern, wenn Sie für mich eintreten könnten.«

»Mit Vergnügen. Welche Sammlungen?«

»Die des Grafen Caravaggio.«

»Caravaggio?« Ihre Augenbrauen gingen nach oben. »Meine Liebe, halten Sie das für klug?«

»Warum nicht?«

Sie legte ihr Kinn in den Handteller und musterte mich nachdenklich. Ihre Augen leuchteten.

»Nun gut«, sagte sie nach einem Moment. »Sie könnten ihn ganz amüsant finden. Ich werde ihn sofort anrufen.«

Wie alles andere in diesem Raum war selbst das zweckdienliche Telefon ein Kunstgegenstand – ein vergoldeter Perlmuttapparat, der auf dem Schreibtisch eines französischen Präsidenten gestanden haben könnte. Sie kam sofort durch, doch der Butler des Grafen brauchte eine Weile, um ihn zu finden. Während sie wartete, steckte Bianca eine Zigarette in eine lange Zigarettenspitze aus Jade.

Schließlich war der Graf am Apparat. Sie sprach ihn mit seinem Vornamen an.

»Pietro? ... Danke, mir geht es gut, und dir? ... Wunderbar. Ich habe eine Überraschung für dich, mein Lieber. Vor mir sitzt eine reizende junge Dame aus Amerika, die eine ausgezeichnete

Kunstwissenschaftlerin ist und sich gern deine Sammlung ansehen würde. ... Oh ja, das ist sie. ... Einen Moment, ich werde sie fragen.«

Sie hielt die Hand über den Hörer und lächelte mich an.

»Haben Sie schon zu Mittag gegessen, Vicky? Pietro möchte Sie gern einladen, mit ihm zu essen, wenn Sie nichts anderes vorhaben. In einer halben Stunde.«

Heute weiß ich, daß ich die Einladung besser nicht angenommen hätte. Doch selbst damals hätte ich wissen müssen, daß es klüger gewesen wäre, zuerst darüber nachzudenken. Aber wie ich nun mal so bin – immer etwas vorschnell, dafür nicht immer ganz helle – war ich hocherfreut und sagte dies auch. Die Principessa nahm wieder den Telefonhörer ans Ohr.

»Sie nimmt deine Einladung mit Vergnügen an, Pietro. *Bene.* Also dann in einer halben Stunde. Ja, mein Lieber, wir müssen demnächst auch mal wieder gemeinsam essen. ... Auf Wiedersehen.«

»Ich kann Ihnen gar nicht genug danken«, sagte ich, als sie den Hörer auf die Gabel legte. »Ich nehme an, ich habe nicht mehr genug Zeit, um vorher im Hotel vorbeizuschauen.«

»Ich glaube nicht. Aber Sie können sich gern in meine Privaträume zurückziehen, falls Sie sich ein wenig frisch machen möchten. Mein Sekretär wird Sie führen.«

Ich dankte ihr nochmals und stand auf. Sie lehnte sich in ihrem Lederchefsessel zurück und spielte müßig mit einer prachtvollen Diamantbrosche. Diese glitzerte kostbar, genau wie die Ringe. Offenbar arbeitete die Principessa nicht, weil sie das Geld brauchte.

»Danken Sie mir nicht zu früh«, sagte sie. »Ich warne Sie, Pietro kann sehr... Aber ich glaube, Sie werden gut damit fertig.«

Ich dankte ihr zum dritten Mal. Als ich ging, lächelte sie breit. Bei einer weniger eleganten Dame wäre ich versucht gewesen, es ein Grinsen zu nennen.

II

Als ich den Grafen zum ersten Mal sah, wußte ich, warum sie mich mit einem so merkwürdigen, vielsagenden Lächeln bedacht hatte.

Ich hatte noch nie zuvor einen Mann gesehen, der ein Korsett trug. Daß er eines trug, war offensichtlich, nicht nur wegen seines strammen Bäuchleins, sondern wegen seines leicht apoplektischen Gesichtsausdrucks und seines steifen Ganges.

Er war exzellent gekleidet. Die römischen Schneider sind vorzüglich, und er schien den besten zu haben. Sein Anzug war aus herrlichem weißen Leinen, der Kummerbund aus scharlachroter Seide. In seinem Knopfloch steckte eine rote Nelke. Sein Haar war über den Kopf gebürstet und mit Haarfestiger fixiert worden, bedeckte aber nicht ganz die kahle Stelle. Ich fragte mich, warum er sich kein Toupet zulegte. Vielleicht hatte er das Ausmaß des Übels nicht erkannt; die Leute sehen ja nicht, was sie nicht sehen wollen. Sein Gesicht war so rund, wie sein Bauch ohne Korsett gewesen wäre, und wenn ich ihm unvoreingenommen begegnet wäre, hätte ich es für ein freundliches Gesicht gehalten. Seinen schmalen, schwarzen Schnurrbart hatte er sich offensichtlich bei Clark Gable abgeschaut. Er hatte die Angewohnheit, beim Sprechen mit einem Finger darüberzustreichen – falls seine Hände nicht anderweitig beschäftigt waren.

Er war prächtig herausgeputzt, doch seine Hände bildeten die Krönung des Ganzen – weich, weiß und rundlich, die Fingernägel spiegelglatt poliert. Ich konnte das gut beurteilen, denn von dem Moment an, da ich in seine Bibliothek schritt, hatte er seine Hände ständig auf mir.

Ich hatte mir ein Taxi genommen, weil ich befürchtet hatte, sonst zu spät zu kommen, doch der Graf hatte es überhaupt nicht eilig mit dem Essen. Er drängte mir die ganze Zeit Sherry auf. Der Ärmste dachte wohl, er könnte mich abfüllen. Eine Weile ließ ich mich von ihm tätscheln und meinen Arm streicheln. Dann entschied ich, daß er sich für diesen Tag genug amüsiert hätte, schob meinen Stuhl zurück und stand auf.

»Ihr Zuhause ist wirklich eindrucksvoll, Graf«, säuselte ich. »Ich habe noch nie zuvor einen italienischen Palast gesehen – ich meine einen, der noch bewohnt ist, kein Museum.«

»Ach, das hier.« Mit einer ausdrucksvollen Geste wischte der Graf den Marmorfußboden, die Gold- und Kristalleuchter, die Rosenholztäfelung mit Malachit und Lapislazuli und Tausende rarer, ledergebundener Bücher fort... »Dieses Haus zerfällt. Dank der tyrannischen, reaktionären, revolutionären Regierung ist es nicht mehr möglich, hier in Eleganz und Würde zu leben. Meine schönsten Schätze bewahre ich in meinem Landhaus in Tivoli auf. Dort bin ich in der Lage, einen angemessenen Lebensstil aufrechtzuerhalten. Meine besten Sammlungen befinden sich dort. Sie müssen sie sich ansehen. Sie kennen sich ja aus – obwohl ich gar nicht glauben kann, daß eine so schöne Frau auch so gebildet sein kann...«

Er erhob sich schwerfällig, wobei sein Gesicht eine bedrohlich dunkelrote Farbe annahm, und trottete hinter mir her.

»Mögen Sie Bücher?« erkundigte er sich. »Werfen Sie einen Blick in dieses hier – eins meiner Lieblingsbücher. Es enthält Stanzen, die der große Raffael speziell für einen meiner Vorfahren angefertigt hat.«

Er schaffte es irgendwie, beide Arme um mich zu legen, während ich nach dem Buch griff. Als ich die erste Zeichnung sah, gingen mir die Augen über. Ich hatte immer gedacht, Raffael sei auf Madonnen spezialisiert.

»Ganz erstaunlich«, sagte ich und meinte es auch so. Dann schloß ich etwas beunruhigt das Buch, denn der Graf begann plötzlich zu keuchen und zu stöhnen. »Vielleicht sollten Sie sich diese Bilder nicht ansehen, Graf, wenn sie Sie so...«

»Sie müssen mich Pietro nennen«, unterbrach er mich und umfaßte meine Schulter. Ich ließ ihn gewähren. Ich dachte, er brauchte eine Stütze.

So ging es noch eine Weile weiter. Als wir mit dem Sherry und dem Buch fertig waren – einige der Stanzen beeindruckten mich wirklich –, waren wir bereits gute Freunde. Er war ein harmloser alter Kerl, der einen nur ein wenig befingern wollte. Ich wich ihm ständig aus, nicht weil ich Angst vor ihm hatte, sondern weil ich glaubte, daß es ihm gefiel. Am Ende unserer Unterhaltung lud er mich ein, für ein paar Tage sein Gast zu sein.

»Natürlich nicht hier«, sagte er, machte eine wegwerfende Handbewegung und übersah die Orientteppiche, den Ormulu-schreibtisch, die Donatello-Statuen …

»Wenn es heiß ist, ist es hier nicht zum Aushalten. Morgen werde ich in mein Haus in Tivoli ziehen. Sie werden dort mein Gast sein. Sie werden meine Sammlungen zu schätzen wissen, denn Sie sind ja Expertin, obwohl ich mir wirklich nicht vorstellen kann, daß eine so schöne, so sinnliche Frau …«

In diesem überaus interessanten Moment öffnete der Butler die Tür und kündigte das Mittagessen an. Pietros rundes, rosafarbenes Gesicht wurde lang.

»Wir müssen wohl gehen. Helena wird böse, wenn ich nicht pünktlich komme.«

»Helena?« Ich nahm den Arm, den er mir anbot. Er drückte meine Hand an seine Seite. »Ihre Frau?«

»Nein, nein, meine Mätresse. Eine sehr unangenehme Person. Ein schönes Gesicht, ein schöner Körper, Sie verstehen – natürlich nicht so schön wie der Ihre …«

»Sie müssen es ja wissen«, sagte ich resigniert.

»Aber sie ist sehr eifersüchtig«, erwiderte Pietro. »Sehr grob. Lassen Sie sich nicht von ihr einschüchtern, Vicky, ich bitte Sie.«

»Das werde ich nicht. Aber wenn Sie Ihnen so mißfällt, warum entledigen Sie sich ihrer nicht?«

»Das ist nicht so einfach«, entgegnete Pietro betrübt. »Warten Sie, bis Sie sie sehen.«

Ob Sie es glauben oder nicht, ich hatte fast schon vergessen, warum ich in Wirklichkeit hergekommen war. Graf Caravaggio war so ein einfältiger kleiner Mann. Es war fast unmöglich, sich ihn als meisterhaften Verbrecher vorzustellen. Wir durchquerten gerade den riesigen Saal, wo echte griechische Statuen in muschelförmigen Nischen standen, als ich schlagartig wieder auf den Boden der Tatsachen zurückgeholt wurde. Eine Tür öffnete sich, und eine bekannte Gestalt erschien.

»Sie«, keuchte ich wie die Heldin aus einem Schauerroman.

Der Engländer hob eine Augenbraue. Nicht beide, nur eine. Ich hasse Leute, die das können.

»Ich fürchte, ich kenne Ihren werten Namen nicht«, sagte er in einem unerträglichen, gedehnten Public-School-Tonfall. »Eure Exzellenz?«

»Ja, ja, ich werde Sie einander vorstellen«, sagte Pietro wenig begeistert. »Das ist mein Sekretär, Miss Bliss. Sir John Smythe.«

»Sir?« fragte ich. »Smith?«

»Mit *y*, und am Ende ein *e*«, antwortete John Smythe liebenswürdig. »Ein obskurer Titel, aber sehr alt und würdevoll.«

»Ach ja?« bemerkte ich schnippisch. »Was ist mit den Geschichten über Ihren Vorfahren Captain John Smith und Pocahontas?«

»Eine jüngere Linie der Familie«, sagte der Engländer, ohne mit der Wimper zu zucken.

Pietro, der nichts begriff, ging ungeduldig dazwischen.

»Wir kommen zu spät zum Essen. Gut, daß Sie da sind, John; Sie müssen für morgen einige Vorbereitungen treffen. Fräulein Bliss – eigentlich ist sie Fräulein Doktor Bliss, eine akademisch gebildete Lady – wird uns nach Tivoli begleiten. Sie werden dafür sorgen, daß sie einer unserer Wagen am Hotel abholt. Der Wagen, in dem ich reisen werde, Sie verstehen?«

»Ich verstehe sehr wohl, Eure Exzellenz«, antwortete Mr. Smythe. »Glauben Sie mir, ich verstehe.«

»Dann kommen Sie, wir sind spät dran«, sagte Pietro. Mit mir im Schlepptau durchschritt er den Saal, und Mr. Smythe lief hinterdrein.

An Smythes merkwürdigen Titel glaubte ich nicht eine Sekunde. Eigentlich glaubte ich auch nicht an seinen Namen. Zumindest hatte er jetzt eine bestimmte Identität, einen Namen, an den ich all meine Verwünschungen richten konnte.

Mein erstes Mittagessen im Palast Caravaggio war eine Erfahrung, die ich nicht so schnell vergessen werde. Ich weiß nicht, was ich denkwürdiger fand: die Speisen, das Mobiliar oder die beteiligten Personen. Pietro ließ sich nicht lumpen. Er war nicht nur ein Gourmet, sondern auch ein Gourmand. Das Essen war phantastisch, von der Pasta in köstlicher Sahnesoße bis hin zu den herrlichen Meringen mit einem Schuß Rum, und er aß das meiste davon. Er hatte einen exquisiten Geschmack, sowohl was das Essen als auch das Mobiliar betraf. Jedes einzelne Möbelstück war antik und liebevoll gepflegt, die Teller aus chinesischem Porzellan des 18. Jahrhunderts, die Tischdecke aus schwerem Damast, den man drei Tage bügeln muß. Ich könnte noch weitere Dinge aufzählen, aber das müßte für eine ungefähre Vorstellung reichen. Pietro entpuppte sich als ein sehr viel interessanterer Charakter, als es auf den ersten Blick schien. Er mochte zwar ein feister, genußsüchtiger kleiner Lüstling sein, aber er war auch ein feister, genußsüchtiger, kultivierter kleiner Lüstling.

Ich kann allerdings nicht behaupten, daß mir sein Geschmack, was Frauen anbetraf, schmeichelte. Auf diesem Gebiet schien er statt Qualität Quantität zu bevorzugen.

Helena saß bereits am Tisch, als wir das Eßzimmer betraten. Ich hätte sie auch ohne Pietros vorausgehende Beschreibung erkannt. Ich meine, ich habe noch nie eine Frau gesehen, die mehr wie eine Mätresse aussah. Wenn sie weiterhin so viel Spaghetti in sich hineinstopfte, würde sie spätestens in einem Jahr nicht mehr sinnlich, sondern einfach nur fett sein. Aber sie war noch jung – nicht älter als zwanzig –, und ihre üppigen, bebenden Fleischmassen glänzten wie feines Elfenbein. Ein gut Teil davon wurde durch ihr trägerloses, praktisch oberteilloses grünes Satinkleid zur Schau gestellt. Eine blonde, zerzauste Löwenmähne fiel über ihre Schultern, eine Frisur, die einmal durch eine amerikanische Fernsehschauspielerin populär geworden war. Helena hatte einen kleinen, zusammengekniffenen Mund und große, braune Augen, die ausdruckslos waren wie Felsen. Als sie mich sah, schmolzen die Felsen und wurden zu glühendheißer Lava.

Am entfernten Ende des Tisches saß eine weitere Frau. Pietro führte mich zu ihr und stellte mir seine Mutter, die Gräfinwitwe, vor. Im Gegensatz zu ihrem Sohn war sie schrecklich dünn. Ihr Gesicht war eine Landschaft aus feinen Runzeln und Falten, gekrönt von prachtvoll frisiertem weißen Haar. Sie nickte freundlich, als Pietro mich als Kunstexpertin vorstellte, die sich seine Sammlungen ansehen wolle. In ihrem schwarzen, mit feinster Spitze besetzten Kleid wirkte sie sehr sanft und zerbrechlich, doch ich hielt es für besser, sie nicht zu unterschätzen. Die aus den eingesunkenen Höhlen hervorlugenden Augen blickten klar und zynisch wie die einer Spottdrossel.

Pietro führte mich zum Kopfende des Tisches zurück und deutete auf den Stuhl zu seiner Rechten. Helena saß bereits zu seiner Linken. Sie nahm Pietros heruntergeleiertes Bekanntmachen kaum zur Kenntnis, und so warf er mir einen vielsagenden gequälten Blick zu und setzte sich. Inzwischen zog einer der vielen herumstehenden Lakaien meinen Stuhl zurück.

Auch der Engländer setzte sich. Es blieb immer noch ein freier Platz übrig. Pietro starrte wütend in die Richtung des leeren Stuhls.

»Schon wieder zu spät. Wo treibt sich der Bengel nur rum? Wir können nicht auf ihn warten. Das Essen wird kalt.«

Der erste Gang bestand aus einer kalten Suppe, die an

Vichyssoise erinnerte, angemacht mit Sahne und Lauch und weiteren Zutaten, die ich nicht identifizieren konnte. Pietros Teller war schon leer, als ein Diener plötzlich die Tür öffnete und der Vermißte eintrat.

Er war wunderschön. Dieses Wort paßt genau, obwohl er nichts Weibliches an sich hatte. Die braungebrannte Brust, die aus seinem offenen Hemd hervorschaute, war so makellos geformt wie die von Verrocchios jungem David. Er war so schön, wie junge Geschöpfe sind, bevor ihre Züge härter werden. Dichtes, dunkles Haar bedeckte seine hohe Stirn. Seine Kleidung war lässig: eine Freizeithose, ein bis zum Bauchnabel offenes, ungebügeltes Hemd, an den Füßen Espandrillos.

Pietro herrschte ihn an.

»Da bist du ja! Was erlaubst du dir, einfach zu spät zu kommen? Geh und begrüße deine Großmutter. Und siehst du nicht, daß wir einen Gast haben? *Per Dio,* wie siehst du bloß aus! Kannst du dir nicht wenigstens vorher die Hände waschen?«

Insgeheim mußte ich schmunzeln – daran kann man sehen, wie leicht ich mich von dem wahren Grund meines Kommens ablenken ließ. Aber Pietro klang wie so viele aufgebrachte Eltern von Teenagern, die ich in Amerika und Deutschland kennengelernt hatte. Offensichtlich war der Junge sein Sohn. Nur ein Vater konnte so verärgert sein.

Der Junge, der langsam zu seinem Platz getrottet war, blieb stehen und sah seinen Vater ausdruckslos an. Dann wandte er sich der Witwe zu und verbeugte sich.

»Verzeih mir, Großmutter. Ich habe gearbeitet und nicht auf die Zeit geachtet.«

»Das ist schon in Ordnung, mein Liebling«, sagte die alte Dame warm.

»Es ist nicht in Ordnung«, fauchte Pietro. »Vicky, dieser mißratene Bengel ist, Gott vergib mir, mein einziger Sohn. Luigi, begrüße das berühmte Fräulein Doktor Bliss, eine erfahrene

Kunsthistorikerin. Nein, laß deine Hand, *idiota,* sie ist zu schmutzig. Geh und wasch dich!«

Luigi war gehorsam mit ausgestreckter Hand auf mich zugekommen. Sie sah aus wie eine Skulptur von jemandem wie Dali – perfekt geformt mit langen, spatelförmigen Fingern, aber dabei blau, rosa, grün und rot.

»Natürlich«, sagte ich und lächelte. »Sie sind Maler.«

»Er ist ein schlechter Maler«, meinte Pietro. »Er schmiert mit Ölfarben herum. Er produziert nur Schund.«

Der Junge warf seinem Vater einen Blick voll blanker Verachtung zu. Ich konnte es ihm nicht verübeln.

»Ich würde Ihre Arbeiten gern einmal sehen«, sagte ich taktvoll.

»Sie werden sie hassen«, warf Pietro ein. »Geh, Luigi, und wasch dich.«

»Laß gut sein, laß gut sein«, bellte seine Großmutter. »Du machst aus einer Mücke einen Elefanten, mein Sohn. Setz dich, Luigi. Iß etwas. Du bist zu dünn. Iß, mein lieber Junge.«

Pietro verstummte. Luigi sah seinen Vater triumphierend an und setzte sich.

»Sie verzieht ihn «, brummte Pietro. »Wie soll ich ihm Disziplin beibringen, wenn sie mir ständig widerspricht?«

Ich hatte nicht vor, mich in einen Familienstreit einzumischen. Also lächelte ich nur und aß meine Suppe.

Die Unterhaltung bei Tisch konnte man nicht gerade überschäumend nennen. Die Witwe richtete einige höfliche Äußerungen an mich, sprach aber die meiste Zeit über mit Luigi. Sie drängte ihn, mehr zu essen, fragte ihn, wie er geschlafen habe, und ähnliches. Er war wirklich lieb zu ihr, und ich fand, daß Pietro den Jungen zu streng behandelte. Er hatte einwandfreie Manieren. Was machte es schon, wenn er unordentlich und gedankenverloren war? Es gibt Schlimmeres.

Pietro war zu sehr mit dem Essen beschäftigt, um viel zu reden. Trotzdem wechselten er und Smythe ein paar Worte über geschäftliche Dinge – für mich böhmische Dörfer. Helena gab keinen einzigen Ton von sich. Sie saß mir genau gegenüber. Ihr ununterbrochenes Starren wäre mir auf die Nerven gefallen, wenn ich von ihrer Art zu essen nicht so fasziniert gewesen wäre. Ihre Haare fielen ständig in die Spaghetti. Ich wartete die ganze Zeit darauf, daß sie eine Strähne um ihre Gabel wickelte, aber das passierte nicht.

Zum Essen gab es reichlich Wein, und als die Diener schließlich die letzten Teller abräumten, war ich, gelinde gesagt, bis oben hin voll. Pietro befand sich in einem noch schlechteren Zustand. Als er sich erhob, bangte ich um den Kummerbund. Er war bis zum Bersten gespannt.

Einer der Diener half der Witwe beim Aufstehen. Sie stützte sich auf einen edel aussehenden Stock mit Elfenbeingriff, humpelte auf die Tür zu und blieb nur kurz stehen, um sich bei mir für meinen Besuch zu bedanken. Dann entschuldigte sie sich dafür, daß sie sich wegen ihrer angegriffenen Gesundheit zurückziehen müsse.

Pietro versuchte, sich vor seiner Mutter zu verbeugen. Er schaffte es, den Kopf ein paar Zentimeter zu neigen, konnte sich aber nicht bücken. Er warf mir einen liebenswürdigen, aber glasigen Blick zu.

»Er wird alles Nötige veranlassen«, keuchte er und winkte mit seiner wulstigen Hand in Smythes Richtung. »Sagen Sie ihm Bescheid, wann Sie fertig sein werden, meine Liebe. Der Wagen wird dann da sein. Ich freue mich darauf. Sie möchten jetzt sicher gern zum Hotel zurück, damit Sie packen können. Sir John wird den Wagen vorbeischicken.«

Helena sprang wie von der Tarantel gestochen von ihrem Platz auf.

»Den Wagen?« wiederholte sie mit einer Stimme, die so schrill und tonlos klang wie eine alte Schallplatte. »Morgen? Was soll das, Pietro?«

Pietro war schon auf halbem Weg zur Tür.

»Später, meine Liebe, später. Ich muß mich jetzt zurückziehen. Entschuldige mich – meine alte Kriegsverletzung ...«

Er ging hastig hinaus. Helena funkelte mich wütend an. »Was soll das? Der Wagen, und morgen-«

Smythe kam um den Tisch herum und stellte sich neben mich.

»Der Wagen, und morgen«, pflichtete er ihr bei. »Die Dame wird uns nach Tivoli begleiten. Ach ...« – sie wollte gerade wieder loslegen –, »bleib lieber ruhig, Helena. Denk mal darüber nach. Es wird dir nichts nützen, Szenen zu veranstalten. Seine Exzellenz haßt das. Ich glaube, er ist deine Szenen langsam leid.«

»Ach ja, glaubst du?« Helena wußte keine schlagfertige Antwort. »Das glaubst du, was?«

»Ja, das glaube ich. Iß noch ein Stückchen Kuchen, meine Liebe, und beruhige dich. Du entschuldigst uns? Danke, ich wußte es ...«

Zu meinem Vergnügen befolgte sie seinen Rat tatsächlich, sank auf ihren Stuhl zurück und winkte einen der Diener heran. John Smythe nahm meinen Arm und geleitete mich hinaus.

»Sie brauchen nicht für mich nach dem Wagen zu schicken«, sagte ich. »Ich mache lieber einen Spaziergang. Ich fühle mich wie eine vollgestopfte Gans.«

»Sie werden Ihre mädchenhafte Figur bald verlieren, wenn Sie den Grafen besuchen«, meinte Smythe. »Und das ist nicht alles, was Sie verlieren könnten ... Befolgen Sie niemals einen Ratschlag?«

»Nicht, wenn er von Leuten kommt, die Smythe heißen«, entgegnete ich. »Konnten Sie sich keinen besseren Namen ausdenken?«

»Warum? Die meisten Leute sind nicht so mißtrauisch wie Sie. Und lenken Sie nicht vom Thema ab. Wenn Sie sich beeilen, schaffen Sie noch den Nachtzug nach München.«

Ich lief mit energischen Schritten durch den Saal.

»Ich werde morgen früh reisefertig sein«, ließ ich ihn wissen. »Neun Uhr?«

»Pietro steht nicht vor Mittag auf. Haben Sie gehört, was ...«

»Habe ich. Ich werde um neun Uhr fertig sein. Sagen Sie das Pietro. Ich glaube kaum«, fügte ich fürsorglich hinzu, »daß er Ihre Versuche, sich in seine Privatangelegenheiten einzumischen, schätzen wird.«

»Wenn Sie nur daran interessiert wären, würde ich mich nicht einmischen«, sagte dieser bedauernswerte Mensch. »Helena wird bald gehen müssen. Ihr Platz wird dann frei.«

Ich sah keinen Grund, diesen Vorschlag mit einer Antwort zu würdigen. Als ich auf die Haustür zuging, trat der Butler aus einer Nische und öffnete sie für mich. Ich drehte mich um und winkte Smythe fröhlich zu. Er stand da mit verschränkten Armen, und wenn Blicke töten könnten ...

»Bis morgen«, rief ich. »*ArrivederLa*, Sir John.«

III

Michelangelos »Pietà« wird jetzt hinter Glas aufbewahrt, seit so ein Verrückter vor ein paar Jahren versuchte, sie zu zertrümmern. Es fehlen einem die Worte, um sie zu beschreiben, obwohl das viele versucht haben. Als ich so dastand und sie betrachtete, fragte ich mich wie schon so oft, welcher körperliche oder seelische Makel einen Vandalen dazu bringt, mutwillig schöne Dinge zu zerstören.

Ich war vom Aventin zur Peterskirche herübergelaufen, und das war ein ganz schön langer Spaziergang. Aber den hatte ich nötig, nicht nur, um mich körperlich ein wenig zu betätigen. Ich mußte nachdenken, und ich denke am besten, wenn ich mich bewege. Außerdem – ich will zwar nicht makaber erscheinen, aber das war vielleicht meine letzte Gelegenheit zum Sightseeing in Rom.

Ich sorgte mich nicht darum, ob ich verfolgt wurde oder nicht. Warum sollten sie mir folgen, wenn ich mich sowieso naiv und unschuldig direkt in die Höhle des Löwen wagte? Ich zweifelte nicht daran, daß der Palast die Höhle des Löwen war, ich wußte bloß nicht, wer die Löwen waren. Pietro konnte nicht der Kopf der Bande sein. Möglicherweise gingen im Palast Dinge vor sich, von denen er nichts wußte. Es war ein riesiges Gebäude, so groß wie ein ganzer Häuserblock und drei oder vier Stockwerke hoch. Man konnte dort eine ganze Guerilla ausbilden, ohne daß er es mitbekam.

Ebensowenig glaubte ich, daß Smythe der Obergangster war. Er war zweifellos ein Gangster, aber nicht der Boß. Von den übrigen Bewohnern des Palastes schien nur eine einzige Person noch in Frage zu kommen: die Witwe. Helena war viel zu dumm, und der Sohn zu jung. Auf den ersten Blick erscheint es natürlich unklug, ausgerechnet eine gebrechliche alte Frau zu verdächtigen, aber der oder die Verantwortliche mußte ja nicht aktiv beteiligt sein. Er oder sie mußte nur den Plan aushecken. Und ich hatte den Eindruck, daß sich hinter dem runzligen Gesicht der Contessa ein überaus reger Geist verbarg.

Davon abgesehen konnte es noch weitere Familienmitglieder geben, die ich noch gar nicht kennengelernt hatte. Oder Pietro war eine Art untergeordneter Verschwörer, der auf das Kommando eines anderen, gerisseneren Gangster hörte, der woanders wohnte. Sicher war irgend jemand im Palast in die Sache verwickelt. Das war die einzige Spur, die ich hatte, und nun hatte ich die einmalige Chance, ihr nachzugehen.

Ich schaffte es, die ganze Angelegenheit aus dem Kopf zu verdrängen, als ich die Basilika erreichte. Ich hatte mir ein paar Mußestunden verdient. In einem der vielen Läden auf der Via della Conciliazione hatte ich mir einen Reiseführer gekauft, und so wanderte ich lesend und schauend um die riesige Kirche herum und erweckte den Eindruck einer ganz normalen Touristin. Trotzdem machte ich mir noch immer meine Gedanken. Das

Denkmal für die Stuartkönige im Exil erinnerte mich an Smythe. Die kleine Skulptur des heiligen Petrus, deren bronzener Fuß von den Küssen ganzer Pilgergenerationen richtig blank geworden war, ließ an seinen weniger heiligen Namensvetter denken.

Die Porphyrplatte auf dem Pflaster in der Nähe des Hauptaltars markierte die Stelle, an der Karl der Große in der alten Basilika die Kaiserkrone empfangen hatte. Ich mußte an den Saphirtalisman denken, der am Anfang all meiner Nachforschungen gestanden hatte.

Trotzdem war dieser Nachmittag eine schöne Ablenkung. Ich saß lange auf dem Rand einer der Brunnen auf der Piazza, trank eine lauwarme (und unverschämt teure) Cola, die ich bei einem der Händler erstanden hatte, und bewunderte die ausladenden Bögen der großen Kolonnaden.

Wieder im Hotel, schrieb ich einen langen Brief und rief in Deutschland an. Den Brief gab ich dem Empfangschef, als ich zum Abendessen hinunterging. Er versprach, ihn höchstpersönlich abzuschicken. Er schien mir ein ehrlicher, anständiger Mann zu sein, aber ein Zehntausend-Lire-Trinkgeld konnte ja nicht schaden. Schließlich waren es legitime Aufwendungen rein geschäftlicher Art.

Fünf

Pietros Wagen war natürlich ein Rolls Royce. Als er vorfuhr, saß ich bereits seit zwei Stunden in der Eingangshalle. In meinem Hotelzimmer war es mir langweilig geworden, und ehrlich gesagt, ich hatte auch ein wenig Angst bekommen. Mir war der Gedanke gekommen, daß meine selbstzufriedene Einschätzung der Situation nicht ganz stimmen könnte. Vielleicht war die Einladung nur ein Bluff gewesen, damit ich unvorsichtig wurde und nicht mit Gewaltanwendung rechnete. Falls die Gang mich aus dem Weg räumen wollte, konnte sie das besser in einem großen, anonymen Hotel als später in Pietros Haus, wo ich sein Gast wäre. Natürlich hatte ich einige Vorkehrungen getroffen. Aber sie würden mir nichts nützen, solange die Gang nicht davon wußte. Also eilte ich mit meinen Koffern in die Eingangshalle und wartete dort. Währenddessen las ich in meinem Reiseführer und beobachtete das Kommen und Gehen der Hotelgäste.

Geld besitzt eine große Macht. Als die Ankunft des Grafen Caravaggio angekündigt wurde, rannten die Hotelangestellten herum wie Ameisen. Von zwei Pagen und dem Portier begleitet schritt ich zur Tür und fühlte mich wie eine Königin. Alles verbeugte sich und scharrte und lächelte unterwürfig. Der Wagen war wirklich umwerfend – so lang wie ein ganzer Häuserblock und silbern lackiert. Ich übertreibe bestimmt nicht. Der Chauffeur und die Hotelangestellten kümmerten sich um meine beiden schmuddeligen Koffer, und ich kletterte hinten in den Wagen.

Dort war genügend Platz für eine kleine Tanzkapelle, aber die einzigen Insassen waren Pietro, sein Sekretär und Helena. Aus

Pietros Gesichtsausdruck – Italiener haben meist sehr ausdrucksvolle Gesichter – schloß ich, daß er erfolglos versucht hatte, Helena abzuschütteln, und deshalb »Sir John« erlaubt hatte mitzufahren. Ich durfte neben Sir John sitzen. Beide Herren küßten mir die Hand.

Pietro sah in seinem Leinenanzug mit Seidenkrawatte sehr elegant aus. Helena trug eine Seidenhose und ein T-Shirt, auf dem der Schriftzug eines römischen Yachtclubs zu lesen war. Sie trug keinen BH. Ihr wallendes Haar und eine riesige Sonnenbrille verdeckten fast vollständig ihr Gesicht, und das, was man davon erkennen konnte, sah nicht gerade glücklich aus.

So einen Wagen hatte ich noch nie gesehen. Er war mit einer Bar und einem Farbfernseher ausgestattet, außerdem mit einem Telefon und Brokatvorhängen, die sich auf Knopfdruck bewegten. Ich erwartete die ganze Zeit, daß eine Oben-ohne-Tänzerin aus den Polstern herausschießen würde. Nachdem Pietro alle Zaubertricks vorgeführt hatte, lag die Stadt bereits hinter uns.

»Ich hoffe, wir haben Sie nicht allzulang warten lassen«, sagte er. »Das war Helenas Schuld. Sie ist sehr langsam.«

Helena funkelte ihn wütend an, und er funkelte zurück. Ich mußte mich Smythes Einschätzung anschließen. Helena befand sich auf dem absteigenden Ast. Eine kluge Frau hätte das gemerkt und ihr Verhalten entsprechend geändert, aber Klugheit gehörte nicht zu Helenas hervorstechendsten Eigenschaften.

»Das ist schon in Ordnung«, erwiderte ich gutgelaunt. »Solange wir um fünf Uhr da sind. Ich muß dann jemanden anrufen.«

Wie ich gehofft hatte, erregte diese Ankündigung Aufsehen. Pietro machte große Augen. Smythe rückte auf seinem Platz vor.

»Anrufen«, wiederholte er. »Darf ich hoffen …«

»Meinen Onkel Karl«, stellte ich klar. »Er macht sich immer so große Sorgen. Ich habe ihm versprochen, ihn jeden Tag anzurufen. Sie wissen ja, wie solche Leute sind.«

Smythe, der Dummkopf, begann zu kichern. Pietro blickte mich erstaunt an.

»Sie haben einen deutschen Onkel? Ich dachte, Sie seien Amerikanerin.«

»Er ist nur adoptiert«, erklärte ich. »Guter alter Onkel Karl Schmidt. Er wird absolut hysterisch, wenn er nicht jeden Tag von mir hört. Ich weiß nicht, was er tun würde, wenn ich mich nicht jeden Tag bei ihm melden würde. Ich werde die Anrufe natürlich bezahlen.«

»Das ist nicht nötig«, sagte Pietro. Er sah sehr nachdenklich aus.

»Oh, doch, das finde ich schon«, entgegnete ich. »Ich glaube, als Reicher verhält man sich leicht zu gedankenlos in finanziellen Angelegenheiten, oder? Nur weil Sie viel Geld haben, müssen Sie nicht für meine Telefonanrufe zahlen.«

»Mmmm«, sagte Pietro.

Smythe schüttelte sich noch immer vor Lachen.

»Wahrscheinlich haben Sie Ihren Anwälten irgendein Dokument zukommen lassen, das sie öffnen sollen, wenn sie nichts mehr von Ihnen hören«, spottete er.

»Ich habe es gestern abend abgeschickt.«

Smythe lachte schallend. Pietro blickte ihn finster an. Helena rutschte auf ihrem Platz herum. Sie sah aus wie ein Wackelpudding.

»Was soll das jetzt wieder?« fragte sie. »Ich versteh' das nicht.«

»Das macht überhaupt nichts«, versicherte Smythe. »Okay, Vicky... Ich darf doch Vicky sagen, oder?«

»Nein«, sagte ich.

»Und Sie müssen mich John nennen. Sie haben Ihren Standpunkt klargemacht, liebe Vicky. Also lassen Sie uns das Geschäftliche für eine Weile vergessen. Genießen Sie die schöne Landschaft. Wir kommen hier kein zweites Mal vorbei, wie es ein Dichter mal ausgedrückt hat.«

Pietro hatte während dieses Wortwechsels nur verständnislos von einem zum anderen geschaut. Entweder war er ein exzellenter Schauspieler, oder er hatte wirklich keine Ahnung, wovon die Rede war. Zumindest bei Smythe war ich mir sicher. Dieser Mann war einfach unglaublich dreist.

Nach der Legende wurde Tivoli von Catallus von Arkadien gegründet, der während des Krieges zwischen Eteocles und Polyneices zusammen mit Evander aus seinem Land geflohen war, und von seinem Sohn Tibertus. Klingt wie eine Seifenoper, oder? All diese Namen. Smythe erzählte mir diese Geschichte und noch andere, während die Limousine lautlos über die Straße rollte. Er plapperte die ganze Zeit. Niemand anders kam zu Wort.

Ich wußte bereits, daß viele römische Adlige in Tivoli, das nicht weit von Rom entfernt liegt, ihren Landsitz hatten. Schon die alten Römer flüchteten vor der Hitze der Stadt dorthin. Der berühmteste der antiken Landsitze ist der des Kaisers Hadrian. Die Ruinen seines Palastes stehen noch immer. Die Villa d'Este dagegen ist die bekannteste der Renaissancevillen. Die Villa und ihre phantastischen Gärten gehören nun der italienischen Regierung, aber die Villa Caravaggio ist noch bewohnt. Sie gleicht der Villa d'Este, ist nur ein wenig bescheidener. Das bedeutet, sie hat nur die Ausmaße eines mittelgroßen Hotels. Darin sind die üblichen Gesellschaftsräume mit Gemälden und Gold zu finden, dazu große, luftige, über drei Etagen um einen Arkadenhof herumgebaute Schlafzimmer. Aber die eigentliche Zier der Villa sind die Gärten. Überall gibt es Springbrunnen – Springbrunnen mit ganzen Gruppen von überlebensgroßen Statuen, Springbrunnen in falschen Grotten, Springbrunnen, die über Felsen und Treppen fließen, Springbrunnen, die plötzlich aus dem Nichts schießen und unachtsame Spaziergänger durchnässen. Es gab dort lange Wege mit Zypressen und Hecken, die mich überragten, ummauerte Gärten und bedeckte Arkaden. Während wir durch die Parkanlagen fuhren, bekam ich einen tollen Überblick.

Als wir uns der Villa näherten, begann Helena, die mir gegenüber saß, nervös auf ihrem Sitz herumzurutschen. Ich konnte von ihrem Gesicht, das sowieso nicht das ausdrucksvollste war, zwar nicht viel erkennen, merkte aber, daß sie irgendein starkes Gefühl ergriffen hatte – kein angenehmes Gefühl. Schweißperlen glitzerten auf ihrer Oberlippe, obwohl es wegen der Klimaanlage im Wagen eiskalt war.

Wir hielten an. Der Chauffeur sprang aus dem Wagen und öffnete uns die Tür. Pietro stieg als erstes aus. Er reichte mir die Hand, dann folgte Smythe. Helena rührte sich nicht.

»Beeil dich«, fuhr Pietro sie an. »Wir essen gleich. Es wird alles kalt.«

Helena drückte sich noch tiefer in den Sitz. Sie schüttelte heftig den Kopf. Der ganze Wagen schien voller blonder Haare zu sein.

»Nun gut«, sagte Pietro wütend. »Antonio wird dich nach Rom zurückfahren. Ich habe dir gleich gesagt, du sollst dableiben.«

Helena stöhnte dumpf und schüttelte wieder den Kopf.

»Dann bleib im Wagen sitzen«, brüllte Pietro. »Bleib da sitzen, bis du schwarz wirst. *Dio,* diese Frau macht einem nichts als Ärger!«

Er stürmte die Treppe hinauf und ließ uns unten stehen. Ich blickte Smythe an. Er lächelte. Der Kerl lächelte aber auch immer. Er zwinkerte mir zu, dann bückte er sich und blickte in den Wagen.

»Nun komm schon, Helena. Sei nicht albern.«

Dann begriff ich erst, was mit dem Mädchen los war. Sie hatte schreckliche Angst. Ihre Oberlippe zitterte, ebenso die Hand, die sie zaghaft ausstreckte. Smythe zog sie trotz ihrer Pfunde mit Leichtigkeit aus dem Wagen. Er war sehr viel stärker, als er aussah.

»Beschützt du mich?« flüsterte sie und schaute zu ihm auf. »Paßt du auf, daß mir nichts geschieht?«

»Natürlich«, erwiderte Smythe. »Jetzt beeil dich. Du weißt doch, wie wütend seine Exzellenz wird, wenn er vom Essen abgehalten wird.«

Helena hielt sich an seinem Arm fest und wankte vorwärts. Ich mochte sie zwar nicht besonders, aber sie tat mir leid. Ich hätte wohl für jeden Mitleid empfunden, der solche Furcht hatte.

»Wovor hast du denn solche Angst?« fragte ich.

»Das ist eine gute Frage«, stimmte Smythe zu. »Das sollte mich auch interessieren, schließlich habe ich etwas leichtsinnig versprochen, dich davor zu beschützen. Mein Geschick ist zwar enorm, aber trotzdem begrenzt. Wenn es sich also um eine Art King Kong oder das Monster von Loch Ness handelt...«

»Es ist wirklich ein Monster«, murmelte Helena. »Ein Phantom. Der Geist der Caravaggios.«

»Ein Geist«, wiederholte ich. »Ha, ha. Sehr witzig.«

»Das ist überhaupt nicht witzig«, widersprach Helena. »Es ist schrecklich! Er ist ganz schwarz gekleidet und hat eine Kapuze wie ein Mönch. Aber das Gesicht... Das Gesicht ist...«

Sie machte ein gurgelndes Geräusch, wie ein verstopftes Waschbecken. Das Ganze war eine sehr überzeugende Darstellung. Ich bekam eine Gänsehaut, obwohl es draußen so warm war.

»Was ist mit dem Gesicht?« fragte ich ungeduldig. »Nein, laß mich raten. Ein zerfallendes, sich auflösendes, phosphoreszierendes Grauen...«

»Ein verwesendes, verschrumpeltes, ausgetrocknetes, bräunliches, nasenloses Grauen«, fuhr Smythe fort.

»Ein Totenschädel!« kreischte Helena. Ich hörte einen dumpfen Aufschlag hinter uns und drehte mich um. Der Chauffeur, der das Gepäck auslud, hatte einen Koffer fallen lassen. Er starrte Helena erschrocken an.

»Ach so, ein Totenschädel«, sagte Smythe gähnend. »Das ist doch ein ganz schön alter Hut, findest du nicht? Da mochte ich meine verwesende Mumie lieber.«

»Ihr lacht darüber? Er wird mit euch lachen – ein höhnisches, lautloses Lachen, wie ein furchtbarer Schrei. Ich habe seine Zähne gesehen, zwei Reihen dunkler Zähne. Er geht nachts in den Gärten um, aber wer weiß, ob er nicht bald ins Haus kommen wird? Ich habe ihn einmal gesehen, sein Gesicht war ein silberner Totenkopf, der im Mondlicht leuchtete und lachte . . .«

Sie spielte uns nichts vor. Ihr dicker Arm, der meinen streifte, war eiskalt.

Das bedeutete natürlich nicht, daß dieses Phantom echt war. Es bedeutete nur, daß irgend jemand die arme Helena zu Tode erschrocken hatte. Falls wirklich jemand nachts durch die Gärten der Villa strich und dabei in dieser Verkleidung von gelegentlichen Spaziergängern nicht erkannt wurde, mußte es einen Grund dafür geben.

Smythe schien von dieser Geschichte ebenso überrascht und beeindruckt zu sein wie ich. Ich mußte mir mal wieder in Erinnerung rufen, daß der Mann ein vollendeter Schauspieler und kein bißchen vertrauenswürdig war.

»Hört sich wirklich furchtbar an«, sagte er mitfühlend. »Aber mach dir keine Sorgen, Helena. Solche Gespenster betreten keine Häuser.«

»È vero?« fragte sie hoffnungsvoll.

»Assolutamente«, sagte Smythe bestimmt. »Ich kenne mich aus mit Geistern. Der Stammsitz meiner Vorfahren ist ganz voll von diesen Kreaturen. Sie sind eine richtige Plage, rasseln nachts mit den Ketten und hinterlassen Blutflecken auf dem Fußboden, die man nicht wegwischen kann . . . Außerdem hast du Glück, Helena. Ich wette, du wußtest nicht, daß unser Fräulein Doktor hier eine wahre Geisterexpertin ist. Du erzählst ihr einfach alles, und sie wird dir sagen, was zu tun ist. Stimmt's, Vicky?«

»Aber ja«, antwortete ich und warf ihm einen bösen Blick zu. Das war bestimmt als Seitenhieb auf mich gedacht, aber ich war mir nicht sicher.

»Na, siehst du.« Smythe klopfte Helena auf eine ihrer rundlicheren Körperstellen. Immerhin ging es ihr wieder so gut, daß sie herumzappelte und kicherte.

Die Villa war wirklich wunderschön, prachtvoll mit antiken Möbeln eingerichtet. Doch ich war zu sehr mit meinen Gedanken beschäftigt, um ihren Prunk zu schätzen. Ich durchschritt die Eingangshalle, ohne mich groß umzusehen, und folgte einem der Dienstmädchen nach oben zu meinem Zimmer. Smythe verabschiedete sich im zweiten Stock und murmelte so etwas wie eine Entschuldigung, aber Helena klebte an mir wie eine Klette. Mein Zimmer war so prunkvoll und überwältigend wie der Thronsaal in einem Dogenpalast. Vom Balkon aus konnte man die Gärten und den »Pavianbrunnen« überblicken. Helena warf sich auf das Bett und spähte durch ihre Sonnenbrille zu mir herüber.

»Kennen Sie sich wirklich mit Geistern aus?« wollte sie wissen.

»Sicher«, antwortete ich.

»Dann müssen Sie mir sagen, was ich tun muß, damit mir nichts passiert.«

»Zuerst erzählst du mir besser, was du gesehen hast«, sagte ich und setzte mich neben sie.

Sie hatte ihrer Schilderung nicht mehr viel hinzuzufügen. Nur ein einziges Mal hatte sie die Erscheinung gesehen – in einer Nacht im April, als sie die Villa das letztemal besucht hatten. Sie habe sich mit Pietro gestritten und einen Spaziergang machen wollen, um sich zu beruhigen, wie sie es ausdrückte. Ihre Vision habe sie kreischend in Pietros offene Arme zurückgetrieben, und auf ihr Drängen hin seien sie am Tag darauf nach Rom zurückgekehrt. Sie habe nicht wieder mitkommen wollen zur Villa.

»Aber meine Gefühle sind ihm ja jetzt egal«, jammerte sie. »Er hat mich gezwungen mitzukommen. Er glaubt wohl nicht, was ich ihm über das Phantom erzählt habe. Ich schwöre . . .«

»Oh, ich glaube dir. Aber Pietro überrascht mich. Gibt es keine Familiensage über den Geist? Viele alte Familien erzählen sich solche Geschichten.«

»Er sagt, nein. Aber vielleicht lügt er. Pietro ist nämlich ein Erzlügner. Also, was muß ich tun, um mich vor dem Geist zu schützen? Und«, fügte sie entschlossen hinzu, »sagen Sie mir nicht, ich solle die Villa verlassen. Wenn ich gehe, werde ich ihn verlieren. Und das kann ich mir jetzt noch nicht leisten.«

Ich war überzeugt, daß sie »leisten« im wahrsten Sinne des Wortes meinte. Na ja, das war ihre Sache, Geschäft ist Geschäft, und hier ging es wirklich um ihr Geschäft. Das ging mich nichts an. Davon abgesehen, würde ich es begrüßen, wenn sie hierbliebe. Sie würde Pietro ablenken, und er würde mich nicht auf Schritt und Tritt verfolgen. Ich versuchte angestrengt, mich an irgendwelche Horrorfilme zu erinnern.

»Du solltest dir ein Kruzifix besorgen«, riet ich ihr.

»Aber ich habe welche – viele sogar.« Sie zupfte an einer Kette, die sie um den Hals trug, und zog ein Kreuz hervor. Es war ein sehr edles, mit Diamanten besetztes Platinkreuz.

»Ja, aber hat es den Segen des Papstes erhalten?« fragte ich mit ernster Miene.

»Nein . . .« Helena setzte die Sonnenbrille ab und runzelte die Stirn. »Aber einige andere, die ich besitze.«

»Dann trag immer eins davon. Dann bist du stets in Sicherheit.«

»Ist das alles?« Sie klang enttäuscht.

»Du hast es nicht getragen, als du den Geist gesehen hast, oder?« Ich nahm an, daß sie es nicht getragen hatte, und auch nicht viel anderes, da der Streit mitten in der Nacht stattgefunden hatte. »Ach ja, noch etwas. Um ganz sicher zu sein, solltest du etwas Knoblauch vor jedes Fenster und jede Tür hängen. Und über den Kamin, falls es einen gibt. Eisen ist auch gut. Ein Gegenstand aus Eisen über jede Öffnung – Tür, Fenster –«

»Was noch?« Sie setzte sich aufrecht hin, die Hände auf den Knien, die Augen weit geöffnet.

»Nun«, sagte ich und kam so richtig in Fahrt, »Weihwasser. Kannst du welches besorgen?«

»*Sì, sì.* Ich werde mich damit besprengen, ja? Das ist gut. Und vielleicht sollte ich auch den Knoblauch tragen? An einer Kette mit dem Kruzifix?«

Ich wollte schon zustimmen, als mir einfiel, daß Pietro davor zurückschrecken würde, Helena zu umarmen, wenn sie nach Knoblauch stinken würde.

»Nein«, sagte ich bestimmt. »Das Kruzifix und der Knoblauch passen nicht zusammen. Sie heben sich gegenseitig auf, *capisci?*«

»Ach so, *sì.* Klingt logisch.«

»Das sollte genügen. Ach ja, bleib nachts im Haus. Tagsüber zeigen sich die Geister nicht. Und«, fügte ich listig hinzu, »du bist vollkommen sicher, wenn du mit Pietro zusammen bist. Er ist der Hausherr. Es ist sein Geist, er wird ihn nicht belästigen.«

»*Sì, sì.* Wie klug Sie sind, Vicky!« Sie strahlte mich an. Wie viele einfache Gemüter war sie leicht zu überzeugen. Sie hievte sich umständlich auf die Füße. »Ich werde mich jetzt umziehen. Es ist Zeit zum Mittagessen.«

Das hatte ich bereits vermutet. Irgendwo in den Tiefen der Villa schlug jemand schon eine Weile auf einen Gong.

Ich kämmte mir schnell die Haare und lief dem Klang des Gongs nach, der inzwischen leicht hysterisch zu klingen schien. Je näher ich ihm kam, desto furchtbarer wurde der Lärm. Als ich ankam, hielt ich mir die Ohren zu – es war ein gewaltiges Ding, so groß wie der Gong, der immer in alten Arthur-Rank-Filmen geschlagen wird. Pietro bearbeitete ihn mit einem riesigen Schlegel. Seine Krawatte saß unter dem linken Ohr, und sein Gesicht war knallrot vor Anstrengung und Aufregung. Als er mich sah, ließ er den Schlegel sinken. Der Gong zitterte, hallte nach und erstarb. Ich nahm die Finger aus den Ohren.

»Es ist zum Verrücktwerden«, rief Pietro aus. »Der Junge

kommt immer zu spät, nie ist er pünktlich. Und jetzt auch noch Helena. Und wo ist Sir John ? Sie haben sich alle verschworen, um mich vom Essen abzuhalten. Dabei leide ich an einer seltenen Magenkrankheit. Mein Arzt sagt, ich muß immer pünktlich essen.«

»Ich komme auch zu spät«, sagte ich. »Ich bitte um Verzeihung. Ich wußte nichts von Ihrer seltenen Krankheit.«

Pietro rückte seine Krawatte zurecht, wischte sich das Gesicht ab, strich sich das Haar glatt und setzte ein Lächeln auf.

»Aber bei Ihnen ist das etwas anderes. Sie sind mein Gast. Ich hätte Ihnen mehr Zeit lassen sollen. Kommen Sie, wir gehen schon mal hinein. Wir werden nicht auf die anderen warten.«

Wir brauchten nicht lange auf Helena und Smythe zu warten. Sie lächelte breit, als sie eintrat. Ihr goldenes, perlenbesetztes Kruzifix war überaus deutlich zu sehen. Smythe folgte ihr und setzte sich neben mich.

Das Essen glich den weiteren, die ich in diesem Haus noch zu mir nehmen sollte. Pietros Sohn ließ sich nicht mehr blicken, ebensowenig die Witwe. Pietro erklärte, daß seine Mutter oft in ihren Privatgemächern speise. Das war fast alles, was er sagte. Auch Smythe steuerte nicht viel zur Unterhaltung bei. Er schien in seine eigenen Gedanken vertieft zu sein. Sobald wir die riesigen Mengen an Speisen verschlungen hatten, torkelte Pietro hinaus, um ein Schläfchen zu halten. Helena lief hinterdrein, und ich hielt Smythes Arm fest, als er an mir vorbei zur Tür ging.

»Finden Sie nicht, daß wir uns mal unterhalten müssen?« fragte ich.

Ich weiß gar nicht, ob ich schon erwähnt habe, daß er fast genauso groß war wie ich – vielleicht ein paar Zentimeter größer, aber meine hohen Absätze glichen den Unterschied aus. Wir standen uns Auge in Auge gegenüber, doch irgendwie schaffte er es trotzdem, mir das Gefühl zu geben, daß er auf mich hinabsah – so tief er nur konnte.

»Ich fürchte, das wird von meiner Seite aus verlorene Liebesmüh sein«, sagte er gedehnt. »Aber wir können es ja noch einmal versuchen. Wie wär's mit einem Spaziergang im Garten?«

»Wie romantisch«, bemerkte ich.

Es hätte romantisch sein können, wenn ich mit jemand anderem als Smythe unterwegs gewesen wäre. Das kühle Geplätscher der Springbrunnen begleitete uns auf schattigen, von blühenden Büschen und Hecken gesäumten Wegen. Als ich reden wollte, legte Smythe den Finger an den Mund.

»Wir müssen zuerst ein ungestörtes Fleckchen finden«, sagte er.

Wir gingen um eine Kurve, und ich machte vor Schreck einen Riesensatz. Direkt vor uns befand sich ein gigantischer Monsterkopf aus Stein. Er war so riesig, daß das aufgerissene Maul größer war als ich. Seine gefletschten Zähne und die Hörner und Schlangen auf dem Kopf wären auch im Kleinstformat furchterregend gewesen.

»Das finden Sie wahrscheinlich lustig«, sagte ich, als ich wieder zu Atem kam.

»Verzeihung. Ich habe dieses dumme Ding hier ganz vergessen. Aber eigentlich ist es kein schlechter Ort, um sich ungestört zu unterhalten. Kommen Sie, wir gehen hinein.«

Er ging in den Rachen des Monsters hinein und bückte sich dabei ein wenig, um die scharfen Reißzähne nicht zu berühren.

Ich folgte ihm. Das Gestein, aus dem das Ungeheuer gehauen war, war eine grobe, dunkle Substanz, die an Bimsstein erinnerte, aber um einiges härter war. Flechten und Moos bedeckten die Oberfläche wie herunterhängende Haut. Ein außergewöhnlich abstoßendes Werk.

Die Höhle im Innern war als eine Art Gartenlaube hergerichtet. Durch die Augen, das Maul und die Nasenlöcher drang ein wenig Licht herein. Smythe setzte sich auf einen Bambusstuhl und zeigte mir einen zweiten.

»Gibt es hier noch mehr von diesen entzückenden Geschöpfen?« fragte ich.

»Mehrere. Der neunte Graf hatte die Idee von einem Freund, dem Prinzen Vicino Orsini, im 16. Jahrhundert.«

»Ich habe über den Orsini-Besitz gelesen«, sagte ich. »Bomarzo – ist das nicht der Name?«

»Ich weiß es nicht mehr. Er liegt ungefähr 80 Kilometer nördlich von Rom. Ist eine ziemliche Touristenattraktion, glaube ich.«

»Lassen Sie doch diese Reiseführertexte«, entgegnete ich. »Ich möchte ...«

»Meine Liebe, Sie haben das Thema angesprochen.«

»Dann betrachten Sie es als beendet.«

»Haben Sie wirklich einen Brief bei Ihrem Anwalt gelassen?«

»Ich habe einen Brief hinterlassen, aber nicht bei meinem Anwalt. Ich habe überhaupt keinen Anwalt. Ich muß zugeben, daß die Beweise, die ich bis jetzt gesammelt habe, nicht überzeugend sind. Wenn sie es wären, würde ich zur Polizei gehen. Aber Sie werden sicher zustimmen, daß mein Ableben oder mein Verschwinden meinen Verdacht auf höchst unangenehme Weise bestätigen würden.«

»Unangenehm für uns, sicherlich. Wir möchten keine Publicity.«

»Was gedenken Sie dann in dieser Sache zu unternehmen?«

»In welcher Sache?« Er hob die linke Augenbraue.

»Wieso, in dieser Sache natürlich – die Verschwörung – die ...«

Er lehnte sich zurück, faltete die Hände auf seinem flachen Bauch und lächelte mich an.

»Wirklich, Victoria, seien Sie nicht töricht. Ich verstehe nicht ganz, warum ich irgend etwas unternehmen sollte. Es liegt an Ihnen zu handeln. Was gedenken *Sie* zu tun?«

»Ich werde alles über diese Sache herausfinden«, antwortete

ich. »Dann werde ich zur Polizei gehen und Sie alle ins Gefängnis bringen.«

»Das ist aber nicht nett von Ihnen. Ich glaube wirklich, daß Sie voreilige Schlüsse ziehen. Wie kommen Sie darauf, daß dies ein Fall für die Polizei ist?«

Ich bekam mich wieder unter Kontrolle. Seine saloppe, indirekte Art zu reden lenkte mich ab. Wir redeten um den heißen Brei herum und kamen überhaupt nicht zur Sache.

»Sie scheinen ja alles über mich zu wissen«, sagte ich. »Wahrscheinlich haben Sie mich gleich überprüft, nachdem ich Ihnen meinen Namen genannt habe. Sie wissen, wo ich arbeite. Sie wissen sicher auch, daß Ihr Mann in München –«

»Schöner Titel für einen Thriller«, unterbrach er mich.

»Unterbrechen Sie mich nicht. Ihr Mann in München ist tot, und Sie wissen, daß er den Talisman bei sich trug . . .«

Smythe setzte sich aufrecht hin. Sein Lächeln war verschwunden, seine Augen blickten klar und forschend.

»Also das war es. Nein, ich habe nicht gewußt, was eine Angestellte des Nationalmuseums zum Einbruch veranlaßt hat, aber allein durch diese Tatsache sind Sie für uns verdächtig geworden. Totzdem ist die Existenz des kopierten Talismans unerheblich, meine Liebe.Was müssen Sie für einen boshaften, argwöhnischen Charakter haben, wenn Sie den voreiligen Schluß ziehen, daß ein Diebstahl geplant ist?«

»Es war ein Fehler, mich zu entführen«, entgegnete ich.

»Sie glauben doch nicht im Ernst, daß ich so etwas Dummes tun würde?« fragte Smythe verächtlich.

»Wer dann?«

»Das geht Sie nichts an. Guter Gott, haben Sie etwa gedacht, ich würde Ihnen ein ausführliches Geständnis liefern, sobald wir allein wären? Sie können rein gar nichts beweisen. Sie können hier sitzen bleiben, bis Moos über sie wächst, und dann können Sie immer noch nichts beweisen.«

»Ach nein?«

»Ach nein. Wir haben unsere Spuren ordentlich verwischt, das kann ich Ihnen versichern. Sie werden hier nichts herausfinden, aber Sie können in Schwierigkeiten geraten. Meine Kollegen sind eigentlich ganz harmlose Burschen, außer ein oder zwei von ihnen. ... Ich habe mich mit ihnen wegen Ihrer Entführung sehr ernsthaft unterhalten, und ich hoffe, es kommt nicht wieder vor. Aber ich kann nicht dafür garantieren, und ich werde den Teufel tun und Sie jedesmal retten. Warum verschwinden Sie nicht einfach von hier?«

»Wenn es hier nichts herauszufinden gäbe, wären Sie nicht so eifrig darauf bedacht, daß ich gehe«, erwiderte ich.

»Erste grundsätzliche Regel. Wie konstruiere ich einen Syllogismus. Das haut nicht hin. Ich hab' Ihnen doch gesagt, daß ich mich nicht für meine Kollegen verbürgen kann.« Er wechselte den Tonfall und beugte sich nach vorn. Seine blauen Augen blickten sanfter. »Schauen sie, Vicky, das Ganze ist doch ziemlich harmlos. Warum lassen Sie es nicht einfach dabei bewenden?«

»Wenn ich alles darüber wüßte, könnte ich Ihnen vielleicht zustimmen«, sagte ich charmant.

Smythe öffnete den Mund, als wollte er etwas erwidern. Dann ließ er sich auf den Stuhl zurückfallen und begann zu lachen.

»Nein, nein«, sagte er. »Ich wollte mir schon eine nette Geschichte ausdenken. Das könnte ich natürlich. Aber Sie sind fast genauso gerissen wie ich. Sie würden mir niemals glauben, nicht wahr?«

»Ehrlich gesagt«, antwortete ich und vergaß dabei mein Taktgefühl, »Ich würde Ihnen nicht glauben, wenn Sie mir sagen würden, die Sonne geht im Osten auf. Warum geben *Sie* es nicht einfach auf? Wenn Ihre Verschwörung wirklich harmlos ist, kann sie nicht viel wert sein. Ich kann sehr hartnäckig sein, und meine Freunde wissen bereits eine Menge über Sie.«

Smythe zog feierlich ein weißes Taschentuch hervor, wedelte damit in der Luft herum und steckte es wieder ein.

»Die Sitzung ist beendet«, sagte er. »Wir kommen anscheinend nicht weiter. Ich gehe zum Haus zurück. Ich habe zu tun. Kommen Sie mit?«

»Dieser Platz gefällt mir allmählich«, erwiderte ich. »Ich glaube, ich werde noch eine Weile hierbleiben.«

Smythe ging zur Tür – oder besser: zum Maul – hinaus. Er drehte sich um. Gegen das Sonnenlicht konnte man nur seine Silhouette erkennen, einen schwarzen Schatten. Ich sah seine Gesichtszüge nicht, aber als er sprach, klang seine Stimme ziemlich ernst.

»Ich bewundere Ihr mutiges Auftreten, Vicky. Aber treiben Sie es nicht zu weit. Hier gibt es wirklich Phantome, die im Garten umgehen – und nicht nur nachts.«

Das war ein netter Hinweis für ein Mädchen, das man allein im Kopf eines Monsters zurückließ.

II

Draußen in dem Monsterkopf schlief ich ein, ausgestreckt auf einer schönen, weichen Chaiselongue. Ich schlafe sonst nie tagsüber. Normalerweise nehme ich aber auch nicht ein solches Mittagessen zu mir, bei dem ich fast eine halbe Flasche äußerst schweren Weins trinke.

Um vier Uhr kam Leben ins Haus. Um diese Zeit hatte Pietro seinen Mittagsschlaf beendet – so schien es jedenfalls. Wie ich später feststellte, war er morgens schläfrig und träge, wurde aber zum Abend hin immer lebendiger, wie eine Pflanze, die nur nachts blüht. Um Mitternacht lief er zur Höchstform auf.

Er war ein wirklich sympathischer kleiner Mann. Im Gegensatz zu vielen anderen gelangweilten Millionären genoß er das Leben in vollen Zügen. Nicht, daß ich viele Millionäre gekannt hätte; ich stütze diese Aussage auf das, was man immer in irgendwelchen Zeitschriften liest. Vielleicht trug der Wein zu seiner Joie de vivre bei. Sofort nach dem Aufstehen begann er zu trinken, und hörte erst dann auf, wenn er nicht mehr konnte. Er trank relativ langsam, deshalb dauerte es eine Weile, bis er richtig betrunken war. Bis dahin durchlief er verschiedene Phasen. Das erste Anzeichen einer leichten Trunkenheit war eine tiefschürfende Intellektualität. In diesem Stadium sprach er über Geschichte, Politik und Philosophie, wobei er lauter komplizierte Wörter benutzte und griechische Philosophen zitierte, von denen ich noch nie gehört hatte. Ich glaube, er dachte sie sich aus.

Wenn das Abendessen näherrückte, wurde die intellektuelle Phase von sinnlicher Begierde abgelöst. Wenn ich mit ihm während dieser Zeit allein war, mußte ich ständig in Bewegung bleiben. Doch seine Libido wurde durch das Essen fast vollkommen befriedigt, und danach war er ganz sentimental gestimmt. Er spielte alte Platten von Nelson Eddy und Jeanette MacDonald auf seiner imposanten Hi-Fi-Anlage und versuchte, Wiener Walzer zu tanzen.

Nach der Sentimentalität kam die Kampflust. Da er ein italienischer Edelmann war, kämpfte er lieber mit Worten als mit Fäusten. Während dieser Stunden forderte er gern jemand zum Duell heraus. Gegen Mitternacht wurde er richtig munter, erzählte lauter alte Witze und führte Showeinlagen vor. Er hielt sich für eine Art Amateurzauberer und besaß allerlei Zubehör, zum Beispiel eine dieser Trickkisten, in denen man Frauen zersägt. Doch zu dieser Uhrzeit hatte er seine Hände nicht mehr ganz unter Kontrolle, und selbst die Dienstmädchen wollten sich nicht zersägen lassen. In den frühen Morgenstunden klappte er dann manchmal zusammen und mußte von seinem Diener und Mr. Smythe ins Bett getragen werden. Ich habe keine Ahnung, wofür er eine Geliebte brauchte, es sei denn, für die Zeit vor dem Abendessen.

Am ersten Abend beschloß er während seiner intellektuellen Phase, mir seine Kunstsammlungen zu zeigen. Er machte mich darauf aufmerksam, daß es Tage dauern würde, sie eingehend zu studieren. Dies sei nur eine schnelle Durchsicht, damit ich mir überlegen könne, worauf ich mich konzentrieren wolle.

Ich habe schon viele schöne Dinge gesehen. Museen sind nicht nur mein Beruf, sondern auch mein liebstes Hobby. Aber dies hier war eine einzigartige Erfahrung. Die Kunstobjekte, die er mir zeigte, gehörten nicht zu einem Museum, sondern zur Einrichtung.

»Aber haben Sie denn keine Angst vor Dieben?« fragte ich, als wir die Hälfte des Rundganges hinter uns gebracht hatten. »Die Villa und die Gärten sind für jedermann zugänglich, Pietro. Man könnte mit Leichtigkeit hier eindringen.«

»Aber wie sollte man denn wieder hinausgelangen? Wenn man so etwas tragen muß...« Er machte eine ausladende Geste und meinte den überlebensgroßen Marmortorso von Herkules, der auf einem Sockel im *salone* stand. »Man brauchte einen LKW, nicht wahr, und einen Flaschenzug. Es ist nicht gerade einfach, ein solches Gerät in meinen Salon zu schaffen.«

»Da haben Sie natürlich recht.« Der Mann war gar nicht so dumm, wie er aussah. »Aber was ist mit den kleineren Sachen?«

»Hier halten sich immer viele Hausangestellte auf, auch wenn ich in Rom bin. Mein Haushälter überprüft das Inventar jeden Tag. Was die besonders kleinen, besonders kostbaren Stücke betrifft, die bewahre ich selbstverständlich in meinem Safe auf.«

»Schmuck und dergleichen?«

»Oh, mögen Sie Schmuck?« Pietro tätschelte meinen Arm, und einen Moment lang dachte ich, seine liebestolle Phase setzte verfrüht ein. Doch er fuhr fort: »Möchten Sie ihn sehen?«

»Oh, ja«, sagte ich mit leuchtenden Augen. »Ich liebe Schmuck geradezu.«

»Ach, typisch Frau«, seufzte Pietro. »Ihr seid alle gleich – selbst ihr gelehrten Damen seid wie alle anderen, wenn es um Schmuck geht.«

Der Safe war ein Kämmerchen, das direkt neben Pietros Wohnzimmer im ersten Stock lag. Immerhin war er so schlau, sich zwischen mich und das Kombinationsschloß zu stellen, als er ihn öffnete.

»Einmal im Jahr wird die Kombination geändert«, erklärte er, während er an den Knöpfen drehte. »Dann kommt jemand von der Bank.«

Pietro wies auf einen Samtdivan, und ich setzte mich. Er holte einige Schmuckkästen heraus, die er auf einem niedrigen Tischchen vor mir stapelte. Dann begann er, sie zu öffnen.

Ungefähr eine halbe Stunde lang vergaß ich, daß ich eine gebildete, praktisch denkende Expertin war, die in einem Museum arbeitete. Ich schwelgte in Juwelen.

Die Stücke, die mich wirklich faszinierten, stammten aus der Renaissance. Zum Beispiel ein Anhänger aus Gold und Emaille mit einer Meerjungfrau aus einer Barockperle. Die Konturen der Perle bildeten den Oberkörper der Meerjungfrau; ihre erhobenen Arme und ihr langes Haar bestanden aus Gold. Die Schuppen ihres Fischschwanzes bildeten grob geschliffene Smaragde. Außerdem war eine Halskette dabei, die über einen halben Meter lang war und aus Steinen bestand, die so groß waren wie ein Daumennagel – Smaragde, Rubine, Amethyste und Topase. Eine andere Kette bestand aus vierkantig geschliffenen, goldgerahmten Rubinen. In der Mitte hing ein Cabochonrubin von der Größe eines Taubeneies. Ich bewunderte einen Kopfschmuck, der mich an ein Gemälde von Botticelli erinnerte – feine Goldfäden mit stilisierten Blütenblättern, die einen Sternsaphir umrahmten. Eine sternförmige Brosche, die mit goldgerahmten Perlen, Rubinen und Smaragden besetzt war. Ringe ...

Ich versuchte, all diese Schmuckstücke kritisch zu betrachten, doch das war nicht leicht. Pietro bestand darauf, daß ich sie anprobierte. Ringe an meinen Fingern, Ketten um den Hals ... Pietro gelangte langsam in seine erotische Phase. Ich klirrte und klingelte vor lauter Juwelen, als plötzlich die Tür aufflog und Helena hereinstürmte.

Es schien, als würde sie mich von nun an hassen. Sie funkelte mich wütend an und brach in hitziges Geschrei aus.

»Hier bist du also! Du überschüttest sie mit Geschenken? Ich hab' noch nicht mal einen mickrigen Ring von dir bekommen, und diese ... diese ...«

Danach schweifte sie in die faszinierenden Tiefen römischer Gossensprache ab. Ich wußte gar nicht, daß es so viele Bezeichnungen für eine Frau mit schlechtem Ruf gibt. Pietro hörte sich das Ganze eine Weile an, dann donnerte er los.

»*Silenzio!* Wie kannst du es wagen, hier hereinzuplatzen und einer Dame gegenüber so vulgär zu reden? Vor einer gebildeten Frau, die extra gekommen ist, um sich meine Sammlung anzusehen! Sie – sie schreibt ein Buch über mich, das mich berühmt machen wird, nicht wahr, Vicky?«

»O ja«, sagte ich. »Das schreibe ich wirklich. Sie werden sicher berühmt.«

Helena wollte gerade wieder loslegen, doch Pietro unterbrach sie brüsk.

»Geh! Geh und lern zuerst, wie man sich benimmt. Ich schenke dir mit Sicherheit keinen Ring! Diese Juwelen sind seit Jahrhunderten im Besitz meiner Familie. Sie gehören der Contessa Caravaggio, und keiner ... keiner ...«

»Oh, das ist schon in Ordnung«, sagte ich, als er mich entschuldigend ansah. »Ich weiß, was Sie meinen. Sie sollten die Juwelen besser wieder einschließen, Pietro.«

Als ich den Schmuck von meinen Händen und meinem Dekolleté nahm, – das muß ich leider zugeben – sträubten meine Finger sich ein wenig. In diesem Augenblick begann ich die Faszination kostbarer Juwelen zu verstehen – ein starkes Gefühl, für das über die Jahrhunderte viel Blut vergossen worden war.

Erst als ich mich in meinem Zimmer für das Abendessen fertigmachte, konnte ich Helena verstehen.

Wenn diese dummen Stückchen kristallisierten Kohlenstoffs mich dermaßen betörten, wie mußte es dann erst Helena ergehen? Zu meiner Verteidigung kann ich sagen, daß mich nicht nur der Wert der Steine faszinierte, sondern auch die ausgezeichnete Verarbeitung. Die Juweliere der Renaissance waren nicht nur Handwerker, sondern auch die großen Künstler ihrer Zeit. Cellini war sowohl Bildhauer als auch Goldschmied; Ghirlandajo, Verrocchio und Michelozzo arbeiteten als Juweliere. Die »Paradiestür«, jenes unvergleichliche Basrelief am Baptisterium in Florenz, wurde von einem Goldschmied namens Ghiberti entworfen.

Der unbekannte Kunsthandwerker, der den Talisman von Karl dem Großen kopiert hatte, befand sich in guter Gesellschaft. Ich fragte mich, ob nicht einige der Schmuckstücke, die ich an jenem Tag gesehen hatte, Fälschungen waren.

Apropos Fälschungen. Dieses Thema ist ein weites Feld, denn die Techniken beim Kopieren von Schmuck unterscheiden sich zum Beispiel von denen, die man bei Porzellan oder Gemälden anwendet. Doch alle Nachbildungen haben eines gemeinsam – wenn sie gut sind, ist es praktisch unmöglich, sie vom Original zu unterscheiden.

Manche selbstherrliche Kenner und Kunstkritiker glauben immer gern, sie könnten ein gefälschtes Meisterwerk allein an seinen stilistischen Fehlern erkennen. Wenn Rembrandt wirklich so bedeutend war, dürfte er schließlich nicht leicht zu imitieren sein. Das ist zwar eine nette Theorie, aber sie ist falsch. Jedes noch so prätentiöse Museum auf der Welt hält Kunstwerke im Keller versteckt, die dessen Experten gern vergessen würden – gefälschte Bilder und Skulpturen, für die sie ein Heidengeld ausgegeben haben, weil sie sie für echt hielten. Sicher, wenn erst einmal bekannt ist, daß es sich um Fälschungen handelt – weil der Fälscher gestanden hat oder chemische Tests es erwiesen haben –, dann ist es natürlich einfach, mit dem Finger darauf zu zeigen. »Der Faltenwurf in dem gefälschten griechischen Basrelief ist nicht so klar und gekonnt wie im Original...« Ach was, alles Humbug. Die allerbesten Fachleute haben sich täuschen lassen.

Man nehme nur mal Van Meegeren, den wahrscheinlich berühmtesten und erfolgreichsten Fälscher der Welt. Wenn er nicht gestanden hätte, würden seine falschen Vermeers noch immer in den Museen ausgestellt. Bei ihm war es wirklich ein Fall von ausgleichender Gerechtigkeit, denn er mußte gestehen, um sich von einem viel schlimmeren Vorwurf zu befreien. Während die Deutschen Holland besetzt hatten, verkaufte Van Meegeren eines seiner Bilder an Göring, der sich für einen Kenner hielt. Göring glaubte natürlich, daß er einen echten Vermeer kaufte. Unglücklicherweise glaubte das auch die holländische Regierung. Denn nach dem Krieg, als mit allen Verrätern und Kollaborateuren abgerechnet wurde, verhafteten sie Van Meegeren und warfen ihm vor, mit den Nazis zusammengearbeitet zu haben – genauer gesagt, nationale Kunstschätze verkauft zu haben. Das Lustige daran war, daß die Kunstwelt ihm nicht glauben wollte, als er zugab, Dutzende von Vermeers gefälscht zu haben. Was – der großartige »Christus in Emmaus« sollte ein Betrug sein? Unmöglich. Es stammte hundertprozentig von Vermeer, es war sogar sein Meisterwerk! Erst als Van Meegeren in seiner Gefängniszelle einen neuen Vermeer malte, waren die Skeptiker überzeugt. Und da – so ist der Mensch nun mal – kritisierten sie alle möglichen Makel in den Bildern, die sie vorher als Schätze verehrt hatten.

Ich weiß ein wenig Bescheid über das Fälschen von Gemälden. Ich weiß auch, daß die einzig sichere Methode, um eine gute Fälschung zu erkennen, chemische und physikalische Tests sind. Ein unvorsichtiger Fälscher von heute könnte zum Beispiel Farben wie synthetisches Kobaltblau, Ultramarin oder Zinkweiß benutzen, die es erst seit dem 19. Jahrhundert gibt. Ein guter Fälscher würde solche dummen Fehler nicht begehen. Van Meegeren war so gewissenhaft, daß er nur Farben verwendete, die auch schon Vermeer benutzt haben konnte. Sie sind immer noch erhältlich; es gibt keine mysteriösen Farben oder unbekannten Techniken. Die meisten Fälscher malen sogar auf alter Leinwand und ahmen selbst Risse, Wurmlöcher oder Patina geschickt nach. Da gibt es alle möglichen Tricks. Ich bin sicher – und das wird jeder aufrichtige Kunsthistoriker nach ein oder zwei Drinks zugeben –, daß noch immer viele Fälschungen die heiligen Hallen der großen Museen auf der Welt schmücken. Private Sammler sind besonders arm dran, erst recht, wenn sie Kunstgegenstände zweifelhaften Ursprungs kaufen. Sie wagen es meist nicht, einen Schätzer oder Wissenschaftler hinzuzuziehen, wenn sie den Verdacht haben, daß die Objekte gestohlen sind.

Ich war überzeugt, daß ein großer Anteil antiken Schmucks ebenfalls gefälscht war, aber das einzige Objekt, über das ich jemals etwas gelesen hatte, war das Saitaphernes-Diadem. Ein Diadem muß nicht unbedingt ein zierlicher Stirnreif sein, der von Märchenprinzessinnen getragen wird. Dieses Schmuckstück hatte die Form eines hohen, spitzen Hutes, war aus dünnem Gold und mit reliefartigen Bildern und Aufschriften versehen. Die Aufschriften stammten aus echten griechischen Texten, klangen also authentisch. Die Handwerksarbeit war so gut, daß sich sogar die Jungs aus dem Louvre davon täuschen ließen und das Stück für ihre Kollektion kauften. Der Juwelier war ein Russe namens Rouchomowsky. Wie Van Meegeren hatte er es nach seinem Scheitern schwer, die Kunstwelt von seinem Geständnis zu überzeugen. Ich kann es nur wiederholen – es gibt keine untergegangenen Techniken. Rouchomowsky hatte die frühe Kunst des Granulierens gelernt: Bestimmte Muster werden aus winzigen Goldkügelchen zusammengesetzt, die nicht größer als grobe Sandkörner sind und von denen jedes einzeln festgeschweißt wird. Einige seiner Fälschungen sind exzellente Kopien alter etruskischer Goldarbeiten.

Wenn Rouchomowsky diese Fähigkeit besaß, so konnte sie

auch jemand anders besitzen. Je länger ich darüber nachdachte, desto mehr wurde mir klar, daß diese Bande einer unentdeckten Gaunerei nachging. Der einzig sichere Weg, um Fälschungen aufzuspüren, sind – wie gesagt – wissenschaftliche Tests. Wenn aber echtes Material verwendet wurde, kann man die Fälschung durch keinen Test der Welt erkennen. Gold ist Gold. Die Reinheit des Goldes variiert natürlich, aber ein gewissenhafter Fälscher würde auf jeden Fall das gleiche Gold benutzen, das auch der griechische oder aus der Renaissance stammende Kunsthandwerker verwendet hat, den er kopieren will. Früher konnte man nachgemachten Schmuck leicht aufspüren, aber heutzutage, wo es synthetische Juwelen gibt, kann ein gut gearbeitetes Stück einem Labortest durchaus trotzen. Ich konnte nicht ganz nachvollziehen, warum Schmidt sich so sicher war, daß sich der echte Talisman im Museum befand. An seiner Stelle würde ich auf beide gut achtgeben.

Ich zog das einzige lange Kleid an, das ich mitgenommen hatte – ein enganliegendes Ding aus schwarzem Jersey. Dann holte ich meine eigene Schmucksammlung hervor. Ich muß sagen, sie sah ziemlich schäbig aus.

Sechs

Die Herren trugen Dinnerjackets, und wenn ich »Sir John Smythe« etwas wohlgesonnener gewesen wäre, hätte ich zugeben müssen, daß diese feierliche Kleidung gut zu seiner schlanken Figur und seinem blonden Haar paßte. Sein Kummerbund war flach und adrett. Der arme Pietro sah aus wie eine Melone, der man ein dunkelrotes Band umgebunden hatte.

Die Witwe saß bereits vor einem der Salonfenster in einem hohen, mit Schnitzereien verzierten Stuhl, der wie ein Thron wirkte. Ihre Anwesenheit bändigte ihren Sohn ein wenig. Er mußte seine libidinösen Neigungen auf Helena beschränken, denn die Gräfin winkte mich an ihre Seite und unterhielt sich die ganze Zeit über mit mir.

Sie war wirklich reizend. Sie erinnerte mich an meine Großmutter. Nicht, daß sie sich ähnlich sahen; Oma Andersen war eine typische Schwedin, kräftig gebaut, selbst mit siebzig noch blond, stahlblaue Augen. Aber sie waren beide Familienoberhäupter. Die Witwe interessierte sich brennend für den neuesten Klatsch und Tratsch aus den vornehmen Kreisen. Sie wollte alles über Elizabeth Taylors neuen Ehemann wissen. Ich war zwar nicht ganz auf dem laufenden, aber dafür eine gute Zuhörerin. Wir waren uns beide einig, daß amerikanische Präsidentengattinnen meist ganz nette Damen waren, aber leider nicht viel zur Welt des Glamours beitrugen.

Nach kurzer Zeit trat der junge Luigi ein. Er schaute sich gedankenverloren im Zimmer um, als hätte er vergessen, weshalb er gekommen war. Dann fing er den Blick seiner Großmutter auf und schlenderte zu ihr hinüber. Sie streckte ihre hagere, geäderte Hand aus und zog ihn auf einen niedrigen Hocker zu ihrer Seite hinunter. Sie gaben zusammen ein hübsches Bild ab – das besinnliche Alter und die aufgeweckte Jugend.

»Mein Liebling, du hast Frau Doktor Bliss nicht begrüßt«, sagte die Witwe freundlich.

Luigi schaute zu mir hoch. Ich erschrak ein wenig. Er wirkte vielleicht verträumt und geistesabwesend, doch seine Augen waren äußerst lebendig – schwarz, glühend, wach.

»Buona sera, Dottoressa«, sagte er folgsam.

Ich erwiderte den Gruß, dann machte sich Schweigen breit. Luigi streichelte die Hand seiner Großmutter und strich mit dem Daumen zärtlich über ihre knochigen Finger, fast wie ein Liebhaber.

»Du siehst müde aus, mein Herz«, bemerkte sie. »Was hast du gemacht? Du darfst dich nicht überanstrengen, du wächst noch.«

»Mir geht es gut, Großmutter.« Er lächelte sie an. »Du weißt doch, daß meine Arbeit meine größte Freude ist.«

Sie schüttelte besorgt den Kopf.

»Du arbeitest zu hart, mein Engel.«

Für meine Begriffe sah er nicht gerade überarbeitet aus. Er hätte einen guten Popstar abgegeben, der kleine Mädchen zum Kreischen bringt, wenn er nicht so unschuldig wirken würde.

»Was arbeitest du denn, Luigi?« fragte ich. Dann, als er seine ausdrucksvollen, fleckigen, jungen Hände vorzeigte, korrigierte ich mich: »Verzeihung, ich vergaß. Welchen Stil bevorzugst du?«

Das war dumm ausgedrückt. Die meisten jungen Maler imitieren den einen oder anderen Stil, aber keiner von ihnen gibt das zu. Sie halten sich alle für innovativ. Bevor ich meinen Schnitzer wiedergutmachen konnte, begann Pietro, höhnisch zu lachen.

»Seinen Stil, meinen Sie? Der allermodernste, Vicky. Ohne jede Form und ohne jeden Sinn. Auf eine Leinwand geschmierte Farbkleckse.«

Die Augen des Jungen blitzten auf.

»Ich experimentiere noch.« Er sprach mich direkt an und ignorierte seinen Vater. »Für mich ist Kunst eine sehr persönliche Erfahrung. Sie muß direkt aus dem Unterbewußtsein auf die Leinwand fließen, meinen Sie nicht auch, *Signorina*?«

»Wie sollte sie das auch meinen?« wollte Pietro wissen. »Sie ist Wissenschaftlerin, eine Kunsthistorikerin. Hat Raffael vielleicht seinem Unterbewußtsein erlaubt, die Leinwand zu überfluten?«

»Nun«, antwortete ich und dachte an die Stanzen, »das ist gar nicht so abwegig, wie es auf den ersten Blick...«

»Nein«, brüllte Pietro. »Form, Technik, sorgfältigstes Studieren der Anatomie sind wichtig... Vicky, sind Sie nicht auch dieser Meinung?«

Ich wollte gerade eine flapsige, scherzhafte Antwort geben, als ich plötzlich die Spannung im Raum spürte. Sie alle starrten mich mit wilden, hungrigen Augen an – der Sohn, der Vater, die Witwe. Ich begriff, daß es überhaupt nicht um Kunst ging. Das Ganze war eine alte Fehde, eine Grundsatzdebatte zwischen Vater und Sohn. Mir wurde klar, daß es dumm gewesen wäre, mich auf die eine oder andere Seite zu schlagen. Als ich mich nach Hilfe umsah, fing ich nur John Smythes spöttischen Blick auf.

»Ich bin kein Kritiker«, sagte ich bescheiden. »Als Mittelalterforscherin schätze ich die Form natürlich, aber ich glaube, daß man sich Kunst im Grunde nur spontan nähern kann. Ich kann Ihre Arbeit nicht beurteilen, ohne sie gesehen zu haben, Luigi.«

Das war keine üble Antwort. Sie konnte je nach Vorliebe unterschiedlich interpretiert werden. Luigis Gesicht hellte sich auf. Mein Gott, er war aber auch ein hübscher Junge!

»Ich werde sie Ihnen zeigen«, sagte er und wollte sich erheben. »Kommen Sie, ich werde...«

»Luigi!« Die Witwe zog ihn auf den Hocker zurück. »Du vergißt dich, mein Kind. Wir werden gleich zu Abend essen.«

»Dann morgen.« Der Junge blickte mich durchdringend an.

»Es wird mir ein Vergnügen sein«, sagte ich.

»Es wird eine Qual sein«, versetzte Pietro.

II

Wahrscheinlich bin ich der einzige Mensch auf der Welt unter Dreißig, der den vollständigen Text von »Lover, Come Back to Me« auswendig kann. Das ist nicht meine Schuld, es ist die Schuld meines idiotischen Gedächtnisses, das alle nutzlosen Dinge behält, auf die es jemals gestoßen ist. Oma Anderson spielte die Lieder aus den alten Romberg- und Victor-Herbert-Operetten immer auf dem Klavier. Und die kenne ich alle.

Diesmal nützte mir mein Talent. Als wir nach dem Essen wieder in den Salon zurückgekehrt waren, sangen Pietro und ich zusammen mit Nelson und Jeanette. Ich hatte bereits so viel Wein getrunken, daß ich Smythes verhaltene Ausgelassenheit nicht weiter beachtete.

Nachdem wir uns »The New Moon« angehört hatten, wechselte Pietro in seine kampflustige Phase und forderte Smythe zum Duell heraus. Ich weiß nicht mehr, was der Auslöser dafür war, vermutlich irgendeine eingebildete Beleidigung. Wie zu erwarten war, nahm Smythe an, und so hüpften beide durch den Saal und duellierten sich. Leider waren keine Degen vorhanden, deshalb benutzten sie Regenschirme, und selbst die Witwe mußte bei ihrem Anblick herzlich lachen. Danach ging sie schlafen. Pietro zeigte uns Kartentricks und zauberte ein dickes, ungehaltenes Kaninchen aus einem Zylinder. Es hatte anscheinend geschlafen – im Hut oder woanders – und war verärgert wegen der Störung. Es biß Pietro und wurde vom Butler weggebracht, während Helena ihren verwundeten Liebhaber bemutterte und seinen verletzten Daumen mit einem großen, feinen

Taschentuch verband. Ich mag Slapstick, aber langsam hatte ich genug. Ich wünschte eine gute Nacht und ging schlafen.

Eine lange, kalte Dusche vertrieb den Weinrausch ein wenig aus meinem Kopf, und anstatt mich hinzulegen, trat ich auf den Balkon hinaus.

Es war eine märchenhafte Nacht. Vollmond – ein großer, silberner Ball hinter den Spitzen der Zypressen, wie Weihnachtsschmuck. Die helleuchtenden Sterne ließen mich einen Moment lang Heimweh verspüren. Solche Sterne sieht man nur auf dem Land, wo es keine grellen Lichter wie in der Stadt gibt. Im fahlen Mondlicht wirkten die Gärten wie aus einer romantischen Erzählung; alles war schwarz und silbern. Die Springbrunnen glitzerten wie Diamanten, die Rosen waren aus Elfenbein und Jade. Meine Knie wurden weich. Vielleicht lag es am Wein, aber das glaube ich eigentlich nicht. Ich ging in die Knie, hockte mich zwischen die Topfpflanzen, die Arme auf der Balustrade, und blickte verträumt hinaus in die Nacht. Ich wollte ... Na, dreimal dürfen Sie raten.

Dann zeichnete sich plötzlich eine Gestalt von der Dunkelheit ab und trat auf das silbergraue Pflaster der Terrasse. Sie war groß und schlank, das Haar schimmerte wie ein weißgoldener Helm auf dem makellos geformten Kopf. Die Gestalt blieb unter meinem Balkon stehen und trug mit glockenheller Stimme, wie sie immer bei Shakespeare-Festivals und der BBC zu hören sind, vor:

»Süß war sie wie eine Elfe,
Ihre Füße waren riesengroß ...«

Ich nahm einen Blumentopf und ließ ihn fallen. Ich verfehlte meinen Verehrer, allerdings nur knapp. Er mußte zur Seite springen, um den umherfliegenden Scherben auszuweichen. Ich hörte ihn lachen, als ich in mein Zimmer zurücklief.

III

Wie die Ratten und die Hamster war Pietro nachts munter. Da ich wußte, daß er selten vor zwölf Uhr mittags aufstand, hielt ich den Vormittag für die beste Zeit, um mich umzusehen. Also war ich um acht Uhr auf den Beinen, geschniegelt und gebügelt, topfit und voller Tatendrang.

Wonach suchte ich eigentlich? Na ja, mir war so eine Idee gekommen. Smythe hatte mir etwas zu eifrig versichert, ich könne hier nichts finden. Normalerweise würde man nicht davon ausgehen, daß eine Gangsterbande einen mißtrauischen Ermittler ausgerechnet zum Ort des Geschehens führen würde. Aber Smythe traute ich diesen doppelten Bluff durchaus zu. Ein altes Sprichwort besagt, wenn man etwas vor dem Gesetz zu verbergen hat, geht man am besten zur Polizei. Möglicherweise gingen die Verbrecher ihren schändlichen Aktivitäten direkt vor meiner Nase nach. Zumindest eines würde sie überführen – die Werkstatt des Künstlers, von dem der falsche Schmuck stammte.

Der Frühstückstisch war im kleinen Eßzimmer gedeckt, auf englische Art mit silbernen Tabletts und Warmhalteplatten. Ich aß allein und machte mich dann auf den Weg.

Ich verlief mich mehrere Male in der riesigen Villa und ihren Anlagen. Selbst nachdem ich eine Zeitlang herumgewandert war, konnte ich nicht sagen, ob ich alles gesehen hatte. Die Keller verwirrten mich am meisten. Einige der Kellerräume waren direkt aus dem Kalkstein des Hügels herausgehauen. Das schien mir ein guter Ort für eine versteckte Werkstatt zu sein. Deshalb erforschte ich diese unterirdischen Räume, so gut es ohne einen Plan der Villa ging. Ich fand aber nichts außer Spinnen und Spinnweben, dazu einen Weinkeller mit Hunderten von Flaschen.

Erleichtert verließ ich die feuchten, dunklen Kellergewölbe und trat wieder in die sonnigen, warmen Gärten hinaus. Leise

Musik begleitete mich auf meinem Spaziergang – das Plätschern der Springbrunnen, das Zwitschern der Vögel, das Rauschen von Blättern im Wind. Nach einer Weile spürte ich ein merkwürdiges Kribbeln zwischen den Schulterblättern – das Gefühl, beobachtet zu werden.

Hier gab es jede Menge Verstecke – Büsche, Hecken und dekorative Steinarbeiten. Aber keine Spur von einem menschlichen Wesen. Wahrscheinlich zerrte genau dieser Umstand an meinen Nerven. Wir Stadtmenschen sind Einsamkeit nicht gewohnt. Wir sind wie Ratten, die sich an überfüllten Plätzen vermehren und gegenseitig beißen. Ich litt an einer verrückten Kombination aus Agoraphobie und Klaustrophobie. Ich war draußen, nur Büsche und Bäume waren um mich herum und der Himmel über mir, und trotzdem fühlte ich mich eingesperrt. Die verwitterten Statuen schienen mich aus ihren zerbröckelten Augenhöhlen zynisch zu beäugen, und die gemeißelten Faune und Satyre schienen über ein Geheimnis zu lachen, das ich nicht kannte.

Die Gärten waren so angelegt, daß man als Spaziergänger viele Gelegenheiten zum Ausruhen hatte. Überall gab es Bänke und Sitzplätze aus Marmor und Schmiedeeisen, oft mit Schnitzereien und Mosaiken verziert. Ich entdeckte nicht weniger als vier Gartenhäuschen mit Polstersesseln und niedrigen Tischen. Eins von ihnen sah aus wie ein kleiner, runder Tempel mit wunderschönen korinthischen Säulen rundherum. Schließlich fand ich auch den grotesken Monsterkopf wieder, in dem Smythe und ich uns am Tag zuvor unterhalten hatten. Damals war ich zu beschäftigt gewesen, um mehr als einen allgemeinen scheußlichen Eindruck zu erhalten. Als ich mir ihn nun genauer ansah, fand ich ihn noch gräßlicher. Ich ging auf einem dunkel gepflasterten Weg um ihn herum und entdeckte, daß der Kopf einen weiteren Garten bewachte, in dem noch abstoßendere Statuen standen.

Sie waren mit Absicht so plaziert, daß man plötzlich und unerwartet auf sie traf, so daß mich ihre grotesken Konturen um so mehr erschreckten. Eine von ihnen stellte einen Elefant dar –

zumindest nahm ich das an, obwohl er sowohl Hörner als auch Stoßzähne und Krallen an den Vorderpfoten hatte. Sein Rüssel war um den Rumpf eines Mannes gewunden, den er mit einigem Erfolg zu zerreißen versuchte. Der Bildhauer hatte den Gesichtsausdruck des Opfers sehr lebensecht wiedergegeben. Er schaute genauso, wie man das von einem Menschen erwarten würde, der in Stücke gerissen wird.

Die übrigen Statuen waren noch schlimmer. Anscheinend hatte der Bildhauer nur wenige – menschliche oder tierische – Ungeheuer ausgelassen. Benommen vor Faszination und Ekel ging ich weiter. Die herrlichen Blumenbeete und plätschernden kleinen Springbrunnen verstärkten die grausige Wirkung der Skulpturen noch.

Ich befand mich gerade auf einer Terrasse, die von besonders abscheulichen Basreliefs eingerahmt war, als ich hinter mir ein Geräusch hörte und mich umdrehte. Eine der Statuen bewegte sich.

Es war eine lebensgroße, männliche Figur mit dem Gesicht eines Dämons, einem Kopf voller Schlangen und einem Mund voller Reißzähne. Das knirschende, kratzende Geräusch, das ihre Bewegung begleitete, klang wie ihre Art zu lachen. Die Figur kam genau auf mich zu, und ich gebe zu, daß ich einen großen Satz nach hinten machte. Irgend etwas Hartes, Kaltes stieß an meine Schulter. Ich wirbelte gerade noch rechtzeitig herum, um der steinernen Umarmung einer zweiten Figur auszuweichen, die sich aus den Azaleen, die ihre hufigen Füße bedeckten, aufgemacht hatte. Der ganze Platz war voller Bewegung und Geräusche, ein schauerlicher Chor quietschenden Gelächters. Steinerne Arme hoben sich, Köpfe drehten sich und starrten mich mit leeren Augen an.

Ich stolperte über meine eigenen Füße und fiel hart zu Boden, genau in die Bahn eines drachenartigen Untiers, das unbarmherzig auf mich zu knirschte.

Mein Aufschrei war kein gezielter Hilferuf, eher eine Art

Schockreaktion auf das, was geschah. Ich war ziemlich überrascht, als er eine Wirkung hervorrief. Die Drachenfigur kreischte plötzlich und blieb mit einem Ruck stehen. Auch die übrigen Figuren standen auf einmal still. In diese Ruhe hinein ließ ein Vogel ein langes, melodisches Trällern hören.

Wie Nijinsky in »Le Spectre de la Rose« kam er über die kleine Steinmauer, mit einem einzigen weiten Sprung, und landete sanft auf den Füßen. Er blieb stehen, stemmte die Arme in die Hüften und blickte mich ernst an. Doch seine erste flinke Bewegung hatte ihn verraten, und auch das schnelle Heben und Senken seiner Brust bewies, daß er nicht so ruhig war, wie er erscheinen wollte. Sein blondes Haar war zerzaust.

Den anderen zuerst zum Sprechen zu bringen ist ein alter diplomatischer Trick. Schon die Indianer kannten dessen Nutzen, und heutige Geschäftsleute wenden ihn an, wenn sie ihre Sekretärinnen zuerst den Gesprächspartner ans Telefon holen lassen und dann erst selbst den Hörer abnehmen. Smythe und ich hätten noch ewig da gestanden und versucht, den anderen niederzustarren, doch plötzlich merkte ich, daß meine Hand schmerzte. Ich lutschte an der Wunde und blickte dann auf die harte, fast vom Gras verdeckte Metallschiene hinunter, an der ich mir die Hand aufgeschürft hatte.

»Sie sind ja nicht verletzt«, sagte Smythe. Dann merkte er, daß er diese Runde verloren hatte, und fuhr verärgert fort: »Geschähe Ihnen ganz recht, wenn Sie es wären. Wenn man seine Nase in anderer Leute Angelegenheiten steckt, kann man sich leicht verletzen.«

»Sie wollen mir ja wohl nicht weismachen, daß diese Dinger von allein loslaufen«, sagte ich.

Er zögerte einen Moment lang, als überlegte er, ob er mit dieser Behauptung davonkäme, und zuckte dann die Schultern. »Nein. Sie werden mechanisch betätigt, und zwar durch ein paar Schalter, die sich in der Höhle hinter dieser Wand befinden. Irgend jemand muß alle Figuren angestellt haben.«

»Irgend jemand?« Ich untersuchte meine blutige Hand.

»Ich habe sie wieder ausgestellt«, sagte Smythe ungehalten. »Warum sollte...«

»Oh, mir fallen da einige Gründe ein.« Da er mir keine Hilfe anbot, rappelte ich mich allein wieder auf. »Aber wenn Sie glauben, daß Sie mich mit so einem billigen Trick verscheuchen können...«

»Sind Sie sicher, daß er nur dazu gedacht war, um Ihnen Angst einzujagen?«

»Ich verstehe überhaupt nicht, wieso wir uns nur in Form von Fragen unterhalten«, sagte ich gereizt. »Wie in diesen modernen abstrakten Theaterstücken... Diese Steingespenster tun doch niemandem etwas, es sei denn, sie fallen um und begraben einen unter sich. Aber sie sehen recht stabil aus.«

Ich streckte den Arm aus und drückte gegen den Steindrachen. Er stand dicht neben mir.

»Natürlich sind sie nicht stabil«, versetzte Smythe. »Sie stehen auf Rädern. Außerdem sind sie zwar unten schwer und kippen nicht so leicht um, aber ich weiß nicht, was passiert wäre, wenn Sie ohnmächtig geworden wären oder sich beim Fallen den Kopf gestoßen hätten, und dieses Ding wäre auf Sie gestürzt.«

Ich nickte. »Irgend jemand hat eine merkwürdige Art von Humor. Aber wer? Pietro?«

»Das glaube ich kaum.« Die Hände lässig in den Taschen, so spazierte er auf den Eingang des Horrorgartens zu. Ich folgte ihm.

»Pietro hat überhaupt keinen Sinn für Humor«, fuhr Smythe fort. »Er setzt diese Monster nie in Bewegung. Sie haben sicher gemerkt, wie rostig sie sind.«

»Wer hat sie dann elektrisch angeschlossen?« fragte ich, während ich einen großen Bogen um eine mannsgroße, greifende Eidechse machte. »Die Leitungen stammen wohl kaum aus dem 16. Jahrhundert.«

»Nein, aber sie bewegten sich auch damals schon, und zwar durch ein ausgeklügeltes System von Gewichten, Preßluft, Flaschenzügen und Eisenstangen. Der Sinn für Humor war im 16. Jahrhundert ziemlich brutal, und der damalige Graf Caravaggio war zweifellos ein Mann seiner Zeit. Pietros Großvater hat die Ungeheuer dann mit elektrischen Leitungen versehen. Sie sind doch niedlich, oder?«

Er klopfte auf den Schwanz eines Säbelzahntigers, der sein Maul in die Kehle eines schreienden Burschen gegraben hatte.

»Nett«, stimmte ich zu. »Wie kommt es, daß Sie gerade im richtigen Moment aufgetaucht sind?«

»Der Graf hat mich geschickt, Sie zu suchen. Es ist bald Zeit fürs Mittagessen. Einer der Gärtner hat gesehen, daß Sie in diese Richtung gegangen sind.«

»Aha. Na, dann danke für Ihre Hilfe.«

»Reiner Zufall«, erwiderte Smythe kühl. »Verlassen Sie sich in Zukunft besser nicht darauf.«

IV

Nach dem Mittagessen ging Pietro wieder schlafen, und ich setzte meine Erkundigungen fort. Der Vormittag war zwar sehr unterhaltsam gewesen, hatte mich aber nicht weitergebracht. Ich mußte herausfinden, wo die Angestellten der Villa untergebracht waren, die nicht im Haus arbeiteten. Ich hatte noch nicht viele von ihnen gesehen, nur ab und zu mal einen Gärtner. Aus irgendeinem Grund glaubte ich, daß ich ein Gesicht oder eine Stimme unter diesen Leuten wiedererkennen würde. Außerdem wollte ich die Nebengebäude der Villa erforschen. Falls sich die Werkstatt des mysteriösen Goldschmieds hier auf dem Grundstück befand, würde sie sicherlich nicht frei zugänglich sein. Aber zumindest konnte ich mögliche Plätze auskundschaften und sie später durchsuchen, wenn die Arbeiter fort waren.

Mir war die Idee gekommen, daß der unbekannte Meister nicht unbedingt ein Mitglied der Gang sein mußte, sondern vielleicht ihr Opfer war. Ich stellte ihn mir als einen netten, kleinen, grauhaarigen Mann mit Brille auf der Nasenspitze vor, wie den Schuhmacher bei den Brüdern Grimm. Möglicherweise hielt die Bande ihn gefangen und zwang ihn, Meisterwerke zu schaffen ...

Diese rührselige Geschichte hätte fast von Professor Schmidt stammen können. Ich glaube, ich hatte schon zu lange für ihn gearbeitet. Ich fing schon an, wie er zu denken.

Zuerst fand ich die Garage – oder besser die Garagen. Fünf Autos standen darin, und es hätten noch einige mehr hineingepaßt. Der silberne Rolls Royce erstrahlte in vornehmem Glanz und überragte den flachen, roten Sportwagen daneben. Außerdem standen da ein dunkelgrüner Mercedes, ein Caravan und ein hellbrauner Fiat.

Ich betrachtete den Fiat genauer und dachte mir dann, daß er Luigi gehören mußte. Vielleicht ging er gerade durch dieselbe Phase wie viele reiche amerikanische Teenager: Sie ziehen sich unordentlich an, mit zerrissenen T-Shirts und verwaschenen Jeans, und solidarisieren sich so mit den unterdrückten Massen. Ich finde es eigentlich ganz süß. Naiv, aber süß. Oder Luigis Vater wollte ihm beibringen, wie der Rest der Welt lebt. Eltern können manchmal echt komisch sein. Die Armen rackern sich ab, damit ihre Kinder es mal besser haben als sie selbst, und die Reichen predigen die Tugend der Armut und erzählen lange Lügengeschichten darüber, wie sie jeden Tag fünfzehn Kilometer zur Schule laufen mußten.

Außer der Garage entdeckte ich noch die Ställe, ein Gewächshaus, allerlei Schuppen und Hütten und eine Schreinerwerkstatt. Diese letzte Einrichtung beschäftigte mich eine Weile, doch es fanden sich nur ganz normale Sägen, Hammer und dergleichen darin. Ich fand Dutzende von Gebäuden, aber keine Menschen, außer einem älteren Gärtner, der unter einem Baum schlief. Ich hatte mir die falsche Tageszeit ausgesucht, um die Angestellten zu überprüfen. Wie der Hausherr hielten sie alle ihren Mittagsschlaf. Also gab ich's auf, kehrte zum Haus zurück und rief Schmidt an. Es war noch früh, aber ich dachte mir, daß er ganz gespannt und neugierig darauf warten würde, und so war es auch.

Er hatte meinen Brief noch nicht erhalten. Das überraschte mich nicht, denn die italienische Post gilt nicht unbedingt als verläßlich. Also klärte ich ihn kurz über die letzten Ereignisse auf, wobei es leider nicht viel zu berichten gab. Danach hatte ich viel Zeit, um mich umzuziehen, mich zum Cocktailtrinken fertigzumachen und wieder nach unten zu gehen. Ich stellte mich auf einen weiteren langweiligen Abend mit Romberg, Rudolf Friml und dem Großen Pietro ein, dem Meister der Illusion.

Der Abend begann ganz harmlos. Als ich mich der Tür des Salons näherte, tönte mir eine feine Melodie entgegen. Irgend jemand spielte Chopin, und zwar gar nicht so schlecht.

Den Elfenbeinsalon mochte Pietro am liebsten: Ein wunderschöner Raum in Weiß und Gold, mit einem großen Kristallüster und vergoldeten Stuckengeln, die sich rund um die Decke verfolgten. Die Möbel waren mit elfenbeinfarbenem Brokat überzogen. Auch das prachtvolle Klavier war golden. Es handelte sich um ein Bechsteinklavier, so daß die Farbe den Klang nicht beeinträchtigte.

Als ich eintrat, musterte mich Smythe von der Seite und wechselte von der Ballade, die er gerade spielte, in eine etwas romantischere Etüde über. Der Diener kam mit einem Tablett. Ich nahm mir ein Glas Champagner und stellte mich neben das Klavier.

»Nicht schlecht«, sagte ich. »Warum machen Sie die Musik nicht zu Ihrem Beruf und hören auf, das Leben eines Verbrechers zu führen?«

»Dafür reicht es nicht«, sagte Smythe knapp. Seine Finger huschten flink über die Tasten. »Das Cembalo liegt mir eher, aber professionell spiele ich auch das nicht.«

»Ich würde Sie gern spielen hören. Pietro hat doch sicher ein paar Cembalos hier.«

»Das Cembalo ist im grünen *salone*«, sagte Smythe.

»Dann spielen Sie wenigstens etwas Vernünftiges«, verlangte ich. Er spielte gerade ein süßliches Thema aus einer Tschaikowski-Sinfonie.

»Ich spiele Stimmungsmusik«, entgegnete Smythe und nickte mit seinem goldblonden Kopf in Richtung des Sofas, das in einer Zimmerecke stand.

Mattes Dämmerlicht durchflutete den Salon und ließ die Zimmerecken im Halbdunkel. Ich hatte Pietro und seine Geliebte überhaupt nicht bemerkt. Sie saßen nebeneinander auf dem Sofa und flüsterten sich zärtliche Worte zu.

»Was ist denn passiert?« fragte ich leise. »Ich dachte, sie wären dabei, sich zu trennen.«

»Dachte ich auch. Jemand muß der Dame einen guten Rat gegeben haben. Ich dachte, Sie waren das.«

»Ja, ich habe ihr einen guten Rat gegeben. Aber ich habe nicht damit gerechnet, daß sie ihn so wörtlich nehmen würde. Übrigens, ich wußte ja, daß Sie alles über mich in Erfahrung gebracht haben, aber mir war nicht klar, daß sie dabei so gründlich vorgegangen sind. Diese Anspielung auf meine Erfahrungen mit Geistern ...«

»Darüber würde ich gern einmal ein paar Einzelheiten hören«, sagte Smythe und hämmerte energisch auf den Tasten herum.

»Das werden Sie wohl nie. Wie haben Sie ...«

»Meine Liebe, Ihr Freund Schmidt hat halb München von seiner brillanten Assistentin erzählt.«

»Und Sie haben Freunde in München?«

»Ich habe überall Freunde. Und ich schließe leicht neue Freundschaften.«

»Das kann ich mir denken.«

Ich wandte mich vom Klavier ab. Pietro ließ von Helena ab und setzte sich auf.

»Da sind Sie ja, Vicky. Ich habe Helena von der Architektur alter griechischer Tempel erzählt.«

»Tatsächlich?« fragte ich. »Ein faszinierendes Thema, nicht wahr, Helena?«

Helena kicherte. Sie schien gutgelaunt zu sein. Sie bewegte sich ein wenig, und ein greller Lichtstrahl blendete mich. Pietro war zum Tisch gegangen, auf dem ein Tablett mit Vorspeisen stand, also setzte ich mich neben sie.

Kein Wunder, daß sie so gute Laune hatte. Auf den üppigen Kurven ihrer Brust entdeckte ich, was mich geblendet hatte: eine riesengroße Brosche, ein Barockstück aus Weißgold, Diamanten und Perlen, mit kleinen Plaketten antiker Kameen besetzt. Der Geschmack des 18. Jahrhunderts war wie Helenas ein bißchen schwülstig und überladen. Doch sie fand offensichtlich großen Gefallen an ihrer Beute. Ihr rundes Gesicht glühte, als sie das Schmuckstück unter ihrem Doppelkinn betrachtete.

»Wow«, sagte ich. »Das muß Liebe sein.«

Helena kicherte wieder.

»Sie ist nur geliehen«, flüsterte sie verschwörerisch. »Das sagt er jedenfalls. Aber ich kann ja vergessen, sie zurückzugeben, oder?«

»Mmmm«, machte ich.

»Kommen Sie zum Fenster, dann können Sie sie besser sehen.«

Das wollte ich gern. Helena nahm sie nicht ab. Wahrscheinlich dachte sie, ich würde sie ihr wegnehmen und fortrennen, was sie vielleicht an meiner Stelle getan hätte. Aber ich konnte sie trotzdem gut sehen. Sie wurde ja sattsam zur Schau gestellt.

Ich hätte schwören können, daß sie echt war. Nein, das nehme ich zurück. Mit meinem Vorwissen hätte ich die Hand für keines von Pietros Stücken ins Feuer gelegt. Aber diese Brosche gehörte nicht zu der Art von Schmuck, die mein unbekannter Meister kopieren würde. Die Jungs in den Laboren haben noch keinen synthetischen Diamanten kreiert, den man ohne Probleme serienmäßig herstellen kann. Und außerdem war die Brosche zwar schwindelerregend teuer, aber kein Einzelstück. Pietro hatte andere Juwelen in seiner Sammlung, die sehr viel mehr wert waren.

Ich bewunderte das Schmuckstück, während Helena sich aufblies wie ein Pfau und die ganze Zeit affektiert kicherte. Wir standen immer noch am Fenster, als sich die Tür öffnete und die Witwe eintrat, auf den Arm ihres Enkelsohns gestützt.

Helena wußte wahrscheinlich, daß es wegen der Brosche Ärger geben würde, doch sie war bereit, ihn auszufechten. Sie reckte das Kinn und die Brust nach vorn, so daß die Diamanten im Sonnenlicht funkelten. Die Witwe, deren Augen so scharf waren wie ihre Glieder schwach, stutzte. Sie sagte kein Wort, aber ich hörte, wie sie den Atem so zischend ausstieß wie eine giftige Schlange. Ihre kleinen, runden Augen verengten sich und erinnerten mich daran, daß Vögel ursprünglich Reptilien waren.

Pietro wandte sich schnell ab und stürzte sich auf die Vorspeisen. Luigi ließ den Arm der alten Dame sinken. Sie machte keine Anstalten, ihn aufzuhalten, obwohl sie gewußt haben muß, was er vorhatte. Sie humpelte zu einem Stuhl und setzte sich.

Dann explodierte Luigi.

Es ist nicht nötig zu wiederholen, was er gesagt hat, selbst wenn ich mich noch an alles erinnern könnte. Er kannte erstaunlich viele derbe Schimpfwörter, wie wohl die meisten Jugendlichen, doch seine Tirade klang sehr emotional, weil er seine Stimme nicht unter Kontrolle hatte. Schließlich brachte er gar nichts mehr heraus – sicher vor Wut – und stürmte aus dem Zimmer. Der Diener hielt ihm die Tür auf.

Wenn ich die Diener, Butler oder Hausmädchen nicht häufiger erwähne, dann deshalb, weil ich sie sonst ständig erwähnen müßte. Diener gab es im ganzen Haus. Wie Flöhe sprangen sie einen an, wenn man nicht mit ihnen rechnete. Viele der intimeren Familienszenen, die ich noch miterleben sollte, fanden vor diesem Publikum statt. Keinen der Caravaggios schienen diese Zuschauer zu stören, ich wußte nur nicht genau, weshalb – entweder sie betrachteten sie als Familienmitglieder oder aber als Möbelstücke.

Pietro stotterte während dieses Gefühlsausbruchs nur hilflos vor sich hin. Als der Junge hinausrannte, wollte er etwas rufen, fing dann aber den Blick seiner Mutter auf. Die Witwe schwieg. Sie brauchte auch gar nichts zu sagen, denn es war klar, was sie von der ganzen Sache hielt und auf wessen Seite sie stand. Offensichtlich nahmen sie und Luigi an, Pietro habe seiner Geliebten die Brosche geschenkt.

Der Rest der Cocktailstunde verlief unbehaglich. Zumindest fühlte ich mich so, und Pietro offenbar auch. Helena, die nie sensibel mit anderer Leute Gefühlen umging, aalte sich im Glanz der Diamanten. Die Witwe saß wie eine steife, schwarze Puppe auf ihrem Platz, die weißen, runzligen Hände auf dem Griff ihres Stocks gefaltet. Sie ließ ihren Sohn, der versuchte, Haltung zu bewahren, nicht aus den Augen.

Das einzige, was die Situation erträglich machte, war Smythes Klavierspiel. Er wechselte von Tschaikowski über Bach zu Vivaldi und spielte schließlich Rudolf Friml, und zwar so leidenschaftlich und süßlich, daß die Melodien wie Parodien ihrer selbst klangen. Er spielte sicher nicht, weil er helfen wollte, sondern amüsierte sich dabei. Doch Musik besänftigt wilde Tiere, und sie gefiel Pietro.

Es wurde dennoch ein langer Abend. Die Witwe blieb noch lange nach dem Abendessen bei uns, um Pietro zu bestrafen. Erst gegen zehn Uhr kehrten wir zu viert zum Kaffeetrinken in den Salon zurück. Wie ein ungezogener kleiner Junge entspannte sich Pietro, nachdem seine Mutter fort war. Er hatte einiges getrunken und war in seiner aggressiven Stimmung. Da er sie vor der alten Dame hatte verstecken müssen, gab er sich nun um so kampflustiger. Er hatte es auf Smythe abgesehen, der gerade auf das Klavier zuging, und fauchte ihn an: »Eine schöne Vorstellung, wirklich! So erfüllen Sie also Ihre Pflichten!«

Smythe hob eine Augenbraue und antwortete nicht. Pietro sah mich an.

»Er ist noch keine Woche da, und nun sehen Sie mal, wie er sich aufführt! Wie ein Gast. Ich nehme ihn auf, ich stelle ihn an, weil er gute Referenzen hat. Aber er arbeitet nicht, sondern lacht sich ins Fäustchen, wenn mich mein eigener Sohn beleidigt und beschimpft. Was sagen Sie dazu?«

»Furchtbar«, sagte ich. Die Beschuldigung war natürlich völlig ungerechtfertigt, aber ich hatte nicht vor, Sir John Smythe zu verteidigen. Wenn Pietro vorgeschlagen hätte, ihn fürs Pferdestehlen aufzuknüpfen, hätte ich Smythe persönlich den Strick um den Hals gelegt.

»Sei nicht albern, Pietro«, sagte Helena und fingerte an ihren Diamanten herum. »Was sollte Sir John denn tun? Es ist dein Problem, wenn sich dein Sohn schlecht benimmt.«

Das alte Sprichwort, daß zu einem Streit immer zwei gehören, ist eine Lüge. Ein einzelner kann ganz allein einen Streit anfangen, wenn er dazu entschlossen ist, und das war Pietro. Daß Helena Smythe verteidigte, lieferte ihm einen willkommenen Angriffspunkt. Am Ende seiner Ausführungen beschuldigte er seinen Sekretär und seine Geliebte, ein Verhältnis direkt vor seiner Nase zu haben. Ich glaube, er brauchte einen Vorwand, um die Brosche wieder an sich zu nehmen, und Helena, die ja nie besonders helle war, tappte genau in die Falle.

Smythe tappte in eine andere Falle. Als Pietro anfing, sich auf der Brust herumzutrommeln und etwas von Familienehre zu brüllen, setzte Smythe seine Kaffeetasse vorsichtig auf einem Tisch ab und stand auf.

»In Ordnung«, sagte er gelangweilt. »Lassen Sie's uns hinter uns bringen. Holen wir die Regenschirme.«

»Ah, Sie machen sich lustig über mich«, schrie Pietro. »Regenschirme, sagen Sie? Sie wollen mich lächerlich machen. Sie nehmen mich nicht ernst. Sie werden schon sehen, daß man einen Caravaggio nicht so einfach beleidigt.« Und er stürzte aus dem Zimmer.

Er war schneller zurück, als ich für möglich gehalten hätte, und schwang bedrohlich – man kann es sich schon denken, nur daß es nicht ein Degen, sondern zwei waren, einen in jeder Hand. Er warf sie Smythe vor die Füße. Das Gold glänzte. Ich erinnerte mich an diese Rapiere. Sie gehörten zusammen und stammten aus Pietros Schmucksammlung, weil sie prachtvoll verzierte Griffe hatten. Es handelte sich um Degen, die bei Hofe zu einer stattlichen Uniform getragen wurden, doch die Klingen waren aus Toledostahl und ganz schön scharf.

Smythe betrachtete stumm die Waffe, während Pietro sich aus seinem Jackett kämpfte. Der Diener mußte ihm dabei helfen. Dann nahm er den Degen und postierte sich in einer Art Abwehrstellung, oder zumindest hielt er das dafür. Er ging in die Knie und wedelte mit den Armen herum.

»Kommen Sie«, rief er. »Verteidigen Sie Ihre Ehre, wenn Sie eine haben!«

»Warten Sie einen Moment«, sagte ich ängstlich, als Smythe sich bückte, um seine Waffe aufzuheben. »Diese Dolche sehen ziemlich scharf aus. Er könnte sich damit verletzen.«

»Er könnte ebenso mich verletzen«, entgegnete Smythe entrüstet. »Ich habe schließlich nicht mit diesem Unsinn angefangen.«

Pietro rannte brüllend auf ihn zu. Smythe wich geschickt zur Seite aus, und die Spitze des Degens durchbohrte die Rückenlehne des Stuhls, auf dem er gesessen hatte. Pietro zerrte fluchend an seinem Degen, und Smythe trat diskret ein paar Schritte zurück. Er blickte zuerst seine Waffe und dann Pietros dickes Hinterteil an, welches verlockend nach oben gestreckt war, während er an seinem Degen rüttelte.

»Tun Sie's nicht«, sagte ich. »Er wird ausrasten.«

»Er ist doch schon ausgerastet«, kam zur Antwort. »Total, komplett ausgerastet. Warum beruhigen Sie ihn nicht? Sagen Sie etwas Besänftigendes.«

Ich blickte zu Helena hinüber. Ich dachte, sie würde ihren zügellosen Liebhaber bändigen wollen, doch sie schaute nur zufrieden kichernd zu. Zwei Männer duellierten sich ihretwegen, was wollte sie mehr? Ich sah den Diener an und begriff, daß auch von dieser Seite keine Hilfe zu erwarten war. Bevor mir etwas einfiel, hatte Pietro seinen Degen mitsamt einem kleinen Büschel Polsterfüllung wieder herausgezogen und sich seinem Sekretär zugewandt. Er holte zu einem heftigen Schlag gegen Smythe aus, der seine Klinge gerade noch rechtzeitig hob. Stahl klirrte gegen Stahl, und ich saß ein wenig gerader. Pietro war nicht bei Sinnen. Dieser Schlag hätte Smythe den Schädel aufgeschlitzt, wenn er getroffen hätte.

Das Duell mit den Regenschirmen war eine reine Farce gewesen, aber auch nur deshalb, weil die Waffen harmlos gewesen waren. Pietro hatte sich damals nicht zurückgehalten, und das tat er auch jetzt nicht. Ich wußte nicht, ob er so betrunken war, daß er nicht merkte, was er in der Hand hielt, oder ob es ihm einfach egal war. Dieser kleine dicke Mann hatte eine gewalttätige Ader in sich. Und er konnte fechten. Zum Glück schien auch Smythe etwas Erfahrung darin zu haben. Pietro fechtete nicht unbedingt olympiareif, doch Smythes Verteidigung wurde dadurch erschwert, daß er seinen tobenden Arbeitgeber nicht verletzen wollte und auch nicht wollte, daß dieser sich selbst verletzte. Smythe mußte zwei Leute verteidigen und durfte nicht angreifen. Er machte ein ernstes Gesicht, während er zurückwich und dabei auf die Teppiche achtete, die überall auf dem gefährlich rutschigen Fußboden lagen. Einmal stolperte Pietro über einen Rand. Wenn Smythe seine Klinge nicht zur Seite geschlagen hätte, hätte sie seine Wade durchbohrt.

Ich entschied, daß es nun reichte. Entweder Pietro traf

jemanden mit seiner Klinge, oder er würde einen Schlaganfall bekommen. Er war puterrot im Gesicht und schweißüberströmt. Ich huschte hinter ihn, und als er den Arm nach vorn streckte, umfaßte ich seinen Bizeps und drückte zu.

Das saß. Pietro schrie auf. Der Degen fiel klirrend zu Boden.

Smythe trat zurück und ließ die Waffe sinken. Ich sah, daß er irgendeine barsche Bemerkung loslassen wollte, deshalb fiel ich auf die Knie und umschlang Pietros Beine. Das sah bestimmt toll aus, und außerdem konnte Pietro auf diese Weise nicht umfallen.

»Ich konnte doch nicht zusehen, wie Sie ihn töten«, sagte ich erstickt. »Pietro – das wäre Mord! Ihr Geschick ist einfach zu groß. Es ist, als würden Sie mit einem unbewaffneten Gegner kämpfen.«

Pietros feuerrote Gesichtsfarbe schwand langsam.

»Ja«, sagte er zögernd. »Ja, Sie haben recht. Das wäre nicht ehrenhaft.«

Seine Wut war dennoch nicht erloschen. Er richtete sie jetzt gegen Helena, deren Gesicht verriet, wie sehr sie dieses lahme Ende enttäuschte. Sie hatte Blut sehen wollen.

»Es scheint dir ja egal zu sein, daß meine Ehre nicht befleckt worden ist«, knurrte er. »Du hast gehofft, ich würde getötet, was? Dann könntet ihr, du und dein Liebhaber, euch mit meinen Juwelen fortstehlen. Gib sie mir zurück!«

Helena faßte nach der Brosche und wich ihm aus. Pietro folgte ihr, fuchtelte mit den Armen herum und ließ sich weiter über sein Thema aus. Smythe setzte sich. Er hatte beide Degen an sich genommen und hielt sie fest in der Hand.

»Lassen Sie die beiden in Ruhe«, sagte er, als ich Pietro und Helena nachgehen wollte. »Er wird bald umkippen, und dann können wir alle schlafen gehen.«

Pietro kippte zunächst nicht um. Er blieb munter und streitlustig. Er verfolgte Helena in einem lächerlichen Fangspiel, und sie flüchtete vor ihm. Die Terrassentüren standen weit offen, und ich fragte mich, warum sie nicht nach draußen lief. In den Gärten hätte sie ihn leicht abschütteln können. Aber sie mied die Fenster, und schließlich war sie in einer Ecke gefangen. Ich konnte nicht genau erkennen, was passierte, nur ein Durcheinander von herumfuchtelnden Armen und heftigen Bewegungen. Dann kippte Pietro um und stürzte zu Boden.

»Sieger und neuer Champion«, verkündete Smythe. »Sieg durch K.O. in der ersten Runde.«

Helena zupfte ihr Kleid zurecht.

»Er wollte mich erwürgen«, murmelte sie. »Ich mußte ihn schlagen. Glaubt ihr, er ist...«

»Ausgelöscht wie eine Kerze«, sagte Smythe, während er sich über seinen Arbeitgeber beugte. »Wir tragen ihn besser ins Bett. Ich würde mich heute nacht lieber nicht in seine Nähe wagen, Helena. Bis morgen früh wird er sich beruhigt haben, aber...«

»Ich werde mich sicher nicht in seine Nähe wagen«, versetzte Helena. »Er ist ein wildes Tier, ein Monster. Ich werde ihn verlassen.«

Und sie stolzierte mit wehenden Röcken aus dem Zimmer. Die Brosche umklammerte sie noch immer mit den Fingern.

Smythe und der Dienstbote trugen Pietro nach oben. Ich mußte an seinem Zimmer vorbei, Helenas lag gegenüber. Ihre Zimmertür war geschlossen, als ich daran vorbeiging, doch ich hörte ein heftiges Rumoren von innen. Es klang, als würde sie die Möbel verrücken.

Ich machte mich zum Schlafen fertig, obwohl ich überhaupt nicht müde war. Ich streifte mir einen Morgenrock und Pantoffel über und trat auf den Balkon hinaus.

Heute nacht winkte mir kein Komiker von der Terrasse zu. Alles war dunkel und still, bis auf ein paar Lichtpunkte, die aus den Hütten der Angestellten herüberschienen. Links wurde der dunkle Horizont von den Lichtern der Stadt Tivoli hell erleuchtet.

Alles sah ruhig und friedlich aus. Ich überlegte, ob ich mich wieder anziehen und meine Erkundungsgänge fortsetzen sollte, aber irgendwie konnte ich mich nicht für diese Idee begeistern. Ich versuchte, rationale Gründe für mein Widerstreben zu finden, was mir auch sofort gelang: Für italienische Verhältnisse war es noch früh, viele der Arbeiter würden noch auf den Beinen sein. Außerdem hatte ich kein bestimmtes Ziel im Auge, da nichts von dem, was ich bisher gesehen hatte, weitere Nachforschungen zu erfordern schien. Es machte keinen Sinn, im Dunkeln auf unbekanntem Gelände herumzuwandern. Aber das war nicht der wirkliche Grund für mein Zögern. Dieser dunkle Garten kam mir nicht geheuer vor.

Ich hatte die Caravaggios als eine komische Familie betrachtet, als eine Familie aus einer Fernsehserie oder aus einer albernen französischen Farce. Jetzt war mir klargeworden, daß es unterschwellig Tragödien und Elend in dieser Familie gab. Ein Mann kann unentwegt lächeln und trotzdem ein Schurke sein. Er kann einen kompletten Narren aus sich machen und trotzdem ein Schurke sein.

Dennoch hielt ich Pietro nicht für den Chef der Bande, den ich suchte. Möglicherweise war er ein Opfer und kein Gauner. Smythe gehörte sicherlich zu den Verschwörern, soviel hatte er bereits zugegeben. Er hatte die Stellung bei Pietro erst kürzlich angetreten, und Pietro hatte auf der Namensliste in dem neuen Schnellhefter gestanden. Wenn diese Leute, allesamt wohlhabende Sammler, die potentiellen Opfer der Betrüger waren, dann hatte die Bande durch Smythe Zugang zu den Häusern, die sie ausrauben wollte. Wahrscheinlich konnte er astreine Referenzen vorweisen. Die sind leichter zu fälschen als antiker Schmuck. Und damit konnte er sich Zutritt zu den Villen der Opfer als Sekretär oder sogar als Gast verschaffen. Er konnte ein Opfer als Referenz für den nächsten Trottel auf der Liste benutzen, da das Austauschen der Schmuckstücke ja nie bemerkt wurde.

Doch eins paßte nicht in diese Theorie. Ich war gekidnappt und im Caravaggio-Palast gefangengehalten worden. Smythe hatte damit nichts zu tun – das behauptete er zumindest. Das würde bedeuten, daß ein Familienmitglied an der Verschwörung beteiligt war.

Der große Unbekannte, den ich suchte, war der schlaue Kopf der Bande. Irgendwie konnte ich mir nicht vorstellen, daß jemand von denen, die ich kennengelernt hatte, in diese Rolle hineinpaßte. Sie waren alle nicht gerissen genug. Luigi war ein verwirrter, unglücklicher Junge, der ein schlechtes Verhältnis zu seinem Vater hatte. Er konnte vielleicht explodieren und Wutanfälle bekommen, aber er besaß nicht genug Erfahrung, um sich einen solch komplizierten Plan auszudenken. Die Witwe stellte eine Möglichkeit dar. Ich hatte schon einige nette, weißhaarige, alte Damen gekannt, die nichts gegen ein bißchen Diebstahl hatten, und obwohl sie körperlich sehr schwach wirkte, hatte sie einen verschlagenen Glanz in den Augen.

Auch Smythe konnte ich mir nicht als Kopf der Bande vorstellen. Er war gerissen genug, aber dafür fehlte ihm etwas anderes – Tatkraft vielleicht. Aber ausschließen konnte ich ihn auch nicht. Die Entführung war vielleicht nur ein Trick gewesen, um mir Angst einzujagen. All das Geschwätz über ein Schicksal, das schlimmer sei als der Tod, all die Anspielungen auf Folter und Gewalt – alles Theater, damit ich glaubte, ich befände mich in tödlicher Gefahr, aus der er mich errettet hätte. Eine Mischung aus Dankbarkeit und Angst hätte so manche Frau aufgeben lassen. Und von Smythe hätte ich nie erfahren, um welchen Palast es sich handelte; das hatte ich nur einem glücklichen Zufall und meiner eigenen Sachkenntnis zu verdanken.

Ein leichter Windstoß aus dem Garten wehte durch mein Haar. Irgendein unendlich verführerischer Blumenduft lag darin. Er störte mich beim Nachdenken. Ich ging in mein Zimmer zurück und kroch mit einem Buch ins Bett.

Das Buch gehörte zu denen, die jemand wohlweislich auf

meinem Nachttisch plaziert hatte – dazu eine Flasche Perrier und ein paar Kräcker. Sicher hatte Pietro die Bücher ausgewählt. Ich suchte »Tom Jones« aus, denn es war das harmloseste von allen. Ich hatte es noch nie gelesen. Es war recht interessant, enthielt aber ziemlich langweilige Passagen zwischen den erotischen Stellen. Ich ackerte gerade eher unaufmerksam eine dieser Passagen durch, als ich ein Geräusch auf dem Flur vernahm. Eine Tür wurde leise geöffnet und geschlossen. Dann ein dumpfer Aufschlag.

Ich mußte irgend etwas unternehmen. Pietro war außer Gefecht gesetzt, also mußte es sich bei dem Nachtschwärmer entweder um Helena oder Smythe handeln. Luigis Zimmer befand sich weiter hinten auf dem Flur, und die Suite der Witwe lag in einem anderen Flügel. Zu jedem Zimmer gehörte ein eigenes Bad, so daß niemand aus diesem Grund sein Zimmer verlassen mußte.

Bevor ich die Tür öffnete, knipste ich das Licht aus. Der Gang wurde von matten Glühbirnen in silbernen Kerzenhaltern an der Wand schwach erleuchtet, so daß dazwischen lange, düstere Abschnitte lagen. Während ich so dastand und durch den Türschlitz auf den Gang hinausblickte, trat eine Gestalt aus der Dunkelheit ins Licht, als tauchte sie gerade aus dem Nichts auf. Es war Helena.

Sie war noch nicht weit gekommen, denn sie trug zwei riesige Koffer. Mir war klar, was sie beabsichtigte. Sie hatte anscheinend begriffen, daß sie und Pietro so gut wie fertig miteinander waren. Deshalb machte sie sich aus dem Staub, und zwar mit der Brosche. Aber sie war so habgierig, daß sie keines ihrer Kleider zurücklassen wollte.

Ich beobachtete sie eine Weile. Sie konnte nicht beide Koffer auf einmal tragen. Deshalb schleppte sie einen ein paar Meter weit und kehrte dann zurück, um den anderen zu holen. Sie keuchte so heftig, daß ich sie aus sechs Metern Entfernung hören konnte. Ich fand ihren Anblick recht amüsant, bis ich ihr Gesicht sah.

Ich hätte nie gedacht, daß Habgier so stark sein konnte. Sie war so mächtig, daß sie sogar die Angst besiegte, die Helenas Gesicht verzerrte.

Ich trat auf den Gang hinaus. Helena hätte bestimmt geschrien, wenn sie nicht so außer Atem gewesen wäre. Sie gab ein unnatürliches Kreischen von sich, sank auf die Knie und umklammerte die Koffer.

»Was zum Teufel machst du da?« fragte ich.

»*Dio mio!* Sind Sie das? Sie haben mich vielleicht erschreckt! Ich glaube, ich kriege einen Herzanfall.«

»Kein Wunder, wenn man so schwere Taschen trägt. Warum schleichst du dich mitten in der Nacht davon?«

Ich kannte die Antwort schon, war aber neugierig darauf, was sie sagen würde.

»Ich muß fort von hier«, flüsterte sie und verdrehte die Augen. »Ich habe Angst. Hier stimmt irgend etwas nicht, fühlen Sie das nicht auch?«

»Aber warum wartest du nicht bis morgen früh?«

Sie zögerte und dachte über eine plausible Lüge nach. Der Ausdruck ihres hinterhältigen, dummen, kleinen Gesichts ärgerte mich. Mit gewollter Hartherzigkeit fuhr ich fort: »Was ist mit dem Geist? Ich dachte, du traust dich nachts nicht nach draußen.«

»Sie haben doch gesagt, er würde nicht ins Haus kommen! Ich habe die Garage angerufen. Der Chauffeur wartet mit dem Wagen...«

Ihr Gesicht war schweißüberströmt. Es war keine warme Nacht. Ich mochte Helena noch immer nicht besonders, doch ihre offensichtliche Furcht und ihre dicken, kleinen Hände, die sich an meinem Hemd festkrallten, ließen in mir Schuldgefühle aufkommen.

»Ich hab' nur einen Witz gemacht«, murmelte ich. »Möchtest du, daß ich dir helfe? Du kannst diese Koffer doch nicht alleine tragen.«

»Würden Sie das tun? Würden Sie mir helfen? Ich habe solche Angst, aber es ist immer noch schlimmer zu bleiben, als zu gehen. ... Wenn ich warte, wird Pietro mich überreden zu bleiben. Tagsüber habe ich nicht solche Angst«, fügte sie einfältig hinzu.

Ich hob einen der Koffer an und taumelte. Helena kicherte leise. Ich blickte sie kühl an. Der Koffer war zu schwer. Ich fragte mich, ob sie außer der Brosche noch Silbergeschirr eingepackt hatte.

Ich ging langsam den Korridor entlang. Helena folgte mir schnaufend. Halb zog sie den anderen Koffer, halb schob sie ihn. Schließlich erreichten wir das obere Ende der großen Treppe. Mit Kraft und Beharrlichkeit schaffte ich es, den einen Koffer hinunterzubekommen. Dann ging ich nach oben zurück, um Helena zu helfen.

»Schnell, schnell«, murmelte sie. »Wir sind zu langsam.«

Wir hatten wirklich ewig gebraucht, bis wir den langen Korridor hinter uns gebracht hatten. Außerdem hatten wir mit dem Herumzerren der Koffer einen ganz schönen Krach gemacht. Aber ich wußte nicht, warum ich so nervös war, es sei denn, das Mädchen hatte mich mit ihrer Angst angesteckt. Alles schlief tief und fest. Niemand würde uns stören. Sie sagte, daß sie die Garage angerufen habe, also stand der Wagen vermutlich schon vor der Tür.

Die Eingangshalle war ein geisterhafter Ort. Sie wurde nur von einer einzigen, an einer langen Kette hängenden Lampe erleuchtet. Sie schaukelte in einem Luftzug leicht hin und her. Schatten huschten über die bemalte Decke, so daß die Götter und Göttinnen des Olymps ihre nackten Glieder zu bewegen und zu zwinkern schienen, während sie auf uns schuftende Sterbliche herunterblickten.

Das Schaukeln der Lampe hätte mich aufmerken lassen müssen. In einem abgeschlossenen Raum gibt es keinen Luftzug, es sei denn, er wird durch irgend etwas verursacht. Doch ich stand mit dem Rücken zur Bibliothekstür, und erst als ich Helenas erstarrtes Gesicht sah, merkte ich, daß etwas nicht stimmte. Ihr Mund stand weit offen, doch sie war vor Schreck wie versteinert und konnte nicht schreien.

Ich wirbelte herum. Wenn ich nicht Helenas Beschreibung gehört hätte, hätte ich zuerst gar nichts Genaues erkannt. Er stand in der düsteren Türöffnung und war eins mit der Dunkelheit. Doch ich fühlte seine Gestalt – die wehenden Falten des langen Gewandes, die Hände in den weiten Ärmeln versteckt, den Kopf unter der Kapuze. Dann glitt er in die Halle, in das Licht der Lampe hinein.

Helena kam wieder zu Atem und gab einen Schrei von sich, der wie eine Sirene klang. Er tat meinen Ohren weh, schien dem Geist aber nichts auszumachen, denn er kam einen weiteren Schritt auf uns zu. Helenas Schrei erstarb. Sie sank unbeholfen in sich zusammen, halb über die Koffer.

Das Licht fiel auf den knöchernen Schädel unter der Kapuze. Der fleischlose Totenkopf schimmerte, nicht matt wie Elfenbein, sondern mit starkem Glanz. Er besaß eine sonderbare, unfaßbare Schönheit. Doch seine Unbeweglichkeit war furchtbarer, als jede Drohgebärde es gewesen wäre. Plötzlich begann jemand, an der Haustür zu klopfen. Die Gestalt in der Mönchskutte drehte sich um. Als der glänzende Schädel nicht mehr zu sehen war, wurde sie zu einem Geschöpf der Finsternis und schien mit der Dunkelheit zu verschmelzen und sich aufzulösen.

Helena wachte auf und fing wieder zu schreien an. Das Klopfen an der Haustür hörte nicht auf. Oben öffneten sich Türen. Ich dachte daran, Helena eine Ohrfeige zu geben – was ein verlockender Gedanke war –, doch ich hielt es für besser, zuerst Hilfe zu holen. Also ging ich zur Tür. Ich brauchte eine Weile, bis ich sie geöffnet hatte, doch schließlich ließ ich einen Mann in einer Chauffeuruniform hinein. Es war nicht derjenige, der uns hergefahren hatte. Als er mich sah, wich er zurück und verdrehte die Augen.

»*Avanti, avanti*«, sagte ich ein wenig ungeduldig. Normalerweise schrecken Männer nicht zurück, wenn sie mich sehen. »Die Signorina ist in Ohnmacht gefallen – ach nein, das ist sie eigentlich nicht, sie ist nur hysterisch. Helfen Sie mir mit ihr.«

Ihre Schreie hatten sich in lautes, heftiges Schluchzen verwandelt. Ich blickte nach oben. Das Treppengeländer war umsäumt von starrenden, größtenteils weiblichen Gesichtern. Die Hausmädchen, die im obersten Stockwerk schliefen, waren von dem Radau aufgeweckt worden. Dann kämpften sich zwei Männer durch den Andrang und kamen die Treppe hinunter.

Luigi hatte sich eine Jeans übergezogen. Seine Füße und sein Oberkörper waren nackt. Smythe trug noch seine Smokinghose und ein weißes Hemd.

Die Koffer und Helenas zusammengekauerte Gestalt verrieten einiges. Erst als Luigi mich feindselig ansah, wurde mir klar, daß ich mich selbst in einer etwas vefänglichen Situation befand.

Wenn diese Koffer voller Diebesgut waren, was ich annahm, dann konnte man mir Beihilfe zu schwerem Diebstahl vorwerfen. Ich mußte dafür sorgen, daß sie ungeöffnet wieder nach oben gelangten und daß Pietro seine Besitztümer zurückbekam.

»Wir haben den Geist gesehen«, machte ich den schwachen Versuch, von den prallen Taschen abzulenken.

»Was Sie nicht sagen«, bemerkte Smythe. »Hat die Beschreibung gepaßt?«

»Die Beschreibung wurde ihm nicht ganz gerecht«, antwortete ich. »Wir sollten Helena zurück ins Bett bringen.«

»Und wieso wollte sie sich mitten in der Nacht aus dem Haus schleichen?« wollte Luigi wissen. »Nein, sagen Sie nichts. Es ist nur zu offensichtlich. Antonio, was soll das heißen, daß du dieser Frau beim Weglaufen hilfst?«

Der Chauffeur machte wilde Gesten und brach in eine heftige *apologia* aus. Seine Entschuldigung klang vernünftig; man hatte ihm schließlich nicht gesagt, daß er Helenas Anweisungen nicht befolgen sollte. Doch Luigis finsterer Blick schien ihn einzuschüchtern. Er kroch fast vor ihm auf dem Boden, als der Junge ihn schroff unterbrach: »*Basta*. Geh in dein Haus zurück.«

»Es muß ganz nett sein, der Oberschicht in einer Region anzugehören, wo es noch feudale Treue gibt«, murmelte Smythe. »Unsere Bauern sind viel zu emanzipiert.«

Er lächelte mich leutselig an, und ich lächelte zurück. Sein Versuch, meine Aufmerksamkeit zu zerstreuen, hatte nicht funktioniert. Selbst wenn Luigi den Namen des Mannes nicht ausgesprochen hätte, hätte ich dessen Stimme wiedererkannt. Er war einer meiner Kidnapper.

Aber das war nicht das einzige, was ich durch dieses Abenteuer erfahren hatte. Die Diener brachten Helena und ihre Koffer wieder in ihr Zimmer zurück, und Luigi stampfte mit aristokratischer Arroganz davon. Ich ging ebenfalls in mein Zimmer zurück und ließ Smythe allein in der Halle stehen.

An meiner Tür befand sich kein Schloß. Ich schob einen Stuhl unter den Türknauf und verriegelte dann die Balkontüren. Es würde ein wenig zu stickig zum Schlafen sein, aber ich fühlte mich so sicherer.

Ich hatte keine Ahnung, wer den geisterhaften Mönch gespielt haben könnte. Jeder konnte es gewesen sein. Smythe, Luigi, Pietro – falls seine vom Alkohol verursachte Besinnungslosigkeit nicht echt gewesen war –, die Witwe – falls sie gebrechlicher erscheinen wollte, als sie eigentlich war. Die ältlichen Schlauköpfe in Kriminalromanen tun das häufig – sie geben vor, gelähmt zu sein, damit sie ein Alibi haben. Oder es war einer der Hausangestellten gewesen. Ich tippte aber eher auf Smythe. Zum einen paßte es zu seiner Art von Humor, zum anderen hatte es ein kleines bißchen zu lange gedauert, bis er nach Helenas Schreien heruntergekommen war. Luigi hatte zuerst seine Hose suchen müssen, da er vermutlich im Adamskostüm geschlafen hatte. Aber Smythe war komplett gekleidet und daher noch nicht im Bett gewesen.

Das Wichtige an dem Geist aber war, daß ich zwar nicht sein wahres Ich, dafür aber sein Gesicht erkannt hatte. Dieser stilisierte Schädel und diese modellierten Wangenknochen waren unverkennbar.

Ich mußte an etwas denken, das mein Vater mir einmal gesagt hatte. In meinen jüngeren und hochmütigeren Jahren hatte ich mich einmal beschwert, daß meine Collegekurse keine Bedeutung für das moderne Leben hätten. »Keine Bedeutung?« hatte er gebrüllt, und zwar so verächtlich, wie er immer schnaubte, wenn er besonders aufgebracht war. »Woher zum Teufel willst du wissen, was einmal von Bedeutung sein wird?« Er hatte recht – obwohl ich ihm das wahrscheinlich nie sagen würde. Ein Kurs über Kunstgeschichte konnte so esoterisch und irrelevant für das moderne Leben sein wie alles mögliche andere auch, aber er hatte mir schon in einigen Situationen, in denen es um Leben und Tod ging, geholfen. Auch an diesem Abend hatte er sich wieder als nützlich erwiesen.

Das Totenkopfgesicht war aztekisch – eine Maske, die in dieser makabren Religion von Priestern getragen wird. Totenschädel, Skelette und die abgezogene menschliche Haut spielen hierbei eine große Rolle. Die Azteken fertigten Totenschädel aus allen möglichen Materialien. Manchmal bedeckten sie einen echten Schädel mit einem Mosaik aus Perlmutt und Türkis. In einem Londoner Museum hatte ich mal einen kleinen Kristallschädel gesehen, der von einem lange verstorbenen Künstler stammte. Der Schädel der nächtlichen Horrorgestalt war jenem nachempfunden. Er war allerdings viel größer und mit Sicherheit nicht aus Bergkristall. Es handelte sich um eine Kreation des kleinen, alten Goldschmieds, und dazu um eine meisterhafte Arbeit. Irgendwie war ich mir sicher, daß die Werkstatt, aus der dieser Schädel stammte, sich hier in der Nähe befand.

Sieben

Am nächsten Morgen stattete ich als erstes Helena einen Besuch ab. Sie hatte darauf bestanden, daß eines der Mädchen bei ihr blieb, und die Angestellte war froh, endlich gehen zu dürfen. Ich begann, die Koffer zu durchsuchen. Währenddessen wurde Helena wach.

»Sei still«, sagte ich, als sie sich beschwerte. »Willst du dir selbst die Polizei auf den Hals hetzen? Pietro läßt dich vielleicht mit der Brosche gehen, aber das hier wird er dir kaum überlassen.« Ich hielt eine Tang-Pferdefigurine in die Höhe, die sie aus dem Salon mitgehen lassen hatte. Ich fragte mich, woher sie deren Wert gekannt hatte.

»Ich war wütend«, murmelte sie. »Nehmen Sie mir das etwa übel?«

»Nicht, daß du wütend warst. Ich nehme dir übel, daß du so etwas Dummes tun konntest. Mein Gott, kein Wunder, daß der Koffer so schwer war!«

Das Gewicht kam von einem massiven, silbernen Armleuchter, der fast einen Meter hoch war.

Ich stand auf und wischte mir demonstrativ die Hände ab.

»Bring das Zeug zurück«, befahl ich. »Falls du immer noch gehen möchtest, werde ich dir helfen. Aber du kannst nicht all das mitnehmen.«

Sie hatte ihr Make-up am Abend nicht entfernt. Im hellen Morgenlicht sah es scheußlich aus, alles war verschmiert und voller Streifen vom Bettzeug. Sie blinzelte mir mit verklebten Wimpern zu.

»Ich bleibe. Er kann mich nicht rauswerfen.«

»Hast du keine Angst mehr vor dem Geist?«

»Haben Sie ja auch nicht.«

»Nein, aber ich wüßte gern, wer ...« Helena hatte die Bettdecke bis ans Kinn hochgezogen, aber ihre seichten, dunklen Augen hatten einen merkwürdigen Glanz, so daß ich sie fragte: »Helena, weißt du, wer es war?«

»Nein.«

»Und wenn du es wüßtest, würdest du es mir nicht sagen. Das ist wohl die Belohnung dafür, daß ich so nett zu dir gewesen bin. Steh auf und bring das Zeug zurück, oder ich gehe zu Pietro und erzähle es ihm höchstpersönlich.«

Als ich das Frühstückszimmer betrat, war ich erstaunt, Pietro am Tisch sitzen und Eier herunterschlingen zu sehen. Er begrüßte mich mit einem Freudenschrei.

»Sie sind ja früh auf heute«, bemerkte ich.

Pietro reichte dem Diener seinen leeren Teller, der ihn auffüllte und mich fragend ansah.

»*Caffè*«, sagte ich. »Nur Kaffee, bitte.«

»Ich habe heute viel zu tun«, erklärte Pietro. »Wir sind ja gestern so früh schlafen gegangen ...«

Er zögerte und blickte mich argwöhnisch an.

»Sie fühlten sich nicht gut«, sagte ich. »Ich hoffe, es geht Ihnen heute morgen besser.«

»Meine alte Kriegsverletzung«, seufzte Pietro.

Ich fragte mich, wieviel er noch wußte von dem, was vorige Nacht geschehen war. Seine Kriegsverletzung interessierte mich nicht weiter. Sie war so zweifelhaft wie vieles andere an meinem charmanten Gastgeber.

»Ihre Verletzung muß eine große Belastung für Sie sein«, sagte ich und sah staunend zu, wie Pietro zuerst Schinken mit Spiegelei verschlang und sich danach über eine Schale Corn Flakes hermachte. Sein Geschmack war international – italienisches Abendessen, englisches Frühstück. Auf diese Weise nahm er das absolute Maximum an Kalorien zu sich.

»Ja, ich muß mich stärken«, sagte Pietro. »Ich habe heute

etwas Geschäftliches zu erledigen – etwas Geschäftliches und etwas Erfreuliches. Meine langjährige Freundin, die Principessa Concini, kommt heute. Sie wird zum Abendessen bleiben, aber zuerst müssen wir etwas besprechen. Sie möchte ein Buch über meine Sammlungen veröffentlichen. Vielleicht können Sie uns ja beraten.«

»Es wird mir eine Ehre sein.«

»Sir John wird uns ebenfalls behilflich sein. Deshalb ist er hier. Er soll uns dabei unterstützen, die Sammlungen zu arrangieren.«

»Wie lange kennen Sie Sir John?« fragte ich beiläufig.

»Noch nicht lange. Aber er hat die besten Referenzen. Allerdings...« Pietro sah von der Wurst auf, mit der er gerade beschäftigt war, und blickte mich ernst an. »Allerdings traue ich ihm nicht ganz.«

»Warum?« fragte ich atemlos.

»Nein, ich traue ihm nicht. Sie sind eine junge Dame und als Gast in meinem Haus. Ich denke, ich muß Sie vor ihm warnen.«

»Oh, bitte.«

Pietro beugte sich vor und senkte die Stimme.

»Ich fürchte, sein Umgang mit Frauen ist nicht ganz ehrenhaft.«

»Ach«, sagte ich enttäuscht.

»Ja.« Pietro nickte vielsagend. »Ja, ich habe Grund zu dieser Annahme. Ein Mann mit meiner Erfahrung... Seien Sie auf der Hut, liebe Vicky. Nicht, daß Sie dafür anfällig wären. Ich kann mir nicht vorstellen, daß irgendeine Frau ihn attraktiv finden könnte, aber ich habe schon anderes beobachtet.«

Hinter Pietro öffnete sich leise die Tür. Ich sah blondes Haar, so als beugte sich jemand vor und hielte das Ohr dicht an die Tür.

»Oh, Mr. Smythe besitzt sicherlich einen gewissen primitiven Charme«, sagte ich. »Es mag einige ungebildete Frauen ohne

Geschmack und mit wenig Erfahrung geben, die sich zeitweise zu ihm hingezogen fühlen könnten.«

Die Tür fiel abrupt zu. Pietro wandte sich um.

»Was war das?«

»Nichts Wichtiges«, antwortete ich. Ich schob meine Kaffeetasse beiseite und stand auf. »Ich glaube, ich werde einen Spaziergang machen. Ihre Gärten sind wirklich wunderschön.«

»Sie sollten sie bei Nacht sehen, wenn sie beleuchtet sind. Dann sind sie taghell. Vielleicht stellen wir die Lichter heute nacht an.«

»Das wäre schön.«

»Ja, wir werden in der Sommernacht zwischen den Blüten und den lieblichen Springbrunnen umherspazieren«, sagte Pietro und schaute so schmachtend, wie ein kleiner, dicker Mann nur schauen kann. »Warten Sie mit Ihrem Spaziergang bis dahin. Dann werde ich Sie begleiten und Ihnen Schönheiten in versteckten Ecken zeigen, die Sie sonst übersehen würden.«

»Ich werde jetzt nur einen kleinen Bummel machen«, sagte ich. »Das wird den Schönheiten, die Sie mir zeigen wollen, sicher nicht schaden.«

Er keuchte und amüsierte sich über meine pfiffige Antwort, und ich ging nach draußen.

Auf der Terrasse trat Smythe zu mir.

»Ein wunderbarer Tag«, sagte er. »Darf ich Sie begleiten?«

»Oh, sind Sie mein Wachhund heute?« fragte ich. »Nein, Sie dürfen mich nicht begleiten. In den Büschen zu lauern paßt besser zu Ihnen.«

Smythe glich seinen Schritt an.

»Sie könnten natürlich rennen«, sagte er. »Dann würde ich hinterherrennen. Wir sähen doch ziemlich blöd aus, wenn wir so über die Zypressenalleen stürmten, oder nicht?«

Wir gingen schweigend weiter, und ich hoffte, es würde eine Weile so bleiben. Doch Smythe schwieg nicht lange.

»Wo wollen Sie hin?« fragte er.

»Oh, überallhin und nirgendwohin. Ich habe noch nicht mal die Hälfte der Gärten erforscht.«

»Sie werden es nicht finden.«

»Was?«

»Was immer es ist, das Sie suchen.«

»Um was wollen wir wetten?« sagte ich.

Wir betraten den Hof neben der Garage. Der Rolls stand draußen und wurde von zwei Männern mit Schläuchen und Eimern gewaschen. Einer von ihnen war Bruno.

Ich hatte vorher gar nicht bemerkt, wie groß er war. Er hatte die Ärmel hochgekrempelt, und seine Arme sahen aus wie Baumstämme. Er blickte auf, entdeckte mich und zog finster die buschigen Augenbrauen zusammen, bevor er den Kotflügel des Wagens mit einem Schwamm abwischte.

»Wenn Sie Bruno gesucht haben, bewundere ich Sie nicht wegen Ihres Geschmacks«, sagte Smythe, nahm meinen Arm und drehte mich weg.

»Ich habe nur meine Theorie bestätigt.«

»Das kann keine große Theorie sein. Der Graf hat ein finanzielles Interesse an dem Antiquitätenladen, wie Sie vielleicht vermutet haben. Als ich das Glück hatte, Sie zu treffen, überprüfte ich gerade die Bücher.«

»Und Bruno hat Ihnen dabei geholfen. Wahrscheinlich hat er ein Diplom in Mathematik.«

»Er hat auf den Hund aufgepaßt«, entgegnete Smythe.

Inzwischen waren wir in einem Gemüsegarten mit hübschen Reihen Kohl und Karottengrün angelangt.

»Apropos Hund – was haben Sie mit Caesar gemacht?«

»Ich habe gar nichts mit ihm gemacht. Ich versichere Ihnen, er führt ein himmlisches Leben. Wir konnten ihn im Antiquitätenladen nicht mehr gebrauchen. Er gibt einen ziemlich schlechten Wachhund ab.«

»Ach, tatsächlich?«

»Ja. Er ist trotzdem ein erstaunliches Tier. Er weiß, wie man

Dosen öffnet, und zwar nicht mit seinen Zähnen, sondern mit einem Dosenöffner. Bedauerlicherweise hat er eine Vorliebe für Pasteten und geräucherte Austern entwickelt und wollte das normale Hundefutter nicht mehr annehmen.«

»Ich würde ihn gern sehen.«

»Nein, das würden Sie nicht.«

»Doch, ich ...« Ich verstummte, bevor die Unterhaltung wieder in eine dieser kindischen Diskussionen ausarten konnte, die Smythe anscheinend genoß. Wir befanden uns noch immer im Dienstleistungsbereich der Villa, deshalb gehorchte ich einem heftigen Impuls – der mich in Smythes Gegenwart so oft überwältigte –, warf den Kopf zurück und rief: »Caesar? Caesar, wo bist du, alter Junge? *Cave canem,* Caesar.«

Einen Moment lang herrschte Stille, dann war ein wildes Gebell zu hören. Ich warf Smythe einen triumphierenden Blick zu und folgte dem Kläffen durch den Gemüsegarten in einen Hof voller Mülltonnen und leerer Kisten bis unter einen Torbogen. Caesar hörte nicht auf zu bellen, und ich ermutigte ihn mit gelegentlichem Rufen. Als er mich sah, stellte er sich auf die Hinterbeine und kläffte aus vollem Hals. Mit seinen ekstatischen Sprüngen zog er die Hundehütte, an die er gekettet war, fast zwei Meter weit.

Ich hockte mich neben ihn. Er sah besser aus als das letztemal. Seine Rippen traten nicht mehr so hervor. Die Hundehütte war nicht luxuriös, aber angemessen, und seine Kette ließ ihm ausreichend Bewegungsfreiheit. Sein Wassernapf war gefüllt.

»Welch rührender Anblick«, sagte Smythe und blickte abschätzig auf den Hund und mich herab.

»Ich sage ja immer, traue keinem Menschen, der keine Hunde mag«, bemerkte ich und zog an Caesars Ohren.

»Ich mag Katzen lieber.«

»Kann ich mir nicht vorstellen. Katzenfreunde haben normalerweise viele gute Eigenschaften.«

Caesar legte sich hin, den Kopf auf meinem Schoß, das Maul

in hündischer Begeisterung aufgerissen. Ich kraulte seinen Nakken und schaute mich um.

Caesars Hof war ein Stückchen schlecht gemähter Rasen mit hohen Backsteinmauern rundherum. An der entfernten Wand befand sich ein kleines Haus. Es war bestimmt fünfzig Jahre nicht gestrichen worden, sah aber recht solide aus. Es hatte eine massive Tür, und die Fenster waren fest verschlossen.

War das einer von Smythes Tricks? Daß Caesar ausgerechnet vor einem verdächtig aussehenden Häuschen angebunden war, könnte bedeuten, daß es dort etwas gab, was ich nicht sehen sollte. Oder es gab dort gar nichts, und dieses Haus sollte mich von etwas anderem ablenken. Oder ich sollte nur glauben, daß es dort nichts gab, und es gab dort doch irgend etwas...

Ich entschloß mich, mir das Haus anzusehen. Natürlich konnte ich das nicht sofort, erst später. Caesar begann zu jaulen, als ich wegging. Nachdem ich das Tor geschlossen hatte, hörte ich, wie er Zentimeter für Zentimeter die Hundehütte über den Boden schleifte.

»Er langweilt sich«, sagte ich ungehalten. »Er braucht Bewegung. Warum lassen Sie ihn nicht frei herumlaufen? Es ist doch alles umzäunt.«

»Sie können ja zweimal am Tag herkommen und ihn bewegen«, schlug Smythe vor. »Würde euch beiden guttun.«

»Hören Sie schon auf«, sagte ich.

»Okay. Kommen Sie, Sie sollten jetzt besser ein Bad nehmen. Sie riechen wie Caesar.«

»Wenn ich wüßte, daß der Geruch Sie fernhält, würde ich ihn in eine Flasche füllen«, sagte ich schroff.

Smythe grinste und ging davon.

Wenn Smythe es nicht vorgeschlagen hätte, wäre ich vielleicht zum Haus zurückgegangen und hätte geduscht. Statt dessen ging ich zur Garage. Zwei Männer polierten den Rolls, aber Bruno war nicht mehr dabei.

Als nächstes spazierte ich in den Rosengarten. Ich dachte, der

Rosenduft würde vielleicht Caesars Geruch übertünchen, was sich als falsch herausstellte. Ich fragte mich, warum Smythe vorhin gegangen war. Und wo war Bruno? Was hatte das alles zu bedeuten? Ich mußte mir eingestehen, daß ich keine Antwort wußte.

Die Rosen hatten keine gute Wirkung auf mich, deshalb ging ich in einen Teil der Gärten, den ich noch nicht kannte. Dort befand sich einer der größeren Springbrunnen, eine Fontäne kristallklaren Wassers, das die marmornen Formen einer Gruppe Nymphen und Wassermänner benetzte. Hinter einer Oleanderhecke konnte ich die Mauern eines Gebäudes erkennen. Als ich es ganz sah, wußte ich, daß ich Luigis Atelier gefunden hatte.

Für den Erben all der Pracht, die ich bis dahin gesehen hatte, war das Atelier eine auffallend schlichte Einrichtung – ein niedriges Backsteinhaus, ehemals ein Schuppen. Ein Teil des Daches war entfernt und durch ein Oberlicht ersetzt worden, das für einen Maler unerläßlich ist. Aber das stellte auch die einzige Erneuerung dar.

Die Tür stand offen. Das mußte sie wohl – da die Sonne durch das Glasdach herunterbrannte, war es im Innern ungefähr so heiß wie in einem Pizzaofen. Luigi trug kein Hemd. Seine farbbekleckste Jeans hing tief auf seinen schlanken Hüften, so daß ich seinen braunen Rücken sehen konnte, der so feine Muskeln hatte wie Lysippos' Athlet. Ich hätte gerne gewußt, wie er es schaffte, daß die Farben bei dieser Hitze nicht zerliefen. Dann erhaschte ich einen Blick auf die Leinwand, an der er gerade arbeitete, und ich wußte, daß es vollkommen egal war. Es wäre sowieso nicht weiter aufgefallen.

Ich hüstelte und scharrte mit den Füßen. Luigi drehte sich um. Er hielt einen Pinsel zwischen den Zähnen, und sein Gesicht war voller roter und aquamarinblauer Punkte. Das waren leider auch die vorherrschenden Farben auf der Leinwand. Sonst fällt mir eigentlich nichts dazu ein. Das Ganze schien mir nichts zu sagen außer »rot, aquamarin«. Und besonders furchtbare Mischtöne aus beiden.

Luigi bot einen viel schöneren Anblick. Seine Haut war wunderbar gebräunt, jeder sichtbare Zentimeter davon; durch den Schweiß glänzte sie wie Bronze. Er nahm den Pinsel aus dem Mund und blickte mich ernst an.

»Da sind Sie ja. Ich dachte, Sie hätten Ihr Versprechen vergessen.«

»Ich wußte nicht, ob ich ohne Einladung kommen sollte«, erwiderte ich. »Es kann sehr ärgerlich sein, wenn man bei einem kreativen Prozeß gestört wird.«

Luigis düsterer Gesichtsausdruck verwandelte sich in ein Lächeln.

»Ich bin an einem toten Punkt angelangt«, sagte er und versuchte dabei, würdevoll zu klingen. »Das kommt manchmal vor, wissen Sie.«

»Ist mir bekannt. Ich kann auch gehen, falls . . .«

»Nein, nein.« Er packte meinen Arm mit seinen starken, jungen Händen. »Sie müssen bleiben. Sie müssen mir sagen, was Sie davon halten.«

Ich wußte, was zu tun war. Ich trat ein paar Schritte zurück, legte den Kopf auf die Seite und kniff die Augen zusammen. Ich schaute zwischen meinen Fingern hindurch. Ich ging nach rechts und kniff die Augen zusammen, ich stellte mich nach links und kniff die Augen zusammen. Dann ging ich auf das Bild zu und kniff dicht davor die Augen zusammen.

»Faszinierend«, sagte ich schließlich. Luigi stieß den Atem aus. »Ja, wirklich, eine überaus interessante Konzeption. Und eine außergewöhnliche Technik.«

»Ja, genau«, stimmte Luigi eifrig zu. »Sie verstehen es.«

Wir diskutierten das Bild. Ich wies auf mehrere Stellen hin, wo der Farbton etwas kräftiger hätte sein können. Luigi erklärte mir, was er dagegen tun wollte. Er war ganz begeistert. Einmal überrumpelte er mich mit der Frage, was das Bild meiner Meinung nach aussage. Aber ich erzählte dies und das und kam noch einmal davon. Das einzige, was dieses Bild aussagte, war pures Chaos.

Nach zehn Minuten in dieser Hitze hatte ich das Gefühl, daß ich stank wie ein Ziegenbock. Luigi schien das nicht zu bemerken. Ich konnte ihn nicht einfach stehenlassen. Er freute sich so, daß sich jemand für seine Malerei interessierte und zeigte mir noch einige andere Bilder in anderen Farben. Überwiegend gelb und violett, glaube ich.

»Hast du noch etwas anderes als Ölmalerei ausprobiert?«

Eine dumme Frage. Ich hätte fragen sollen, ob er irgend etwas nicht ausprobiert hatte. Tinte, Wasserfarben, Pastellfarben; Siebdruck, Gravierungen, Holzschnitte... Er holte immer neue Mappen hervor. Es war so heiß, daß mir der Schweiß in Strömen über das Gesicht lief, in die Augen gelangte, und ich nicht mehr richtig sehen konnte. Verzweifelt keuchte ich schließlich:

»Ich kann jetzt nichts mehr aufnehmen, Luigi. Ich muß das, was ich gesehen habe, in mein Unterbewußtsein sinken und ein Teil von mir werden lassen.«

Luigi stimmte mir zu. Er hätte mir auch zugestimmt, wenn ich gesagt hätte »Dunkel war's, der Mond schien helle«. Ich flüchtete in den Garten, der verhältnismäßig kühl war, und ließ Luigi an kräftigen Farbtönen arbeiten.

Das Ganze war gar nicht so lustig. Das sind die Enttäuschungen in der Jugend nie. Ich behaupte zwar nicht, daß ich viel von Kunst nach 1600 verstehe, aber Luigi hatte wirklich nicht viel zu bieten. Früher oder später würde er das herausfinden, und es würde höllisch schmerzen. In der Zwischenzeit konnte er sich ruhig ein bißchen amüsieren. Ich würde ihm auf jeden Fall nicht sagen, was ich wirklich dachte.

Ich betrat die Villa durch einen der unzähligen Seiteneingänge und wollte schnurstracks in mein Zimmer und mich waschen. Wie es das Schicksal so wollte, traf ich als allererstes die Principessa. So was passiert mir ständig.

Sie stand in der Eingangshalle und streifte gerade ihre makellosen weißen Handschuhe ab, während ein ergebener Butler darauf wartete, diese und den Blazer ihres blaßgelben Leinenkostüms entgegenzunehmen. Sie mußte im Wagen gestanden haben; ihr Rock hatte keine einzige Falte. Ihre Schuhe waren ebenso sauber wie ihre Handschuhe, und jedes einzelne ihrer glänzenden, schwarzen Haare sah aus, als wäre es Teil eines perfekten, detaillierten Gesamtkonzepts.

Sie musterte mich und lächelte ihr schwaches, antikes Lächeln. Ich spürte jeden einzelnen Fleck auf meinem ungepflegten Äußeren. Grasflecken von der Wiese, nasse Flecken, wo Caesar mich angesabbert hatte, Schmutz, Farbe, Schweiß... Ich wischte mir das strähnige Haar aus der Stirn und sah, wie sie kaum merklich ihre aristokratische Nase rümpfte.

»Hallo«, sagte ich.

»Wie schön, Sie zu sehen, Vicky.« Sie reichte dem Butler die Handschuhe und lief mit ausgestreckten Armen auf mich zu. Ich machte einen Schritt nach hinten.

»Fassen Sie mich lieber nicht an, Bianca«, sagte ich. »Ich habe mit dem Hund gespielt.«

»Hund? Oh, Pietros Riesenhund. Sie haben merkwürdige Vorlieben, Teuerste.«

»Ich muß unter die Dusche«, murmelte ich und ging in Richtung Treppe.

»Ich begleite Sie nach oben. Ich muß mich vor dem Mittagessen noch ein wenig frisch machen.«

»Ich kann mir nicht vorstellen, daß Sie noch frischer aussehen könnten.«

»Wie lieb von Ihnen, das zu sagen. Im Ernst, Vicky, ich möchte mit Ihnen kurz unter vier Augen sprechen, bevor wir zu den anderen gehen. Die Sache, von der Sie neulich sprachen... Ich habe Ihnen doch versprochen, meine Sammlungen zu überprüfen.«

Sie sah mich so ernst an, daß ich mitten auf der Treppe abrupt stehenblieb.

»Wollen Sie etwa sagen, daß Sie etwas gefunden haben?«

Sie schüttelte den Kopf. »Ich habe natürlich nicht jedes einzelne Stück überprüft. Aber ich habe einige Stücke ausgewählt, die für Ihre hypothetischen Kriminellen vermutlich am interessantesten wären. Den Kurfürstenpokal, die Sigismundsmaragde und einige andere. Sie haben jeden Test bestanden.«

»Das sind gute Nachrichten«, sagte ich nach einer Weile. »Ich bin ja nicht so boshaft und hoffe, daß Sie ausgeraubt werden, nur weil das meine Theorie bestätigen würde.«

»Das bedeutet ja noch nicht, daß ihre Theorie falsch ist.«

Sie versuchte, nett zu sein, aber sie glaubte mir immer noch nicht, und ich ärgerte mich über ihre leicht gönnerhafte Art.

»Meine Theorie ist nicht falsch, ich kann sie nur noch nicht beweisen.«

»Haben Sie noch irgend etwas herausgefunden?«

»Nein, eigentlich nicht. Aber ich bin auf der richtigen Spur. Dieser Engländer, von dem ich Ihnen erzählt habe – der, den ich im Antiquitätenladen getroffen habe – er ist Pietros Sekretär.«

»Das hörte ich«, sagte sie ruhig. »Sie scheinen ihn zu verdächtigen, aber ich verstehe überhaupt nicht, warum. Er hat exzellente Referenzen.«

»Haben Sie sie gesehen?« fragte ich.

Sie lächelte ihr hintergründiges, kunstvolles Lächeln.

»Ich habe ihn selbst getroffen. Ich finde ihn durchaus attraktiv, Sie nicht?«

»Sein Aussehen hat nichts mit seiner Anständigkeit zu tun«, entgegnete ich.

»Sie hören sich an wie Queen Victoria.« Bianca lächelte noch breiter. »Entspannen Sie sich, Kind, und genießen Sie das Leben. Ich weiß nicht, ob ich jemals alles so ernst genommen habe, selbst als ich noch in Ihrem Alter war . . .«

Und sie spazierte nach unten in die Halle und ließ mich vor meiner Tür stehen. Ich kam mir irgendwie dumm vor.

Im Vergleich zu den übrigen Mahlzeiten, die ich bei den

Caravaggios zu mir genommen hatte, verlief diese ohne unangenehme Zwischenfälle. Die Principessa fungierte als Katalysator. Sie hatte die Konversation wie eine erfahrene Gastgeberin unter Kontrolle, bezog Helena in das Gespräch ein, verhinderte mindestens zwei Streits zwischen Pietro und seinem Sohn und schaffte es, gleichzeitig noch elegant mit Smythe zu flirten, dem sie mit ihrer Aufmerksamkeit völlig den dummen Kopf verdrehte. Er plapperte und scherzte, als würde er dafür bezahlt.

Nur das Wetter spielte nicht mit. Dunkle Wolken zogen sich zusammen, als wir beim Kaffee saßen. Die Witwe schaute ängstlich ihren Enkel an.

»Luigi, versprich mir, daß du nicht in dein Atelier zurückgehst, solange es regnet.«

Luigi, der glänzend aufgelegt war, grinste mich an.

»Sie befürchtet, daß mich der Blitz treffen könnte«, erklärte er und tätschelte die Hand der alten Dame.

»Meine Großmutter wollte nie, daß ich während eines Gewitters Klavier spiele«, erzählte ich.

»Sehr vernünftig«, sagte die Witwe streng. »Elektrizität ist etwas Seltsames. Wer kann sie schon verstehen? Luigi, versprich es mir. Komm, lies mir vor. Du weißt, wie gern ich dich lesen höre.«

»Ich muß zuerst ein paar Telefonanrufe erledigen«, gab der Junge zur Antwort. »Dann komme ich, Großmutter.«

»Ach ja, Telefonanrufe«, brummte Pietro. »Er telefoniert den ganzen Tag. Nicht mit diesem Freund in der Schweiz, Luigi. Die letzte Rechnung war wirklich exorbitant.«

Luigis Lächeln verschwand, aber er sagte nichts. Ich frage mich immer, weshalb manche Leute mit ihren Lieben so umspringen. Viele von Pietros Sticheleien gegen Luigi waren absolut unnötig, aber er konnte es anscheinend nicht lassen.

Nach dem Mittagessen sah ich mir mit der Principessa und Pietro seine Sammlung seltenen Porzellans an. Sie bereitete eine Publikation über eine besondere Sorte in europäischen Privatsammlungen vor und wollte sehen, welche von Pietros Besitztümern zu berücksichtigen seien. Porzellan ist nun ein Thema, über das ich so gut wie gar nichts weiß und auch gar nicht mehr wissen möchte. Es war ganz nett, sich einige der entzückenden Teller anzuschauen, die Pietro hervorholte, aber ich verstand nur die Hälfte von dem, was Pietro und die Principessa redeten. Also entschuldigte ich mich und ging auf mein Zimmer. Es regnete ununterbrochen, und das gleichmäßige Rauschen machte mich schläfrig. Ich legte mich auf das Bett und schlief auch bald ein.

Ich glaube nicht daran, daß Träume irgendwelche übernatürlichen Botschaften übermitteln, aber ich glaube durchaus daran, daß sie bestimmte unterbewußte Ängste an die Oberfläche bringen können. Ich hatte an diesem Nachmittag einen ganz sonderbaren Traum. Es drehte sich alles um Kunst – um Raffaels erotische Zeichnungen, um Michelangelos »Pietà«, um die griechischen Statuen in Pietros *salone* – alle waren voller zinnoberroter und aquamarinblauer Kleckser und Streifen, so wie Luigis scheußliches Bild. Als ich aufwachte, nieselte es noch immer trübselig. Ich blinzelte eine Weile in das graue Halbdunkel und überlegte, was es war, das mich so plagte.

Es hatte etwas mit Luigi und seinem Atelier zu tun. All diese Mappen mit Zeichnungen, Skizzen und Wasserfarben ... Der Junge hatte mit allen möglichen künstlerischen Techniken experimentiert. Warum hatte er es nicht auch mit Skulpturen oder Tonplastiken versucht?

Es gab eine Reihe vernünftiger Erklärungen dafür. Vielleicht verstand er sich nicht auf dreidimensionale Arbeiten. Und doch hatten einige seiner Skizzen, die ich durch einen Dunstschleier von Hitze und Schweiß gesehen hatte, ein gewisses Etwas ...

Ich hatte keine Theorie, sondern nur einen vagen, abwegigen Verdacht. Doch ich mußte ihm auf der Stelle nachgehen. Ich griff nach meinem Regenmantel. Schon an der Tür, fiel mein Blick auf die Uhr auf dem Toilettentisch. Halb fünf. Also ging ich zum Telefon zurück.

Schmidts Sekretärin, Gerda, ging ans Telefon. Ich mußte mit ihr ein paar Minuten schwatzen, bevor sie mich endlich zu Schmidt durchstellte.

»Ich glaube, ich habe eine Spur«, sagte ich. »Nein, ich kann Ihnen noch nicht davon erzählen, es ist noch nichts Konkretes. Aber ich werde Sie später anrufen, wenn etwas daraus wird. Wenn Sie heute abend nicht von mir hören, vergessen Sie's – aber rechnen Sie wieder morgen um die übliche Zeit mit mir.«

Er wollte Fragen stellen, aber ich schnitt ihm das Wort ab. Ich hatte nicht viel Zeit. Falls ich nicht im Salon zum Cocktail erschien, könnte jemand nach mir suchen. Aber ich war ganz wild darauf, meiner verrückten Ahnung nachzugehen, und da alle sich wegen des Regens im Haus aufhielten, war dies eine gute Gelegenheit.

Die Tür zu Luigis Atelier war zu, aber nicht verschlossen. Sie gab auf meinen Händedruck nach. Drinnen wischte ich mir die Regentropfen aus dem Gesicht und blickte mich nach einem Lichtschalter um.

Im grellen, bläulichen Licht der Neonröhren wirkte das Atelier kalt und trostlos, fast wie eine Dachstube, in der ein armer Kunststudent wohnte. Der Samtstoff auf dem Platz für das Modell war abgenutzt und staubig, und die Stühle sahen aus, als hätte schon mal ein riesiger Hund darauf herumgekaut. Der Regen prasselte auf das Oberlicht und klang wie die Trommeln eines Regiments, das in die Schlacht zieht.

Ich zog einige Leinwände hervor, die in Rahmen an der Wand aufgestellt waren. Luigi hatte mehrere Phasen durchlaufen. Wie Picasso hatte er eine blaue Phase genossen. Wie sein Namensvetter Caravaggio hatte er mit Helldunkelmalerei experimentiert. Er hatte Pointillismus, Kubismus und Imitationen von Van Gogh mit einem Streichmesser ausprobiert. Diese armselige Sammlung zeigte, daß der Junge in keinem erdenklichen Stil malen konnte, aber sie machte auch deutlich, daß er mit ganzem Herzen dabei war. Warum nur hatte er es nie mit der Bildhauerei versucht?

Auf einem langen Tisch unter den Fenstern fand ich verschiedene Farbtuben, Terpentin, fleckige Stoffetzen ... und Mappen mit Skizzen. Ein Blitz zuckte über dem Oberlicht, aber ich bemerkte es kaum. Diese Skizzen ...

Sie waren schlecht; das stand außer Frage. Doch irgend etwas hatten sie an sich. Ich schaute mir ein Dutzend von ihnen an – amateurhafte Zeichnungen von Köpfen, Tieren und Körperteilen –, bis ich merkte, was es war. Er hatte weder ein Gefühl für Anatomie noch für Design oder Form. Doch ich fand eine Tintenzeichnung eines weiblichen Kopfes, die so gut war, daß ich sie einen Moment lang für einen Druck hielt. Ich wußte, daß ich das Original kannte. Dann fiel es mir ein. Es handelte sich um eine Büste von Mino da Fiesole, die ich im Bargello in Florenz gesehen hatte. Luigi besaß kein kreatives Talent, aber als Imitator war er wirklich meisterhaft. Ich legte die Zeichnungen vorsichtig in die Mappe zurück und begann, den Raum zu durchsuchen.

Die Falltür befand sich unter dem Stuhl für das Modell, den man auf Rollen zur Seite schieben konnte. Irgendwie mußte man den Stuhl befestigen können, wenn er benutzt wurde, sonst wären Luigis Modelle durch den Raum geflogen wie Zirkusartisten. Vielleicht hatte er aber auch vergessen, sich um dieses kleine Detail zu kümmern. Warum sollte er auch? Soweit ich das beurteilen konnte, wurde die Falltür sehr viel öfter gebraucht als der Stuhl.

Das Licht in dem unterirdischen Raum am Ende der Treppe ging automatisch an, sobald man die Klapptür anhob. Da unten entdeckte ich eine komplette kleine Werkstatt. Ich konnte nicht alle Gegenstände erkennen, aber manche Werkzeuge sind seit Jahrhunderten dieselben. Grabstichel, Stanzwerkzeug, Hammer, ein Lötkolben ...

Ich wurde ein wenig nervös. Ich lief durch den Raum, nahm Gegenstände in die Hand und ließ sie wieder fallen, zog Schubladen heraus und blätterte Papiere durch. Das Werkzeug war vielleicht nicht so spannend, aber die Materialien. Golddrähte, dünne Goldplatten, Silberklumpen; winzige Fächer mit unechten Perlen, Smaragden, Rubinen und Opalen; große Klumpen Lapislazuli, Türkis und orangeroter Karneol – für die ägyptische Krone und andere Objekte aus dieser Zeit; Steine in jeder Farbe des Regenbogens, von blaßgelbem Zitronengelb bis hin zu blutrotem Granat; große Stücke Elfenbein, Malachit, Porphyr, Jade. Alles nicht echt, kein Zweifel, aber der Gesamteindruck war überwältigend.

Auf einer der Arbeitsbänke lag ein Stapel mit detaillierten Zeichnungen einiger Objekte. Nicht nur Schmuck, sondern auch Teller, Reliquienschreine, Pokale. Das Stück, an dem Luigi gerade arbeitete, war mit einem Tuch bedeckt. Ich hob es vorsichtig hoch.

Nur wenige noch existierende Kunstwerke hat man Benvenuto Cellini mit Sicherheit zugeschrieben. Eins davon habe ich mal gesehen, nämlich den Rospigliosi-Kelch im Metropolitan Museum. Die muschelförmige, exquisit geformte Schale steht auf einem Sockel aus einer Emailschlange, die auf einer goldenen Schildkröte angebracht ist. Luigi hatte es nicht gewagt, eines der bekannten Werke zu kopieren. Selbst diese arrogante Betrügerbande würde sich nicht herausnehmen zu behaupten, sie hätte das Metropolitan beraubt. Aber dieses hier könnte als ein Werk Cellinis durchgehen. Die verschiedenen Elemente, aus denen es bestand, waren Teilen seiner anderen Werke nachempfunden. Es handelte sich um einen goldenen Kelch, der genauso elegant geformt war wie die Schale im Metropolitan. Die Griffe bestanden aus juwelenbesetzten Schlangen, und das Ganze wurde getragen von einer sinnlichen Nymphe, die nach dem Vorbild der Lady auf dem Salzstreuer in Wien gestaltet worden war. Luigi kopierte jetzt nicht mehr bekannte Kunstwerke, sondern weitete sein Repertoire etwas aus. Ich hätte nur zu gern gewußt, was ein bisher unentdeckter Cellini auf dem Markt bringen würde. Das konnte ich nicht einmal schätzen. Wahrscheinlich würde der Ertrag die Mühe wert sein.

Der Donner draußen hallte. Der Krach an sich machte mir keine Angst, aber er übertönte alles andere – wenn zum Beispiel jemand das Atelier betrat. Ich mußte schnell hier raus und wieder zurückkommen – mit einem Fotoapparat.

Ich rannte die Treppe hinauf. Meine Glieder zitterten, doch als ich vorsichtig den Kopf aus dem Loch herausstreckte, war das Atelier noch immer verlassen. Ich schloß die Falltür und schob den Stuhl wieder an seinen Platz. Danach fühlte ich mich ein bißchen sicherer, aber nicht viel; niemand würde mir abnehmen, daß mich mitten in einem Gewitter der unwiderstehliche Drang überkommen hatte, mir mehr von Luigis Malerei ansehen zu wollen. Ich wünschte, ich hätte das Licht nicht eingeschaltet. Dank des Oberlichts würde es weithin sichtbar sein.

Das Atelier war ein gefährlicher Ort für mich, aber ich mußte es riskieren, mindestens einmal noch zurückzukommen. Ich brauchte Fotos von der Werkstatt, den Werkzeugen, den Skizzen und dem unfertigem Kelch. Die Fotografien würden den Betrug zwar nicht beweisen. Bei antiker Kunst gibt es kein Copyright. Aber falls es mir gelang herauszufinden, welche Schmuckstücke verkauft worden waren, wären die Fotos ein todsicherer Beweis für die Fälschungen.

Ich war furchtbar zufrieden mit mir selbst, und wahrscheinlich wurde ich genau deswegen unvorsichtig. Ich öffnete die Tür, trat in den Regen hinaus und direkt in eine Faust, die mir einen Schlag auf das Kinn versetzte.

Acht

Ich wachte im Keller auf. Da war ich mir ganz sicher. Ich hatte diese grob gehauenen Kalksteinwände schon einmal gesehen, obgleich ich mich nicht an diesen speziellen Raum erinnern konnte. Eigentlich handelte es sich um drei Räume. Das entdeckte ich, als ich meine schmerzenden Knochen vom Boden hochbekam. Türlose Bogenöffnungen führten von einer Kammer in die nächste. Der einzige Ausgang aus dieser Suite, wenn man sie so nennen wollte, befand sich in dem Raum, in dem ich aufgewacht war. Die Tür bestand aus steinaltem und ebenso harten Holz. Als ich versuchsweise dagegenhämmerte, taten mir die Knöchel weh.

Die Räume besaßen keine Fenster, aber im ersten Raum hing eine einzelne, bloße Glühbirne von der Decke herab. Ich war dankbar für dieses Licht, obwohl es nicht viel zu sehen gab: nur ein Haufen Woll- und Steppdecken, auf dem ich gelegen hatte, und ein niedriger Holztisch. Die Luft fühlte sich kühl und feucht an. Im hintersten Raum, dessen Fußboden voller Erde war, hatten sich ein paar hübsche Pilze angesammelt. Zu diesem Raum gehörte sogar eine primitive sanitäre Einrichtung. Ich muß gestehen, daß ich darüber ziemlich erleichtert war. Ich hatte mich immer schon gefragt, wie Gefangene damit umgingen. In meinen liebsten Krimis und Thrillers wurde dieser Punkt einfach dezent ausgeklammert, aber wenn man mal ehrlich ist, stellt dieser Aspekt doch ein großes Problem für einen Gefangenen dar.

Ich brauchte nicht lange, bis ich mein Gefängnis inspiziert hatte. Ich legte mich auf den Haufen Decken und pflegte meinen schmerzenden Kiefer. Jetzt hatte man mir innerhalb von einer Woche zweimal auf dieselbe Stelle geschlagen, und das tat verdammt weh. Vielleicht durfte ich nur noch Flüssiges zu mir nehmen. Aber vielleicht brauchte ich mir darüber auch gar keine Gedanken zu machen. Diejenigen, die mich eingesperrt hatten, konnten auf die Idee kommen, mir überhaupt kein Essen zu geben.

Da ich nie eine Uhr trage, wußte ich nicht, wie spät es war, nicht einmal, welche Tageszeit wir hatten. Aber ich überlegte mir, daß es später am selben Abend sein mußte. Mein nächster Anruf bei Professor Schmidt war erst um fünf Uhr am nächsten Tag fällig. Sie hatten die ganze Nacht und noch einen halben Tag Zeit, um zu entscheiden, was mit mir geschehen sollte.

Schmidt würde zur Polizei gehen, wenn ich mich nicht pünktlich meldete. Ich kannte ihn gut genug, um mir dessen sicher zu sein. Und ich kannte ihn auch gut genug, um mir auszumalen, daß er die Polizei mit seinem Bericht nicht beeindrukken würde. Sie würden in der Villa anrufen, und Pietro hätte einen plausiblen Grund dafür parat, warum ich nicht angerufen hatte. Eine junge, gesunde Frau muß heutzutage viel länger als 24 Stunden vermißt werden, bis irgendeine Polizeidienststelle auf der Welt etwas unternimmt. Pietros gesellschaftliche Stellung würde den Verdacht zerstreuen. Und selbst, wenn sie einen Verdacht hätten, könnten sie nichts beweisen, solange sie mich nicht gefunden hätten. Meine täglichen Telefonanrufe waren ein einziger Bluff gewesen, und die Bande wußte das nur zu genau.

Pietro mußte also doch zu der Bande gehören. Diese Werkstatt hätte nicht ohne sein Wissen eingerichtet werden können. Ich fragte mich, wie tief Luigi in die Sache verwickelt war. Einige berühmte Fälscher haben behauptet, von skrupellosen Leuten mißbraucht worden zu sein. Sie hatten keine Ahnung, daß ihre hübschen kleinen Kopien als Originalwerke verkauft wurden! Na ja – es war durchaus möglich, wenn auch unwahrscheinlich. Manche Leute sind ganz schön naiv. Luigi war vielleicht unschuldig, aber sein Vater absolut schuldig. Als Detektiv hatte ich total daneben gelegen. Ich hatte nicht vermutet, daß Pietro der führende Kopf war.

Ich lag da, starrte die fleckige Decke an und überlegte, ob der größte Schimmelfleck eher wie eine Landkarte von Südamerika oder wie George Washingtons Profil aussah, als jemand an die Tür kam.

Sie hatten den Keller verrammelt wie Fort Knox. Ketten rasselten, Riegel quietschten, Balken wurden zurückgeschoben, rostige Schlüssel wurden in rostigen Schlössern umgedreht. Ich blieb still liegen. Was hätte ich auch sonst tun sollen? Ich hätte mich hinter der Tür verstecken und versuchen können, dem Unbekannten eins überzubraten, wenn ich erstens gewußt hätte, ob sich die Tür nach innen oder nach außen öffnete, und zweitens etwas zum Überbraten gehabt hätte.

Die Tür öffnete sich nach innen. Ich schloß die Augen und stellte mich bewußtlos. Mir war schlecht. Wer auch immer vor der Tür stand, es handelte sich vielleicht um meinen Scharfrichter.

Ich fühlte mich nicht unbedingt wohler, als ich Bruno erkannte. Immerhin trug er ein Tablett, was mich ein wenig tröstete. Das Silbergeschirr auf dem Tablett wirkte in diesem feuchten, unterirdischen Loch etwas fehl am Platze, aber es enthielt offensichtlich etwas zu essen. Und wenn sie mir etwas zu essen brachten, wollten sie mich sicher nicht sofort umbringen.

Bruno blieb in der Tür stehen und beäugte mich mißtrauisch. Ich lag ganz still und beobachtete ihn unter meinen Wimpern hindurch. Schließlich setzte er das Tablett auf dem Boden ab, schob es mit einem Fuß in meine Zelle und schloß die Tür. Ich wartete, bis das Rasseln der Ketten und Riegel aufgehört hatte, und stand dann auf.

Ich verspürte keinen allzu großen Appetit, nahm aber die Deckel von den Tellern und sah mir an, was sie mir gebracht hatten. Das Essen war zweifellos von Pietros Abendessen übrig: Es gab Kalbfleisch à la Marsala mit Pilzen, einen Teller Pasta, Salat mit Brot und sogar eine Karaffe Rotwein. Er erinnerte mich an den alten Brauch, einem Verurteilten ein letztes, herzhaftes Mahl zu gewähren, bevor man ihn hängte.

Auf jeden Fall hielt ich es für besser, meine Kräfte zu bewahren, und begann, am Salat zu knabbern. Dann kehrte mein Appetit zurück, und ich machte mich über das Kalbfleisch her. Ich hatte schon fast alles aufgegessen, als mir einfiel, daß ein Schlafmittel oder Gift darin sein könnten. Doch – warum? Sie konnten sowieso jederzeit hereinmarschieren und mich k. o. schlagen. Mit oder ohne Bewußtsein, für Bruno war ich ein leichter Gegner.

Das Essen gab mir neue Kräfte, und ich erkundete mein Gefängnis aufs neue. Wenn ich etwas Besseres zu tun gehabt hätte, wäre es reine Zeitverschwendung gewesen. Hatte ich aber nicht. Ich fand einen Haufen vermoderndes Holz, das vielleicht einmal ein Regal gewesen war. Außerdem ein paar Metallteile, die so rostig waren, daß sie in meinen Händen zerfielen. Ich fand nichts, was ich irgendwie als Waffe hätte gebrauchen können, mal angenommen, ich hätte den Mut aufgebracht, Bruno zu überfallen.

Ich kam auf die Idee, mir einen Graben ins Freie zu schaufeln wie der Graf von Monte Christo. Wie lange hatten er und sein Kumpel, der alte Abbé, gebraucht, um aus dem Château d'If auszubrechen? Jahre. Und wenn ich mich richtig erinnerte, hatte das mit dem Tunnel sowieso nicht funktioniert. Der dritte Raum hatte mit Sicherheit einen Erdboden, aber ich besaß nichts, womit ich graben konnte – außer dem Löffel auf dem Tablett. Wenn man für jeden Teelöffel Erde zwei Sekunden rechnete, zehn Teelöffel in eine Tasse, hundert Tassen in einen Eimer, fünf Milliarden Eimer, die mich von der Freiheit trennten... Ich ging zu den Decken zurück und legte mich hin.

Eigentlich hätte ich nachdenken und planen und mir Fluchtmöglichkeiten ausdenken sollen. Statt dessen schlief ich ein.

Ich erwachte, als das Getöse der Ketten und Riegel von neuem begann. Diesmal schaffte ich es aufzustehen, bevor sich die Tür öffnete.

Es war wieder der gute, alte Bruno, und er hatte mir wieder etwas mitgebracht. Es hing mit baumelnden Beinen über seine linke Schulter. Als Bruno mich stehen sah, zog er ein langes, blankes Messer aus der Tasche.

»Bleiben Sie da stehen«, knurrte er. »Keine Bewegung.«

»Aber nein«, sagte ich. »Würde mir nicht im Traum einfallen.«

Er gab seiner Schulter einen kurzen Ruck. Smythe glitt zu Boden und blieb dort liegen. Sein Kopf fiel zufällig auf den Rand des Deckenstapels. Das ersparte ihm vermutlich eine Gehirnerschütterung, denn der Boden war aus Stein und ziemlich hart. »Zufällig« sage ich deshalb, weil es Bruno ziemlich egal zu sein schien, wie und wo Smythe landete. Sein Messer brauchte Bruno gar nicht. Er hätte sicher gut mit seinen bloßen Händen als Mordwaffe in Madame Tussauds Horrorkabinett gepaßt.

Er ging hinaus und schloß die Tür hinter sich. Ich stand an der Wand und blickte auf den reglosen Smythe.

Ich will zwar nicht paranoid erscheinen, aber mir kam der Verdacht, daß das Ganze ein Trick war. Was für ein Trick, das wußte ich auch nicht so genau, aber Smythe war nicht unbedingt der vertrauenswürdigste Mensch, den ich kannte.

Trotzdem – er war bewußtlos. Schlaff wie eine ausgestopfte Schlange. Er war auf den Rücken gefallen, und sein nach oben gewandtes Gesicht sah entsetzlich grau aus. Blut rann seine Wange hinunter, also nahm ich an, daß er vor gar nicht langer Zeit einen Schlag auf den Kopf bekommen hatte.

Ich setzte mich neben ihn und betrachtete ihn genauer. Es hätte mich nicht überrascht, wenn ich Ketchup gerochen hätte. Aber das Blut quoll aus einer echten Wunde. Sie war nicht sehr tief, aber die Haut drumherum schwoll bereits an und würde bald eine schöne, violette Farbe annehmen. Falls Smythe etwas im Schilde führte, hatte er sich mächtig ins Zeug gelegt, damit es echt wirkte.

Für eine Weile war er ausgeschaltet. Ich wurde langsam unruhig – dieser furchtbare Keller war auch ohne eine Leiche als Gesellschaft schauerlich genug –, als er plötzlich die Augen öffnete. Er blickte mich an und schloß sie wieder. Auf einmal machte er ein schmerzverzerrtes Gesicht.

»Wo tut es denn weh?« säuselte ich. »Sagen Sie es der lieben Vicky, und sie wird es wieder heile machen.«

Wie ich bereits vermutet hatte, waren körperliche Beschwerden nicht der Grund für seinen Gesichtsausdruck. Ohne die Augen zu öffnen, ließ Smythe eine Reihe Schimpfwörter los, deren Originalität und Dynamik mich beeindruckten.

»Geschieht Ihnen ganz recht«, sagte ich. »Leute, die ihre Nasen in anderer Leute Angelegenheiten stecken ...«

»Halten Sie den Mund«, sagte Smythe.

Ich hielt den Mund. Er sah wirklich übel aus. Nach einem Moment überkam mich ein für mich untypischer und, was ihn anging, unverdienter Anfall von Liebenswürdigkeit. Ich goß etwas Wein in ein Glas und hielt es an seine Lippen.

»Versuchen Sie's mal damit«, sagte ich.

Smythe sah mich über den Glasrand an, und ein schwacher Funke blitzte in seinen blauen Augen auf. »Danke ... Das habe ich gebraucht.« Er setzte sich langsam auf und nahm mir das Glas aus der Hand. Ich lehnte mich zurück und legte die Beine übereinander.

»Haben Sie schon zu Abend gegessen?« fragte ich höflich. »Es ist noch etwas Kalbfleisch da, und ein bißchen Brot.«

»Danke, ich habe schon gegessen. Zumindest ...« Smythe drehte das leere Weinglas zwischen den Fingern und runzelte die Stirn. »Ja, genau. Jetzt fällt es mir wieder ein. Sie waren nicht beim Abendessen.«

»Nein«, antwortete ich. »Ich war hier.«

»Die Principessa hat nach Ihnen gefragt«, fuhr Smythe langsam fort. »Pietro hat ihr erzählt, daß sie für den Abend nach Rom gefahren seien. Sie hätten eine Verabredung.«

Ja, ich hatte tatsächlich eine Verabredung. Mit Bruno.«

»In Luigis Atelier? Das hat Pietro mir später erzählt. Er hat beim Essen gut geschauspielert, doch sofort danach rief er mich in sein Arbeitszimmer und erzählte mir alles. Er war ziemlich aufgeregt. Sie haben ihn zum Handeln gezwungen, wissen Sie. Er mußte sofort etwas unternehmen, damit Sie nicht losliefen und irgend jemandem von der Werkstatt erzählten. Aber er ist ein schlechter Verbrecher. Er haßt es, Gewalt anzuwenden.«

»Sie wollen mir doch nicht erzählen, daß Pietro mich geschlagen und hierhergebracht hat?«

»Nein, nein, er würde sich die Hände nicht schmutzig machen«, sagte Smythe verächtlich. »Aber Sie müssen sich doch gedacht haben, daß Sie immer beobachtet wurden, sobald Sie die Villa verließen. Heute war Bruno für Sie verantwortlich. Er war schlau genug, Sie sofort zu überwältigen, als Sie aus dem Atelier kamen.«

»Und nachdem er Bruno befohlen hat, mich hier in diesem Loch einzusperren, hat er für schöne weiche Decken und zartes Kalbfleisch gesorgt. Er verhält sich ein wenig inkonsequent, finden Sie nicht auch?«

»Eigentlich nicht. Wenn es nach Pietro ginge, brauchten Sie sich überhaupt keine Sorgen zu machen.«

Dann herrschte Schweigen – ein unheilvolles, bedrückendes Schweigen.

»Sie meinen, Pietro ist nicht derjenige, der bestimmt, was mit mir passieren wird?« fragte ich.

»Sie haben es erfaßt.«

»Wer dann? Sie?«

»Ja, genau deshalb bin ich hier«, sagte Smythe voller Verachtung. »Trotz meiner gefälligen Fassade bin ich in meinem tiefsten Innern ein Sadist der übelsten Sorte. Ich erwürge meine Opfer am liebsten persönlich. Ich habe mich noch nicht entschieden, ob ich Sie auf diese Weise umbringe oder mir eine andere, viel schrecklichere Methode ausdenke, aber...«

»Okay, es reicht!« unterbrach ich ihn. »Von all den Dingen, die ich an Ihnen verabscheue, hasse ich Ihre sarkastische Zunge am allermeisten. Sie wollen doch nicht andeuten, daß Sie hier sind, weil Sie sich meinetwegen mit dem Boß gestritten haben?«

Smythe gab keine Antwort. Er zog sich langsam nach hinten, bis er sich an die Wand lehnen konnte. Da saß er und balancierte das Weinglas in der Hand, die steifen Beine ausgestreckt, das Gesicht eine Maske kalten Zorns. Wenn er sechs Jahre alt gewesen wäre, hätte ich gesagt, er schmollt.

»Mein Held«, sagte ich. »Ich habe dich verkannt. Wie furchtbar von mir. Ich bin untröstlich. Und doch klopft mir das mädchenhafte Herz vor Freude darüber, daß du dein Leben aufs Spiel gesetzt hast...«

Das Weinglas zerschellte mit einem melodischen Klirren an der Wand. Smythe drehte sich um, warf die Arme um mich und zog mich so heftig an seine Brust, daß mir der Atem stockte.

»Wird er sie küssen, oder wird er sie töten?« keuchte ich. »Schalten Sie auch morgen wieder ein, wenn es wieder heißt...«

Smythes steinerne Maske fiel ab. Er fing an zu lachen. Er ließ mich nicht los, lockerte aber den Griff, so daß ich mich etwas bequemer hinsetzen konnte. So saßen wir beide nebeneinander, bis er aufhörte zu lachen. Dann sagte er: »Wie wäre es mit einem Waffenstillstand? Ich finde Ihren Humor genauso schrecklich wie Sie meinen, und ich glaube, dies ist weder die richtige Zeit noch der richtige Ort für dumme Witze.«

»Haben Sie einen Plan?« fragte ich.

»Ich hatte gehofft, Sie hätten einen«, war die entmutigende Antwort.

»Ich kann nichts planen, solange ich nicht mehr weiß. Wenn Sie mir etwas Vertrauen schenken würden...«

»Als Gegenleistung für meine Straflosigkeit?« Er blickte mich forschend an. Mein Gesichtsausdruck schien ihn zu enttäuschen. Er schüttelte mißmutig den Kopf. »Lassen wir diese Frage mal außer acht. Bis wir hier herauskommen, bleibt das Problem rein theoretisch. Ich werde Ihnen nur so viel sagen, wie ich gefahrlos verraten kann.«

»Gefahrlos für Sie?«

»Natürlich.«

»Na gut. Wer ist der Boß?«

»Ich weiß es nicht. Ehrlich! Wer immer es ist, er ist zu klug, um seine Identität gegenüber den einfachen Mitarbeitern preiszugeben. Ich selbst bin eine Art Verbindungsmann, deshalb kenne ich einige der Beteiligten, habe aber nie mit dem Boß gesprochen. Er schreibt immer kleine Mitteilungen. Hier in Rom kenne ich nur Pietro, Bruno, Antonio und ein paar alte Faktoten der Familie, die als Handlanger arbeiten.«

»Und Luigi.«

»Luigi steht außerhalb der Organisationsstruktur«, sagte Smythe. »Man könnte sagen, er *ist* die Organisation. Ohne sein Talent gäbe es die ganze Sache gar nicht.«

»Das ist schade. Ich hatte gehofft, er wüßte nichts davon.«

»Er müßte schon ziemlich dumm sein, um nicht zu merken, worum es hier geht«, meinte Smythe. »Luigi ist nicht dumm. Aber er ist irgendwie unschuldig. Er hält das, was er macht, nicht für verwerflich. Er betrachtet es als einen großen Spaß ...«

»Luigi hat den Geist gespielt!« rief ich aus.

»Natürlich. Was dachten Sie denn?«

»Sie.«

»Ich bin ungeeignet für solch kindische Streiche«, erwiderte Smythe beleidigt. »Luigis Groll gegen Erwachsene ist der eines Kindes. Jeder Streich, der auf Kosten eines Erwachsenen geht, ist in seinen Augen gerechtfertigt.«

»Das ist kein Wunder, wenn man sieht, wie sein Vater ihn behandelt.«

»Wahrscheinlich hat es Ihnen sein hübsches Gesicht angetan«, bemerkte Smythe gehässig. »Der Mutterinstinkt lauert manchmal an den unerwartetsten Stellen... Er haßt seinen Vater und findet die Liebschaften des armen, alten Pietro ekelhaft. Nach seinen Moralvorstellungen ist außerehelicher Geschlechtsverkehr nur der Jugend erlaubt.«

»Warum arbeitet er dann mit?«

Das werden Sie schon noch herausfinden. Vielleicht, weil Luigi und sein Vater in diesem Spiel gleichwertig sind. Eigentlich ist Luigi sogar wichtiger als Pietro, und das weiß er auch. Er ist nur so daran gewöhnt, von seinem Vater schikaniert zu werden, daß er seine Position nicht so weit ausnutzt, wie er könnte.«

»Und worum geht es in diesem Spiel genau? Ich habe eine vage Vorstellung, aber...«

»Das reicht auch«, sagte Smythe ruhig. »Ich werde Ihnen nicht mehr erzählen, als nötig ist, damit Sie mir hier heraushelfen.«

»Sie glauben doch wohl nicht, daß ich das alles für mich behalten werde...«

»Es ist mir egal, was Sie erzählen und wem Sie es erzählen, meine Liebe. Bis dahin werde ich an einen unbekannten Ort verschwunden sein. Aber wenn Pietro nur eine Spur gesunden Menschenverstand besitzt, wird er die Beweise beiseite geschafft haben.«

»Also, sehen Sie mal, Smythe...«

»Das ist nicht mein richtiger Name.«

»Was ist dann Ihr richtiger Name?«

»Unwichtig. Nenn mich John. So heiße ich wirklich, ob du es glaubst oder nicht, Vicky.«

»Okay, John, von mir aus kannst du auch Rumpelstilzchen heißen. Verdammt, du kannst doch nicht erwarten, daß du unbehelligt aus dieser Sache herauskommst. Es geht schließlich um eine kriminelle Verschwörung...«

»Ja, sicher, doch ich fürchte, deine Vorstellung von Gut und Böse gehört ins Mittelalter. Viele Leute wollen auch heutzutage noch Verbrechen gegen Eigentum härter bestrafen als Verbrechen gegen Menschen. Ich glaube da eher an Robin Hood«, sagte Smythe und fand langsam Gefallen an diesem Thema. »Ehrlich, ich halte nichts von dem, was ich getan habe, für verwerflich. Unredlich, ja, aber nicht unmoralisch. Eine simple Umverteilung von Reichtum, nichts weiter. Wir haben keine Witwen und Weisen ausgeraubt, keinen geplagten, alten Pärchen ihren einzigen Lebensunterhalt weggenommen, niemanden verletzt . . .«

»Da bin ich mir nicht so sicher«, unterbrach ich seine Ausführungen. »Was ist mit uns?«

John machte ein langes Gesicht. »Es ist ja noch nichts passiert.«

»Was ist mit meiner Entführung?«

»Das war Bruno. Er hat die Aufsicht über alle Bediensteten – wir nennen ihn den Muskelmann –, und wie alle Unteroffiziere hat er eine zu hochtrabende Vorstellung von seiner eigenen Intelligenz. Er tut alles für die Familie, manchmal auch in Eigenregie.«

»Was ist mit dem Mann in München?«

»Das war wirklich ein Unfall«, erklärte Smythe und machte wieder ein fröhlicheres Gesicht. »Er litt an einem schwachen Herz. Wir nehmen an, daß er von einem Dieb überfallen wurde. Vermutlich hat der ihn im wahrsten Sinne des Wortes zu Tode erschreckt. Er war eine gute Seele . . .«

»Lieb zu seiner alten Mutter, gut zu seinem Wellensittich«, ergänzte ich sarkastisch. »Das interessiert mich alles nicht, ich sehe ihn nur als böses Omen. Du kommst nicht daran vorbei, John. Pietro – oder jemand anders – hatte einen Plan, was mit mir zu tun sei, und du hast dich dagegen aufgelehnt, wenn ich dieser Geschichte Glauben schenken soll. Um welchen Plan handelte es sich?«

»Er meinte es nicht so«, erwiderte Smythe.

»Das überzeugt mich nicht.«

»Er meinte es wirklich nicht so. Er hat geschwitzt, die Hände gerungen und leise italienische Flüche ausgestoßen bei diesem Gedanken.«

»Bei welchem Gedanken?«

Plötzlich machte mich diese Situation so wütend, daß ich sie nicht mehr ertragen konnte: Wir beide saßen gemütlich nebeneinander, Smythes Arm lag lässig über meiner Schulter, und wir sprachen über Mord – den Mord an mir. Ich legte meine Hände auf seine Brust und drückte. Eigentlich wollte ich ihn nur von mir wegschieben, aufstehen, ein paar Schritte gehen und ein bißchen Frust durch körperliche Betätigung loswerden. Aber ich drückte zu fest. Sein Kopf prallte gegen die Wand, und dieser zweite Stoß auf dieselbe Stelle war zuviel. Er wurde zwar nicht ohnmächtig, aber seine Augäpfel rollten nach oben, so daß man nur noch das Weiße sehen konnte, und dann rutschte er langsam zur Seite.

Ich hielt seinen Kopf fest, bevor er auf dem Boden aufkam, und legte ihn vorsichtig auf meinen Schoß. Nach einer Weile rollten seine Augen wieder zurück.

»Erinnere mich daran«, sagte er schwach, »dich zu erwürgen, wenn es mir wieder besser geht.«

»Ich könnte mir vorstellen, daß das jemand anders für dich übernehmen wird«, sagte ich und fuhr gedankenverloren mit den Fingern durch sein Haar. »War das nicht der Plan – mich für immer zum Schweigen zu bringen?«

Er seufzte und drehte den Kopf ein wenig zur Seite, so daß meine Hand nun seine Wange berührte.

»Vielleicht erzähle ich dir besser, was genau passiert ist.«

»Das wäre nett«, sagte ich und versuchte, meine Hand wegzuziehen.

»Nicht, mein Kopf... So ist es besser. Weißt du, als Pietro mir sagte, daß er Anweisungen erhalten habe, was mit dir geschehen soll, protestierte ich. Nein, du brauchst mir nicht zu danken, ich habe es aus purem Eigennutz getan. Ich mache bei Diebstahl mit, aber nicht bei Mord. Ich hatte und habe nicht die Absicht, mich dabei erwischen zu lassen. Aber falls etwas schiefläuft, besteht ein großer Unterschied zwischen zehn Jahren Knast, bei guter Führung vielleicht etwas weniger, und dem Galgen.«

»Hängt man die Leute in Italien noch?« fragte ich.

»Keine Ahnung. Damit wollte ich mich lieber nicht beschäftigen. Unterbrich mich nicht, es ist auch so schon schwierig genug für mich, klar zu denken, wo mein Kopf so schmerzt... Wo war ich gerade?«

»Du hast protestiert.«

»Ach ja. Also, Pietro stimmte meiner Argumentation zu, aber er hatte panische Angst vor seinem Boß. So nennt er ihn übrigens auch. *The Boss.* Komisch, nicht?«

»Vielleicht ist *The Boss* Amerikaner. Oder Engländer.«

»Ach, hör auf. Ich bin nicht der Chef. Nach einem ergebnislosen Streit stürmte ich also aus der Bibliothek und ließ Pietro brabbelnd sitzen. Ich ging hinaus in die Gärten. Ich wollte ein wenig herumlaufen und überlegen, was zu tun sei. Er muß den großen Häuptling sofort angerufen haben, nachdem ich weg war, und der muß ihm weitere Anweisungen gegeben haben. Ich war gerade mal eine Viertelstunde draußen, als Bruno und seine Freunde mich ergriffen.«

»Verstehe. Na ja, das ist ja alles ganz interessant, aber leider nicht sehr hilfreich. Ähm... War eine bestimmte Tötungsmethode im Gespräch? Ich meine, es ist schon ein Unterschied, ob sie den Keller überfluten wollen, damit ich ertrinke, oder Giftgas hineinpumpen oder mir etwas ins Essen schütten oder...«

»Meine Güte, du hast vielleicht eine blühende Fantasie«, sagte Smythe und zog eine Grimasse. »Im übrigen können wir gegen keine Methode etwas unternehmen, die genannten eingeschlossen.«

»Hast du eine Ahnung, in welchem Teil des Kellers wir uns befinden?«

»Nein.« John schloß die Augen.

»Du bist keine große Hilfe.«

»Ich denke nach.«

»Nein, tust du nicht. Du schläfst gleich ein. Aber nicht auf mir, bitte.«

»Ich denke wirklich nach.«

»Beweise es.«

»Hast du dir dieses unwohnliche Loch genauer angesehen?«

»Ja. Da sind noch zwei weitere Räume, die ungefähr wie dieser hier aussehen, aber noch ungemütlicher sind. Keine Tür und kein Fenster. Steinwände, Steinböden, außer im dritten, da gibt es einen Erdboden.«

»Du hast ja alles sehr gründlich untersucht«, stellte John anerkennend fest. »Es ist wohl nicht nötig, daß ich mich noch mal umsehe.«

»Ich glaube nicht, daß du noch etwas anderes als ich finden würdest«, meinte ich. »Aber ich möchte, daß du aufstehst und dich bewegst. Wärm dich ein wenig auf.«

»Wozu das denn?«

»Damit du fit genug bist, um über Bruno herzufallen, wenn er das nächste Mal kommt.«

Das machte ihn munter. Er riß die Augen so weit auf, daß sie fast herausfielen.

»Das ist die blödeste Idee, die ich je gehört habe.«

»Es ist unsere einzige Chance, hier herauszukommen. Du kannst ihn mit dem Tablett schlagen.«

»Warum schlägst *du* ihn nicht mit dem Tablett?«

Das ging noch ewig so weiter. Dieser Typ wird bestimmt noch mit dem Teufel verhandeln, wenn er kommt, um ihn zu holen. (Wenn er seine Seele nicht verkauft hat, dann nur deshalb, weil er sich mit dem Leibhaftigen nicht über den Preis einig werden konnte.) Schließlich bekam ich John auf die Beine, nicht, weil ich ihn überzeugt hatte, sondern weil er es nicht mehr aushielt, daß ich ihm ins Ohr schrie. Die Bewegung tat ihm gut. Nachdem er ein paar Minuten kunstvoll gestolpert und gewankt war, gab er es auf, mich von seiner lebensgefährlichen Verletzung überzeugen zu wollen. Er erlangte seine normalen Kräfte ziemlich schnell wieder. Sogar die anderen beiden Räume erkundete er, und er mußte zugeben, daß es keine bessere Fluchtmöglichkeit gab als die, die ich vorgeschlagen hatte.

So gut war sie allerdings auch wieder nicht, denn wir besaßen keine Waffe. Das Tablett und das Geschirr waren aus Silber, und obwohl das Tablett genug wog, um auf einem normalen Schädel eine schöne Beule entstehen zu lassen, war es doch ziemlich groß und unhandlich. Außerdem war Brunos Kopf ein gutes Stück dicker als normal, wie John sofort zu bedenken gab.

»Vielleicht reize ich ihn damit nur«, sagte er. »Das wäre mir unangenehm.«

»Was ist mit deinen Fäusten?« wollte ich wissen.

»Ich könnte mir einen Knochen in der Hand brechen. Wie soll ich dann noch Klavier spielen?«

Das inzwischen bekannte Rasseln an der Tür erwischte uns völlig unvorbereitet. Ich sprang auf und gestikulierte hektisch herum.

»Los, stell dich hinter die Tür!«

»Ich bin noch nicht bereit«, sagte John und trat nervös von einem Fuß auf den anderen. »Mir ist immer noch schwindelig. Morgen früh wird es mir sicher besser gehen. Laß uns bis zum nächsten Mal warten.«

»Es gibt vielleicht kein nächstes Mal. Wie lange, meinst du – oh, verdammt!«

Dann war es schon zu spät. Die Tür flog auf.

Als ich Bruno sah, hatte ich ein verwirrendes Déjà-vu-Erlebnis. Er trug schon wieder einen schlaffen Körper. Dieser sah allerdings etwas anders aus als Johns. Ich erkannte die rundlichen Hüften und die Gucci-Schuhe.

Diesen Körper ließ Bruno nicht achtlos auf den Boden fallen. Er kam hinein, blieb stehen und blickte mißtrauisch von mir zu John. John sah völlig harmlos aus. Er drückte sich gegen die Wand wie ein schüchternes Mädchen, das darauf wartet, gleich ausgeschimpft zu werden. Bruno warf den Kopf zur Seite.

»Komm her«, grunzte er. »Nein, nicht Sie, Signorina, Sie bleiben, wo Sie sind. Du, Smythe. Nimm ihn.«

John kam langsam auf ihn zu. Bruno knurrte.

»Avanti, avanti! Komm, du elender Feigling, ich tu' dir schon nichts. Hier, nimm den Herrn. Sei vorsichtig. Laß ihn nicht fallen.«

John nahm Pietros schlappen Körper so begeistert entgegen wie jemand, der einen großen Sack Düngemittel umarmt. Seine Knie gaben nach, als er die schwere Last übernahm, doch Brunos Knurren ließ ihn stehenbleiben.

»Ich hab' gesagt, du sollst ihn nicht fallen lassen! Setz ihn ab, *cretino.* Warum stehst du hier dumm herum? Setz ihn auf die Decken – sachte, sachte. Tu ihm nicht weh.«

John blickte mich vielsagend an und gehorchte.

»Bene«, sagte Bruno. »Paßt gut auf ihn auf. Wenn ihm was passiert...«

»Mach dir keine Sorgen, Bruno, alter Kumpel. Ich kümmere mich um ihn, als wäre er mein eigener.«

Bruno brummte und verschwand wieder. John legte das Ohr an Pietros Brust, hob sein Augenlid hoch und fühlte den Puls. Dann hockte er sich wieder hin.

»Sie haben ihm ein Betäubungsmittel gegeben.«

»Wird er wieder aufwachen?«

»Ja, sicher. Schau ihn nur an.«

Pietro sah aus wie ein schlafendes Baby oder ein kleines rosa Ferkel mit Schnurrbart. Seine Lippen waren zu einem süßen Lächeln gebogen. John lockerte Pietros Seidenkrawatte, deckte ihn zu und stand auf.

»Wir können nichts für ihn tun. Er muß einfach ausschlafen.«

»Glaubst du, er hat sich den Plänen von *The Boss* widersetzt?«

»Möglich. Hat ihm sehr viel genützt.«

»John, wir müssen rauskriegen, wer *The Boss* ist. Wir müssen Pietro aufwecken und mit ihm reden.«

»Keine Chance. Der wird für ein paar Stunden nicht ansprechbar sein. Außerdem, wie kommst du darauf, daß er es uns verraten wird? Ihm droht ja keine Gefahr. Der Boß hat ihn wahrscheinlich hierherbringen lassen, damit er sich beruhigen kann. Wenn Probleme auftauchen, neigt Pietro zur Hysterie. Aber wenn er wieder aufwacht und die Situation nüchtern betrachtet, wird er einsehen, daß er mit allem, was der Boß entscheidet, einverstanden sein muß.«

John lehnte sich gegen die Wand, die Hände in den Taschen, aber er sah nicht mehr träge und hilflos aus. Selbst seine Stimme klang jetzt anders. Sie wirkte lebhaft und schneidig.

»Sieh es mal von dieser Seite«, fuhr er im gleichen Tonfall fort. »Pietro kann es nicht riskieren, zur Polizei zu gehen. Er steckt bis zu seinem kleinen, dicken Hals in der Sache drin. Er kann auch nicht weglaufen und sich anderswo eine neue Identität aufbauen. Dafür müßte er alles aufgeben, was er besitzt. Und irgendwie kann ich ihn mir auch nicht als erfolgreichen, ehrlichen Geschäftsmann vorstellen. Er ist zwar kein Schurke, aber er ist schwach. Er hat heute abend wieder viel getrunken, und ich vermute, er hat die Nerven verloren und große Sprüche geklopft. Aber morgen ... Er wird uns einfach den Rücken kehren, Vicky. Man wird uns einem anderen Arm der Organisation übergeben, und Pietro wird nie erfahren, was mit uns geschehen ist. Er wird auch nicht danach fragen.«

»Na, du bist ja eine hoffnungsvolle Seele«, sagte ich niedergeschlagen. »Ich glaube, vorher gefielst du mir besser.«

»Ich mir auch«, sagte John und seufzte. »Du kannst dir nicht vorstellen, wie sehr es mir mißfällt, mich mit der grausamen Wirklichkeit zu befassen. Aber wenn es um meinen eigenen kostbaren Kopf geht ... Es ist besser, wenn wir sofort handeln. Vielleicht wollen sie uns beseitigen, solange Pietro noch bewußtlos ist, und ihn dann vor vollendete Tatsachen stellen. Das würde sein mieses, kleines Gewissen erleichtern. Ja, ich glaube, das ist sogar sehr wahrscheinlich.«

»Handeln?« Ich starrte ihn erstaunt an. Sein neu erwachter Unternehmungsgeist verblüffte mich. »Wieso handeln?«

John beugte sich über Pietro, zog die Decke weg und setzte den schlaffen Körper verdreht hin.

»Du hast doch gemerkt, wie besorgt Bruno um seinen Herrn war. Wenn ich mich nicht täusche, hängt er irgendwo da draußen herum. Ich werde gegen die Tür poltern und schreien. Wenn er hereinkommt, bewegst du Pietro wild hin und her. Es soll so aussehen, als hätte er Krämpfe.«

Er blickte auf, sah mein bestürztes Gesicht und sagte gereizt: »Komm schon, Mädchen, fang an. So ungefähr.« Und er fing an, Pietros Arme und Beine zu schütteln, so als wollte er eine große Stoffpuppe zum Leben erwecken. Es sah wirklich überzeugend aus. Wenn man nicht wußte, was er da tat, würde man annehmen, er wollte die herumwirbelnden Glieder eines Mannes bändigen, der einen epileptischen Anfall erlitt.

Pietros Kopf rollte hin und her, doch sein starres Lächeln blieb.

»Achte darauf, daß du mit deinem Körper seinen Kopf verdeckst«, fügte John hinzu und blickte den armen Pietro angewidert an. »Ich kann nichts gegen sein dummes Gesicht tun.«

Er stand auf, wischte sich den Staub von den Knien, und ich übernahm seinen Platz.

»Ich dachte, du bist zu schwach, um Bruno anzugreifen«, sagte ich und übte schon mal. Irgendwie fand ich die Aktion faszinierend. Pietro war so schön weich und pummelig.

»Bin ich auch. Aber so habe ich zumindest eine Chance, wenn er abgelenkt ist und an etwas anderes denkt. Du darfst mir ruhig helfen, Darling, wenn du siehst, daß es überhaupt nicht klappt.«

Er ließ mir keine Zeit zu antworten, sondern ging sofort zur Tür und begann, dagegen zu treten und zu hämmern.

»Hilfe, Hilfe!« brüllte er. »*Aiuto! Avanti!* Ein Unglück, Mord, Totschlag... Der Graf stirbt. Er ist tot. Hilfe, Hilfe, Hilfe...«

Bruno muß sich genau vor der Tür aufgehalten haben. Riegel und Ketten wurden hektisch herumgerissen. Ich fing an, Pietro zu schütteln, und schaute dabei aufmerksam zur Tür. Bis jetzt schien der Plan zu funktionieren.

Doch Bruno war so aufgeregt, daß er sich gegen die Tür warf, und John stieß einen Schmerzensschrei aus, als er von dem schweren Holz gegen die Wand gedrückt wurde.

Danach ging alles durcheinander. Ich huschte zur Seite, denn Bruno stürmte auf mich zu wie ein Büffelweibchen, das sein Junges beschützen wollte. Er stürzte auf die Knie und streckte die Arme nach Pietro aus. Ich stand auf und drückte die Hände gegeneinander. Wenn John außer Gefecht gesetzt war, hing alles an mir. Ich wollte Bruno auf den Nacken schlagen, wie es die Detektive im Fernsehen immer machen, aber ich fürchtete mich vor dem, was danach passieren würde. Sein Nacken sah aus wie ein Granitblock.

Dann stolperte John hinter der Tür hervor. Er hielt sich die Hand auf den unteren Teil des Gesichts, und seine Augen schwammen in Tränen. Ich weiß nicht, ob Bruno ihn hörte oder ob er merkte, daß es seinem Herrn auch nicht schlechter als zuvor ging. Auf jeden Fall wurde er durch irgend etwas gewarnt, und er sah so finster zu mir hoch, daß sein schreckliches Gesicht noch düsterer wirkte. Während er noch auf den Knien hockte, griff er nach mir. Ich machte einen Satz nach hinten. Mit dem Rumpeln eines gewaltigen Erdbebens bemühte sich Bruno, sich wieder auf die Füße zu hieven. Er hatte es erst halb geschafft und fand noch kein Gleichgewicht, als John den Kopf senkte und direkt in ihn hineinrannte.

So etwas hatte ich noch nie gesehen – oder gehört. Auch das

letzte bißchen Atem wich aus Brunos Lungen und machte dabei ein Geräusch wie ein pfeifender Wasserkessel. Seine Arme flogen zur Seite, sein Kopf machte einen Ruck nach vorn. Er stieß gegen die Wand und rutschte nach unten, bis er saß. Seine Augen waren noch immer halb geöffnet.

John richtete sich wieder auf und rieb sich den Kopf. Mit der anderen Hand hielt er sich die Nase fest.

»Ich glaube, ich habe mir den Schädel gebrochen«, sagte er mit erstickter Stimme.

»Wenigstens ist deinen kostbaren Händen nichts passiert«, sagte ich ungerührt. »Los, laß uns von hier verschwinden.«

»Feßle ihn«, sagte John und zeigte auf Bruno.

Ich blickte Bruno argwöhnisch an. Ich hätte mich ebensogut einem halbwachen Grizzlybär nähern können.

»Gib mir Deckung«, sagte ich.

»Womit?« John hielt seine Nasenspitze zwischen Daumen und Zeigefinger fest und bewegte sie leicht hin und her. »Immerhin scheint sie nicht gebrochen zu sein. Fühlt sich nur so an. Komm, steh hier nicht herum und quatsche, wir müssen uns beeilen.«

Wir fesselten Bruno mit Stoffstreifen, die wir mit seinem Messer von den Decken abschnitten, und knebelten ihn mit einem weiteren großen Stoffetzen. Als wir gerade fertig waren, begann er, sich zu rühren und vor sich hin zu brummen. Pietro rührte sich immer noch nicht. Er hatte wohl angenehme Träume, denn er lächelte immer noch selig.

Abgesehen von dem Messer fanden wir ein weiteres brauchbares Utensil in Brunos Taschen: eine Schachtel Streichhölzer.

Der Gang war stockfinster, und ich entzündete ein Streichholz, während John die Balken und Ketten wieder vor die Tür legte.

»Wohin?« flüsterte ich.

»Keine Ahnung. Versuchen wir es rechts.«

Er streckte tastend die Hand aus. Falls er meine Hand suchte, verfehlte er sie um Längen. Ich klopfte ihm auf die Finger.

»Böser Junge«, sagte ich sanft.

»Reiner Zufall.« Seine Stimme war genauso sanft, doch er gab sich so lässig wie ich.

Der Erfolg war uns zu Kopf gestiegen, doch dieses Hochgefühl hielt nicht lange an. Wir stolperten Hand in Hand durch den düsteren Gang. Mit den freien Händen berührten wir die Seitenwände, mit den Füßen schlurften wir über den Boden, damit wir nicht über irgend etwas stolperten. Es hätte mich nicht gewundert, im Boden auf ein Loch oder eine Fußangel zu stoßen, das hätte an diesen Ort gepaßt. Ich schlug vor, ein zweites Streichholz anzuzünden, aber John war dagegen. Wir hatten nur wenige, und vielleicht würden wir sie noch nötiger brauchen.

Schließlich gelangten wir in eine Sackgasse. Es gab zwar eine Tür am Ende des Ganges, doch sie war verschlossen. Uns blieb nichts anderes übrig, als zurückzugehen und es in der anderen Richtung zu versuchen. Wir liefen nun ein bißchen schneller. Erstens kannten wir jetzt den Weg, und zweitens hatten wir viel Zeit verloren. Selbst wenn Bruno sich befreien konnte, würde man sein Rufen nicht bis oben hören können, aber Johns Theorie schien mir inzwischen sehr wahrscheinlich zu sein. Warum sollte die Bande bis zum nächsten Morgen damit warten, sich unserer zu entledigen? Sie konnten jeden Moment kommen.

Wir kamen wieder an unserer Gefängnistür an – ich konnte sie fühlen, als wir vorbeigingen – und bewegten uns nun langsamer vorwärts. Trotz meiner Vorsicht stolperte ich über einen Stuhl – vermutlich der, auf dem Bruno gesessen hatte. Warum sollte er es auch nicht bequem haben?

Dieser Gang mündete in einen zweiten. Hier sah ich zum ersten Mal einen Lichtschimmer. Wir gingen in dessen Richtung und entdeckten, daß er von einem vergitterten Fenster ganz oben in der Wand kam. Meine Augen hatten sich an die totale

Finsternis gewöhnt, deshalb erschien mir dieser Lichtstrahl sehr grell. Dabei war es nur Mondlicht, das von meterdicken Mauern und dichten Büschen zerstreut wurde. Wir befanden uns in einem Raum mit Regalen an den Wänden, in denen verschiedene Gegenstände gelagert wurden; offensichtlich eine Vorratskammer. Eine dunkle Öffnung auf der anderen Seite war der Ausgang. Dann führte eine Treppe nach oben bis vor eine Tür. John öffnete sie einige Zentimeter weit und blickte durch den Spalt.

»Noch eine Vorratskammer«, sagte er nach einem Moment. »Alles klar.«

Dieser Raum, der etwas höher lag als der andere, besaß mehrere Fenster und reihenweise schmale Verschläge, die wiederum voller Regale waren.

»Der Weinkeller«, flüsterte ich. »Ich weiß jetzt, wo wir sind. Ich wußte nichts von dieser Tür hier. Bis zu diesem Teil des Kellers bin ich vorher nicht gekommen.«

»Spar dir den Reisebericht und zeig uns den Weg«, murmelte John.

Das war leichter gesagt als getan. Der Raum entpuppte sich als eine Art Labyrinth, ein Weg zwischen den Regalen sah aus wie der andere. Wir hatten bereits eine Reihe hinter uns gebracht, ohne die Tür zu finden, und wollten gerade mit der nächsten anfangen, als John meine Hand fest drückte.

Ich hörte das Geräusch fast im gleichen Moment wie er. Sie bemühten sich nicht, leise zu sein. Warum sollten sie auch? Einer von ihnen pfiff. Sie waren mindestens zu zweit, das konnte man an den Schritten hören. Ein paar Sekunden vergingen, während wir wie erstarrt stehenblieben. Dann sahen wir ein Licht, das durch die Weinregale um uns herum seltsam verzerrt wurde, aber immer näher kam.

John ließ sich auf den Boden fallen und zog mich mit sich hinunter. Sie gingen keine eineinhalb Meter von uns entfernt vorbei. Wenn sie zur Seite geschaut hätten, hätten sie uns gesehen. Es waren zwei. Sie gehörten zu den Männern, die in der Nähe der Garage gearbeitet hatten. Die Taschenlampe leuchtete so grell, daß ich wegsehen mußte.

Na ja, ich kann ebensogut ehrlich sein. Ich sah weg aus dem Bedürfnis heraus, den Kopf in den Sand zu stecken; so als hoffte ich, daß sie mich nicht entdecken könnten, wenn ich sie nicht sähe. Ich hatte mich noch nie so ausgeliefert und so hilflos gefühlt.

Doch sie gingen einfach weiter und bogen in den nächsten Seitengang ein. Das Licht und die Schritte entfernten sich.

John zog mich wieder auf die Füße. Er brauchte mir nicht zu sagen, daß wir uns beeilen mußten. Uns blieben ungefähr eineinhalb Minuten, bis sie Alarm schlagen würden.

Ich war bereit loszulaufen, egal wohin. Als wir den Weinkeller verließen, hielt John mich fest.

»Warte, laß uns nicht so planlos loslaufen. Sag mir ungefähr, welchen Weg wir von hier aus nehmen können.«

»Die Haupttreppe liegt in dieser Richtung«, sagte ich und zeigte dorthin. Sie führt in den Bedienstetenflügel, in die Nähe der Speisekammer.«

»Von dort sind unsere Freunde vermutlich gekommen. Den gleichen Weg werden sie auch zurückgehen. Es muß noch ein anderer Ausgang existieren. Am besten direkt nach draußen.«

Ich versuchte, mich zu erinnern. Das war nicht leicht, denn mein Herz klopfte so laut, daß ich nicht richtig denken konnte.

»Warte. Ja, es gibt noch eine andere Tür. Hier lang.«

Man merkt nie, daß Zeit relativ ist, wenn man sich nicht in einer so mißlichen Lage befindet wie wir in diesem Moment. Jede Sekunde rechnete ich damit, ein Brüllen und Pfeifen und irgendwelche Verfolgungsgeräusche zu hören. Aber wir hatten bereits eine schöne Strecke zurückgelegt, als ich wirklich das Echo lauter, trampelnder Schritte vernahm. Sie klangen durch die Entfernung und die Mauern, die nun zwischen uns und unseren Verfolgern lagen, ein wenig gedämpft, aber ich hörte sie ganz deutlich.

Ich lief noch schneller. Es war ein Wunder, daß wir nicht gegen eine Wand rannten, aber da wir uns nun auf einer höheren Kelleretage befanden, drang ein wenig Licht durch Fenster herein. Ein noch größeres Wunder ist es, daß ich mich an den Weg erinnerte. Der Orientierungssinn funktioniert erstaunlich gut, wenn bei Versagen die sofortige Hinrichtung droht. Wir landeten genau dort, wo ich gehofft hatte, nämlich am unteren Ende einer wuchtigen Steintreppe, die zu einer massiven Tür führte.

Wir mußten es riskieren, ein Streichholz anzuzünden, oder wir hätten diese Tür nie öffnen können. Das alte Schloß sah nicht sehr kompliziert aus, doch es wurde durch die üblichen Balken, Riegel und Ketten gesichert. Als wir diese zusätzlichen Hindernisse beseitigt hatten, ließ die Tür sich immer noch nicht bewegen.

Wenn ich Zeit, ruhige Hände und das notwendige Werkzeug gehabt hätte, hätte ich das Schloß knacken können. Aber ich hatte nichts von alldem. Also entzündete ich noch ein Streichholz und sah mich um. Und tatsächlich hing der Schlüssel da an einem Nagel. So hat es meine Großmutter auch immer mit ihren Schlüsseln gemacht. Das vermittelte mir ein unerwartet behagliches Gefühl.

Die Tür knarrte entsetzlich. Sie führte auf ein von verputzten Mauern umgebenes Stückchen Land voller Unkraut. Direkt gegenüber entdeckte ich ein Tor in der Mauer.

John schloß die Tür hinter uns.

»Nicht, daß das etwas ausmacht«, murmelte er. »Sie werden merken, daß wir hierher gegangen sind, wenn sie die losen Ketten sehen. Wo sind wir?«

»Wenn ich das wüßte.«

Der Hof war ungefähr drei mal viereinhalb Meter groß. John spazierte in die Mitte, stemmte die Arme in die Hüften und betrachtete den Himmel. Das Mondlicht ließ sein Haar silbern glänzen und tauchte seine Gestalt in unheimliche Schatten. Er hätte einer dieser jüngeren, unwichtigeren Heiligen sein können, die mit dem Allmächtigen sprechen. Ich blieb im Schutz des Hauses stehen. Dort fühlte ich mich sicherer.

»Und?« fragte ich nach einer Weile.

»Pst.« Er kam zurück. »Wir befinden uns hinter der Villa...«

»Das hätte ich dir auch sagen können.«

»Sie liegt nach Westen«, fuhr John unbeeindruckt fort. »Wir suchen die Landstraße nach Rom. Die muß in dieser Richtung sein.« Er zeigte dorthin.

»Die suchen wir vielleicht. Aber zuerst müssen wir uns so weit wie möglich von der Villa entfernen. Es gibt mit Sicherheit nicht viele Kellerausgänge, und es dauert vermutlich auch nicht lange, sie zu überprüfen. Bruno kann jede Sekunde durch diese Tür stürmen. Laß uns von hier verschwinden.«

»Eins zu Null für dich. Auf geht's!«

Das Tor führte in einen weiteren Hof. Jedes Fleckchen Erde schien von Mauern umgeben zu sein, und langsam bekam ich Platzangst. Schließlich stießen wir auf ein vertrautes Gebäude – die Garage.

»Hey«, sagte ich und griff nach Johns Arm. »Wie wär's mit...«

Ich brauchte gar nicht weiterzureden. Wir dachten beide im selben Moment das gleiche.

»Keine Chance, ich habe keinen einzigen der Wagenschlüssel. Antonio schläft oben. Bis ich einen Wagen zum Laufen bringen würde, hätte er mich längst gehört. Im übrigen, wenn wir einen Wagen stehlen, brauchen sie nur den Polizeichef in Tivoli anrufen und ihm erzählen...«

»Okay, okay, ein Grund reicht«, unterbrach ich ihn. »*Avanti*, dann los.«

Nach einem weiteren Tor und einem weiteren Hof fanden wir uns im Schutz einer Steinmauer wieder. Dort blieben wir stehen, um etwas Atem zu schöpfen.

»Hier fangen die Gärten an«, sagte ich leise. »In dieser verrückten Landschaft haben wir genügend Deckung. Ich glaube, ab jetzt geht alles glatt.«

Plötzlich griff John nach meinem Arm und hob den Kopf. »Sieh mal.«

Oben auf dem Hügel ragte die Villa drohend vor den Sternen auf. Eigentlich hätte sie eine schöne, dunkle Silhouette sein müssen, doch während wir zu ihr aufsahen, ging in einem Fenster nach dem anderen das Licht an, wie bei einem Feuerwerk. Ich schaute diesem bezaubernden, aber unheilvollen Schauspiel immer noch erschrocken zu, als ein Licht direkt neben mir anging, als wären an einem der Bäume Glühbirnen statt Blätter gewachsen. Entsetzt blickte ich zu John. Ich konnte die Schweißperlen auf seiner Stirn erkennen und die dunklen Pupillen seiner aufgerissenen Augen. Die Pupillen wurden langsam kleiner.

»Von wegen, ab jetzt geht alles glatt«, wiederholte er bitter. »Verflucht! Irgendein schlauer Kopf ist darauf gekommen, die Gartenbeleuchtung anzustellen.«

Neun

Pietro hatte voller Stolz erzählt, daß die Gärten durch die Beleuchtung nachts taghell seien. Er hatte nicht übertrieben. Es blieben zwar noch einige dunkle Fleckchen, doch durch die Lichter war es ungefähr um tausend Prozent schwieriger, unentdeckt flüchten zu können.

Eine hübsche, kleine Laterne hing praktisch genau über uns. Wir schlichen weiter und versteckten uns hinter einem riesigen Rhododendron und dachten laut nach.

»Wie viele sind es?« fragte ich. »Wie viele von den Bösen, meine ich.«

»Ich weiß, was du meinst. Von den Dienstboten wissen nur ein paar Bescheid, aber das heißt nichts. Sie werden alle mithelfen, uns zu suchen, darauf kannst du dich verlassen. Der Boß wird sich irgendeinen glaubhaften Grund dafür ausgedacht haben, warum wir gefaßt werden müssen. Und«, fügte er hinzu, »mach dir bloß keine Hoffnungen. Einige von ihnen werden bewaffnet sein. Bis sie auf uns schießen, werden wir nicht wissen, welche von ihnen. Welcher Weg führt am schnellsten hier heraus? Ich habe die Gärten nicht so gründlich inspiziert wie du.«

Ich schloß die Augen und versuchte mich zu erinnern. Mit geschlossenen Augen kann ich besser nachdenken. Ich sah den Grundriß der Gärten ziemlich deutlich vor mir.

»Der schnellste Weg ist nicht gleichzeitig der sicherste«, sagte ich nach einer Weile. »Aber wenn wir den englischen Garten durchqueren und am Schildkrötenbrunnen vorbeilaufen, gelangen wir in den Rosengarten. Danach ist es nicht mehr weit zur Außenmauer ...«

Ich sprach auf einmal etwas langsamer, als mir diese Mauer wieder einfiel. Sie war fast vier Meter hoch und mit Stacheldraht versehen.

»Wir können uns über die Mauer Gedanken machen, wenn wir es bis dahin geschafft haben«, sagte John. »Bei meinem Adrenalinspiegel kann ich wahrscheinlich aus dem Stand über sie hinwegspringen.«

Am liebsten wäre ich ewig hinter diesem Rhododendron geblieben. Er hatte so schöne lila Blüten und jede Menge dichtes Blätterwerk. Wir hasteten weiter die Mauer entlang, die an einem offenen Gartenhäuschen aus Gitterwerk endete. Wir umrundeten es und rannten mitten über den Rasen weiter. Zum Glück war es Frühling, das Gras war saftig und weich, und es gab keine heruntergefallenen Blätter, die unter den Füßen knisterten.

Den englischen Garten umgab eine hohe Buchsbaumhecke. Dieser Strauch wird sehr dicht und hoch, wenn er alt ist. Er wird manchmal für Irrgärten benutzt, weil er so undurchdringlich ist. Wir hielten uns im Schatten der Hecke, fanden schließlich eine etwas dünnere Stelle und blickten hindurch.

Diese Anlage war einer von Pietros Lieblingsgärten. Er hatte an Lichtern nicht gespart. Ein Blick und ich wußte, daß es unmöglich war, ihn auf direktem Wege zu durchqueren. Es war, als würde man auf eine hellerleuchtete Bühne spazieren.

Wir durchquerten den englischen Garten nicht, sondern umrundeten ihn. Flach auf dem Bauch krochen wir mühselig an den Buchsbaumwurzeln entlang. Als wir den Eingang zur langen Allee erreicht hatten, begannen wir wieder zu laufen. Hohe, spitze Zypressen säumten den Weg wie lebendige Säulen. Unter den Bäumen war viel Schatten, und der Lichtschein der niedrigen Laternen am Wegesrand reichte nicht sehr weit. Die Allee folgte dem Abhang und fiel schräg ab. Wir kamen gut voran. Wir hatten sie fast hinter uns gebracht und den Rosengarten erreicht, als ich ein Geräusch hörte, das mich so erschreckte, daß ich über eine Petunie stolperte.

»Bluthunde!« keuchte ich.

»Quatsch.« John war stehengeblieben und lauschte. »Schlimmer als Bluthunde. Es ist Caesar.«

»Oh, nein!«

»Oh, doch. Er ist der einzige Hund auf dem Grundstück. Du mußtest ja unbedingt Tierfreund sein, oder? Beeilung.«

Wir rannten den Hügel hinunter. Jetzt kam es nicht mehr auf Vorsicht, sondern auf Schnelligkeit an. Caesar konnte uns große Schwierigkeiten bereiten. Bluthunde würden einer Spur aus einem Pflichtgefühl heraus folgen. Doch der gute, alte Caesar würde eifrig seine Freundin suchen, die ihn mit Pastete und geräucherten Austern gefüttert und sich mit ihm im Gras herumgewälzt hatte. So etwas behalten Hunde leider sehr lange im Gedächtnis. Außerdem haben sie einen hervorragenden Geruchssinn.

Als wir das untere Ende der Allee erreicht hatten, wollte ich mich nach rechts in Richtung Rosengarten wenden. Doch John packte meinen Arm und zog mich herum.

»Was zum Teufel...« fing ich an.

»Vergiß den Rosengarten. Wir brauchen Wasser. Fließendes Wasser... Um den Hund von der Spur abzubringen...« Er keuchte, und ich verstand ihn nur zu gut.

Wasser war reichlich vorhanden. Nur leider waren die Springbrunnen alle hellerleuchtet. Wir planschten achtlos durch den größten von ihnen und kletterten über Nymphen und Wassermänner. John rutschte auf den nassen Steinen aus und hielt sich an einer Nymphe fest, um das Gleichgewicht nicht zu verlieren. Diese innige Umarmung sah so komisch aus, daß ich lachen mußte. Ich bekam einen Spritzer Wasser in den Mund, und das Lachen wurde zu einem Gurgeln. John blickte mich wütend an, während er sich aus den ausgestreckten Marmorarmen befreite.

Wir kletterten über den Brunnenrand und eilten weiter. Ich wußte überhaupt nicht mehr, wo wir uns befanden. Doch John schien den Weg zu kennen, also folgte ich ihm, angetrieben von fröhlichem Hundegebell aus der Ferne. Aber als ich sah, was John beabsichtigte, blieb ich abrupt stehen.

Eine der Attraktionen der Villa d'Este ist die Allee der hundert Brunnen. Jeder Brunnen besteht eigentlich nur aus einem einfachen Wasserstrahl, aber alle zusammen sehen sie sehr beeindruckend aus. Sie sind hinereinander in einem langen Bassin aufgereiht. Pietros Vorfahr wollte sich nicht lumpen lassen und konstruierte eine Allee der zweihundert Brunnen. Wir standen unten am Abhang und blickten nach oben, und von da aus schien das feine Sprühwasser geradewegs in den Himmel aufzusteigen. John rannte los, sprang hinein und machte Schwimmbewegungen.

Ich habe keine Ahnung, was mich packte. Hysterie vielleicht. Ich lachte so heftig, daß ich mich an einem Steindelphin festhalten mußte, um nicht umzufallen.

John stellte sich wieder auf die Füße, ergriff ebenfalls einen Delphin – sie säumten das ganze Bassin bis nach oben – und starrte mich fassungslos an.

»Die Lachse machen das so«, gluckste ich. »Die schwimmen nach oben, um zu laichen.«

Er war triefend naß, vom Haar bis zu den Füßen. Er hob den Arm und streckte den Zeigefinger aus.

»Schwimm endlich, verdammt noch mal!« rief er und begann zu klettern.

Seine Stimme ging fast im Lärm des herunterfallenden Wassers unter, aber ich verstand, was er wollte. Ich kletterte in das Wasserbecken.

Wir schwammen natürlich nicht. Das war überhaupt nicht möglich, denn das Bassin war nur ungefähr einen Meter tief und zwei Meter breit, und das Wasser strömte unablässig herunter. Das Klettern wäre schon schwierig genug gewesen, wenn die Füße festen Halt gefunden hätten. Aber wir schafften es mit Hilfe der Delphine. Die zweihundert Brunnen strömten aus ihren Mäulern, und da sie mit jeweils einem Meter Abstand hintereinander aufgereiht waren, konnten wir uns an ihnen hochziehen. Ich wünschte, ich besäße eine Videoaufzeichnung von dieser Klettertour. Selbst währenddessen bekam ich gelegentliche Lachanfälle, wenn ich sah, wie sich der völlig durchnäßte John vor mir verbissen hochangelte.

Wir schafften die Hälfte, ohne gesehen zu werden. Inzwischen hatte ich meinen Rhythmus gefunden – Schritt, Vorwärtsrutschen, den nächsten Delphin fassen, Schritt, Rutschen, Fassen – und war darauf eingestellt, bis nach oben so fortzufahren. Davon waren wir noch ein gutes Stück entfernt, als John plötzlich einen riesigen Schritt auf einen Delphinkopf machte, von da aus die seitliche Mauer zu fassen bekam und sich daran hochzog. Da hockte er wie ein nasser Frosch und streckte mir eine Hand entgegen.

»Es fing gerade an, mir Spaß zu machen«, sagte ich schwach, während er mich zu sich auf die Mauer zog. »Was nun?«

Er schubste mich herunter.

Ich landete in einem Büschel Azaleen. Und ich dachte immer, Azaleen seien nicht stachelig... Bevor ich anfangen konnte zu fluchen, landete John neben mir und legte seine Hand auf meinen Mund.

Dann hörte ich Caesar. Er war uns dicht auf den Fersen, zu dicht, als daß wir erleichtert sein konnten. Der erste Brunnen hatte ihm überhaupt nichts ausgemacht. Wir konnten nur hoffen, daß er unsere Spur unten am Zweihundert-Brunnen-Bekken verlieren würde. Und daß die Männer, die bei ihm waren, kapieren würden, daß wir ins Wasser geflüchtet waren, und am oberen Ende des Bassins weitersuchen würden.

In der Zwischenzeit mußten wir schnellstens verschwinden. Das taten wir auch, und zwar liefen wir über den Hügel zurück, den wir vorher so mühsam erklommen hatten. Erst als wir ein gutes Stück hinter uns gebracht hatten und Caesars Bellen immer verzweifelter klang, begriff ich, welchen Weg wir eingeschlagen hatten. Das Sinnvollste war nun, den Garten der Monster zu durchqueren. Ansonsten wäre die Entfernung zur Außenmauer doppelt so groß gewesen, und wir hätten eine der offensten Flächen der ganzen Anlage passieren müssen.

Der Monstergarten sah mit den dämmrigen, grünen und dunkelroten Lichtern aus wie ein Garten in einer Geschichte von Lovecraft. Der riesige hohle Kopf wurde im Innern von einer grellen, roten Lampe beleuchtet. Die Schlitzaugen glühten wie bei einem Dämon aus der Hölle, und die Fangzähne sahen aus wie blutig. John nahm meine Hand. Seine war feucht, doch sie fühlte sich warm und fest an und gab mir Mut. Ich glaube allerdings nicht, daß er mir Mut zusprechen wollte. Er hatte ebensoviel Angst wie ich. Ich hörte, wie seine Zähne klapperten. Immerhin waren wir triefnaß.

Einige der kleineren Monster waren nicht beleuchtet, und ich wäre fast über einen Babydrachen gestolpert, wenn John mich nicht festgehalten hätte. Der erwachsene Drache, der mir ebenfalls bedrohlich nahe gekommen war, stand genau vor uns und sah im flackernden, violetten Scheinwerferlicht unangenehm lebensecht aus. Plötzlich hörte ich ein Geräusch hinter uns, in der Nähe des großen Wächterkopfes.

Dann bemerkte ich den Strahl einer Taschenlampe. Verglichen mit den gespenstischen Farbtönen der übrigen Lichter wirkte er recht normal und harmlos, aber ich hätte auch gut darauf verzichten können. Ohne ein Wort zu sagen, ließen wir uns beide gleichzeitig auf den Boden fallen. Dann geschah etwas wirklich Unangenehmes. Am anderen Ende des Gartens, in der Nähe des Ausgangs, tauchte der Strahl einer zweiten Taschenlampe auf.

Ich flehte zu Gott und wurde sofort von John zum Schweigen gebracht. Aber man konnte mein Flüstern nicht hören, denn irgend jemand sprach genau in diesem Moment. Er sprach leise, doch ich konnte ihn gut verstehen. Er stand so nah.

»Alberto *qui.*«

Der andere Mann nannte seinen Namen.

»Bassano. Hast du sie gesehen?«

»Nein. Ich komme gerade vom Hintereingang.«

Bassano fing wild an zu fluchen.

»Geh dorthin zurück, du Schwachkopf. Die Eingänge müssen bewacht werden.«

»Was ist mit dem Garten hier?«

»Ich werde mich mal umsehen. Los jetzt.«

Ich kauerte mich zusammen und versuchte, mich noch kleiner zu machen, als das Licht immer näher kam. Der zweite Mann war gegangen ... Und John ebenfalls. Er hatte meine Hand losgelassen, als wir uns auf den Boden geworfen hatten. Er mußte sich während der Unterhaltung der beiden Männer davongeschlichen haben.

Ich fing gerade an, mir übelste Verwünschungen auszudenken, als der Steindrachen anfing, sich zu bewegen. Ich sprang mindestens einen halben Meter nach hinten, und Bassano ebenfalls: Ich sah den Strahl der Taschenlampe nach oben schießen, bevor er sie wieder fest in der Hand hielt. Er fluchte wieder, doch seine Gelassenheit war nur gespielt – seine Stimme zitterte. Ich verstand ihn nur zu gut. Die wandelnden Statuen hatten schon im hellen Tageslicht furchterregend ausgesehen. Doch in diesem geisterhaft glühenden Licht und den Schatten, die wie zukkende Muskeln über ihre steinerne Haut huschten, wirkten sie wie Kreaturen aus einem fieberhaften Alptraum.

Inzwischen bewegten sich alle, und die rostigen Apparate quietschten und ächzten. Ich überlegte gerade, wohin ich gehen sollte, als ich sah, daß John sich an der riesigen Flanke des Drachens festhielt, der sich in einem weiten Bogen in meine Richtung bewegte. Als er aus dem Strahl des Scheinwerfers herausrollte, lag seine Rückseite in schwarzem Schatten. Wenn John nicht so eifrig gewunken hätte, hätte ich ihn nicht bemerkt.

Bassano und seine Taschenlampe waren nicht mehr zu sehen. Er war wohl weggelaufen. Das gleiche taten wir auch, als der

Weg des schwerfälligen Drachens in die Nähe des Hintereingangs führte. Wir mußten nur noch einen weiteren Garten durchqueren, dann über eine Treppe, deren Stufen ein künstlicher Wasserfall hinunterfloß, und schließlich über die untere Terrasse und die Außenmauer. Aber wir mußten uns beeilen. Sobald Bassano seine Sinne wieder beieinander hatte, würde er wissen, wer die Monster in Bewegung gesetzt hatte.

Ich wollte es John erzählen, sparte mir den Atem aber lieber für wichtigere Dinge, zum Beispiel fürs Laufen. Er planschte gerade auf der Treppe herum, mitten durch den Wasserfall, so wie Gene Kelly bei »Singing in the Rain«. Er hatte die Figur eines Tänzers, schlank und drahtig, doch in diesem Moment war seine vorteilhafte Statur in dem gelben Licht, das den Wasserfall überflutete, zu gut zu erkennen. Um schneller zu sein, achtete er nicht mehr darauf, ob man ihn sehen konnte oder nicht.

John lief mir ein gutes Stück voraus, als wir die Treppe hinter uns gebracht hatten und über die Terrasse rasten. Schließlich ragte die Außenmauer vor uns auf, und der verwickelte Stacheldraht darauf sah gegen den mondhellen Himmel aus wie feinste schwarze Spitze. Links und rechts standen Bäume, aber vor uns nicht. John ging nach rechts. Er drehte sich zu schnell. Seine nassen Schuhe rutschten auf den Steinplatten weg, die Füße fanden keinen Halt mehr, und er fiel mit einem Platsch vornüber wie eine riesige Flunder. Im selben Moment hörte ich aufgeregte Stimmen am oberen Ende der Treppe.

Ich schlidderte auf John zu und zog ihn dann auf die Füße.

»Normalerweise ist die Heldin immer diejenige, die über ihre ungeschickten Füße fällt«, sagte ich zuckersüß.

Er hätte mit Sicherheit eine schlagfertige Antwort gegeben, wenn ihm der Sturz nicht den Atem geraubt hätte. Ein paar Sekunden stützte er sich auf mich und keuchte. Dann lief er auf den nächsten Baum zu und begann hochzuklettern, ohne darauf zu achten, ob ich nachkam.

Die Bäume standen in voller Blüte, und der Duft war süß wie Parfüm. Samtige Blütenblätter streiften mein Gesicht und meine Arme, während ich höher und höher kletterte.

John war über mir, behende wie ein Affe. Ich bewunderte seinen stark ausgeprägten Selbsterhaltungstrieb, der von keinerlei altmodischem Kavalierverhalten getrübt wurde. Trotzdem war er schwerer als ich, und ungefähr zwei Meter von der Mauerkrone entfernt konnte er nicht weiter. Die Zweige wurden zu dünn, um ihn halten zu können.

»Geh aus dem Weg«, zischte ich. »Ich bin leichter, vielleicht kann ich...«

Er sagte kein Wort, doch ich verstummte, denn die Stimmen kamen näher. Unten auf der Terrasse würden sie sich nach rechts und links verteilen, und wenn sie nur ein bißchen klug wären und mit ihren Taschenlampen nach oben in die Bäume leuchteten, säßen wir fest – wie reifes Obst zwischen den dünnen Zweigen.

Duftige, seidige Blütenblätter rieselten auf mein nach oben gewandtes Gesicht herab. John schien da oben irgendwelche Zustände zu bekommen. Dann merkte ich, daß er sich aus seinem Jackett kämpfte – nicht gerade einfach, so naß, wie es war. Er stellte sich aufrecht hin, schwankte gefährlich hin und her und warf dann zuerst das Jackett und danach sich selbst auf die Mauer.

Ich kletterte auf den Ast hoch, auf dem er gerade gestanden hatte, und griff nach seiner Hand. Er stieß einen erstickten Schrei aus.

»Was ist los?« fragte ich. Ich machte mir nicht die Mühe, leise zu sprechen. Die Jungs da unten veranstalteten einen beträchtlichen Lärm.

»Du hast mich in den Stacheldraht hineingezogen«, sagte John. Es mußte John sein, denn außer ihm befand sich niemand da oben, aber ich hätte niemals seine Stimme erkannt. Er biß die Zähne so stark zusammen. »Verdammt, benutze doch deine Füße! Bist du noch nie geklettert? Ich kann dein Gewicht unmöglich hochziehen...«

Ich bekam meine Ellbogen über die Oberkante der Mauer, wo er den Stacheldraht mit seiner Jacke bedeckt hatte, und hievte mich hoch. Unsere Verfolger waren auf der Terrasse und bellten wie ein Rudel Wölfe oder ein Haufen Kongressabgeordneter mittleren Alters, die über die politische Gleichberechtigung von Frauen debattierten.

»Okay«, sagte John, als ich unsicher auf der Mauerkante balancierte. Seine Stimme klang nun fast ruhig. »Ganz langsam. Der Draht bedeckt nicht die ganze Oberfläche. Auf jeder Seite sind ungefähr fünf Zentimeter frei. Steig einfach drüber weg. Nein, nicht hier, etwas weiter nach links. Gut so. Es sind ungefähr zweieinhalb Meter bis nach unten. Der Boden ist auf der anderen Seite höher. Laß dich an den Händen herunter, und dann laß dich fallen.«

Mit einer Hand stützte er meinen Ellbogen, als ich einen großen Schritt über das Drahtgeflecht machte. Ich konzentrierte mich so fest darauf, nicht die Stacheln zu berühren, daß ich von dem Radau im Hintergrund, keine zehn Meter von mir entfernt, nur wenig mitbekam. Der Suchtrupp hatte sich auf der Terrasse versammelt und gestikulierte wild herum. Mehrere von ihnen hielten Taschenlampen in den Händen, doch sie hatten einer jener Schwächen nachgegeben, für die das südländische Temperament nur zu empfänglich ist. Sie stritten sich darüber, was als nächstes zu tun sei. Einige wollten sich nach rechts, andere nach links wenden; ein kühler Kopf schlug vor, daß sie sich aufteilten. Doch er wurde von den übrigen niedergebrüllt, die sich viel zu gern stritten, um die Sache vernünftig zu regeln. Beim Diskutieren wedelten sie mit ihren Taschenlampen herum – kein echter Italiener redet ohne seine Hände –, und die Strahlen erinnerten mich an alte Kriegsfilme, in denen Flugabwehrsignale über den schwarzen Himmel huschen.

Früher oder später würde uns einer dieser Strahlen treffen. Es war einfach nur Pech, daß das ungefähr eine Minute zu früh passierte.

Ich hing an den Händen, aber meine Zehen waren in einen Riß an der äußeren Mauerseite gegraben. Ich konnte mich nicht überwinden, mich fallen zu lassen. John hatte gesagt, es wäre zweieinhalb Meter tief. Aber was wußte der schon? Vielleicht würde ich in einen bodenlosen Abgrund fallen. Es war völlig dunkel da unten.

John beugte sich über mich. Meine rechte Hand hielt noch immer sein Handgelenk fest. Er mußte auf dem Stacheldraht hocken, denn in seine Warnungen an mich streute er einige Flüche ein. Plötzlich leuchtete sein zerzaustes Haar auf wie ein Pop-art-Heiligenschein, und ein Lichtstrahl traf sein Gesicht. Er riß die Augen auf und öffnete die Lippen, aber ich konnte nicht verstehen, was er sagte. Es ging im Schuß unter.

Ich ließ die Mauer, aber nicht John los. Ich zog ihn mit mir in die Tiefe. Falls er schrie, als der Stacheldraht an ihm entlangkratzte, hörte ich es nicht. Die Meute auf der Terrasse schoß unaufhörlich. Wenn ich es nicht besser gewußt hätte, hätte ich schwören können, daß sie aus Maschinengewehren abfeuerten.

Tatsächlich waren es fast drei Meter bis nach unten, noch über einen Meter unterhalb meiner Schuhsohlen. Ich landete fast ohne einen Kratzer, dann stürzte John auf mich. Wir fielen in einem verhedderten Knäuel um und rollten den Abhang hinunter. Dieser mußte fast 45 Grad Gefälle gehabt haben, und jeder Stein hinterließ einen blauen Fleck auf meinen schmerzenden Gliedern. Am Fuße des Hügels befand sich ein Wasserlauf. Natürlich rollten wir hinein. Falls es irgendein natürliches Hindernis auf diesem Hügel gab, mit dem wir nicht in Berührung gekommen waren, so hätte mich das überrascht. Ich hatte mich an John festgehalten, vielleicht aus dem Impuls heraus, ihn als Puffer zu benutzen, deshalb landeten wir an derselben Stelle. Im Bach. Ich will den Bach gar nicht schlecht machen. Es war ein schöner Bach. Seicht, mit einem weichen, schlammigen Bett, und recht warm. Ich blieb liegen, während das Wasser über meinen geschundenen Körper dahinplätscherte, bis ich wieder zu Atem kam. In der Ferne sah ich Lichter und hörte Gebrüll. Der Kopf von irgend jemandem drückte auf mein Zwerchfell.

»John?« fragte ich.

Keine Antwort.

»Hoffentlich bist du das da unten«, sagte ich. »Denn wenn du es nicht bist, wer ist es dann?«

Der Kopf bewegte sich ein wenig. Dann sagte eine körperlose Stimme: »Wasser. Schon wieder Wasser. Es muß eine tiefere Bedeutung dahinterstecken. Bei Freud ...«

»Ach was, Freud. Es ist ein Bach. Und wir liegen mittendrin. John, wir haben es geschafft. Wir sind aus der Villa geflüchtet.«

»Das ist schön.« Der Kopf auf meinem Zwerchfell wurde noch schwerer.

»Wir sind draußen, aber nicht außer Gefahr. Wir müssen sehen, daß wir weiterkommen.«

Wir waren eine ganz schöne Strecke heruntergerollt. Die umherhuschenden Lichter oben auf dem Hügel schienen ganz weit weg zu sein, und die Stimmen hörten sich an wie summende Insekten. Aber ich machte mir nichts vor. »John«, sagte ich. »Einige der Männer sind bewaffnet.«

»Das ist leider richtig.« John setzte sich auf. »Das war kein Witz, oder? Wir liegen wirklich in einem Bach. Ich war noch nie in einem so feuchten Land. Das englische Klima soll doch angeblich so naß sein, aber dieses hier ...«

»Der Hund«, sagte ich. »Ohne den Hund hätten wir einen weniger nassen Weg gehabt. John, ich mache mir Sorgen wegen Caesar. Dieser Bruno ist kein guter Hundehalter. Wenn wir das alles hinter uns haben ...«

»Nett, daß du mich daran erinnerst.« John stand langsam auf. »Da wir nun schon in dem Bach sind, können wir auch darin bleiben, falls sie Caesar holen.«

»Viel nasser können wir sowieso nicht mehr werden«, erwiderte ich.

Wir liefen durch den Bach den Hügel hinunter. Allmählich stieg das Ufer auf beiden Seiten an, bis wir schließlich durch eine schmale Schlucht wateten. Bäume lehnten sich von oben herab, und Wurzeln wuchsen aus den schlammigen Ufern wie knorrige Arme. Aus dem aufgeregten, wilden Geschrei hinter uns schloß ich, daß sie die Suche noch nicht aufgegeben hatten. Aber langsam wurde ich ruhiger. Der Hund konnte unsere Spur im Wasser nicht verfolgen, und unsere zweibeinigen Verfolger konnten uns nicht sehen, solange sie ihre Taschenlampen nicht direkt auf uns richteten. An einigen Stellen war das Ufer stark ausgehöhlt. Der Bach mußte zu bestimmten Jahreszeiten sehr schnell sein und viel Wasser führen, wenn er so viel Erde weggewaschen hatte. Wir konnten kaum erkennen, wohin wir gingen. Das steile Ufer und die Äste über uns verdeckten viel Mondlicht. Ich streckte die Hand aus und griff nach Johns Ärmel. Er war naß – triefend naß, genauer gesagt. Bei meiner Berührung blieb er stehen und stöhnte erschrocken auf.

»Sei nicht so ein Angsthase«, zischte ich. »Ich kann nichts sehen. Ich wollte mich nur . . .«

Langsam wurde mir klar, was los war. Als erstes fiel mir auf, daß sich der Stoff so merkwürdig anfühlte. Er war naß – naß und klebrig. Bevor mein geschwächtes Hirn schalten konnte, fiel John mit einem lauten Klatsch kopfüber ins Wasser, das mir bis an die Knie schwappte.

Der Bach war nicht mehr als zehn Zentimeter tief, aber das reicht, wenn man mit dem Gesicht nach unten darin liegt. Wahrscheinlich brauchte ich nicht mehr als ein paar Sekunden, bis ich John umgedreht hatte, aber es kam mir sehr viel länger vor. Er half mir auch nicht dabei. Nun war er schon zum zweiten Mal innerhalb von ein paar Stunden ohne Bewußtsein. Ich atmete erst wieder auf, als er die Luft mit einem wäßrigen Gurgeln wieder ausstieß und ich wußte, daß er noch lebte.

Das Wasser plätscherte um sein Gesicht herum, deshalb zog ich ihn ans Ufer, das an dieser Stelle tief ausgehöhlt war. Er war so durchnäßt, daß ich erst nach einer Weile herausfand, wo er verwundet war. Bis auf einen schwachen Schimmer seiner blonden Haare konnte ich überhaupt nichts erkennen, denn sein Hemd war ganz dunkel vor lauter Schlamm. Schließlich stellte ich fest, daß die größte Wunde das Einschußloch in seinem Arm war. Er mußte eine Menge Blut verloren haben, es floß noch immer ungehindert heraus.

Ein Unglück kommt selten allein. Ich zerrte gerade an meiner Kleidung herum und überlegte, was ich für eine Aderpresse und einen Verband erübrigen konnte und wie ich das Ganze in vollkommener Finsternis schaffen sollte, als über meinem Kopf ein Ast knackte und Erde ins Wasser rieselte. Einer unserer Verfolger mußte den lauten Platscher gehört und sich entschieden haben, mal nachzusehen. Er war im Dunkeln gelaufen, nun schaltete er die Taschenlampe ein und leuchtete in die Schlucht.

Zum Glück befand er sich auf derselben Seite des Baches wie wir. Ich hatte John ganz aus dem Wasser gezogen, damit ich ihn mir ansehen konnte. Wir lagen gegen die ausgehöhlte Seite des Ufers gedrückt. Der Strahl der Taschenlampe beleuchtete das Ufer gegenüber und einen großen Teil des Baches.

Wenn der Verfolger schlauer gewesen wäre, hätte er bemerkt, daß eine kleine Welle gegen das Ufer geschwappt war. Daraus hätte er einige interessante Schlüsse ziehen können. Ich hielt den Atem an. Würde er die anderen herbeirufen?

Ein Tier rettete uns. Ich habe keine Ahnung, was für ein Tier, denn ich konnte es nicht genau erkennen. Es war nur ein glatter, glänzender Schatten, der durch das seichte Wasser glitt und in einem Loch auf der anderen Seite verschwand. Vielleicht eine Wasserratte. Jedenfalls nahm der Mann dort oben wohl an, daß dieses Tier das Geräusch verursacht hatte, das er gehört hatte. Er murmelte etwas Unverständliches, warf mit einem Stein nach dem Tier und verfehlte es meilenweit. Der Verfolger wandte sich ab. Ich hörte, wie das Gestrüpp knackte. Er machte sich nicht mehr die Mühe, leise zu gehen.

Immerhin hatte mir seine Taschenlampe einen Dienst erwiesen. In ihrem Licht hatte ich mir Johns Arm genau ansehen können. Mit einem stillen Seufzer schälte ich mich aus meiner Bluse. Sie war so verdreckt wie alles andere, was wir trugen. Aber vorläufig mußte sie genügen. Ich würde mich zwar etwas eigenartig fühlen bei dem Versuch, ohne Bluse ein Auto anzuhalten. Aber die kurzzeitige Erleuchtung hatte mir noch etwas anderes gezeigt: wenn ich genauso abenteuerlich aussah wie mein Begleiter, kam es auf die Bluse auch nicht mehr an.

Zehn

Ich bin von Natur aus Optimist. Aber während dieser Minuten in der Dunkelheit im Schlamm mit einem Mann, der auf meinem Schoß langsam verblutete, mit einem Haufen blutrünstiger Barbaren, die die Gegend nach uns absuchten ... da fühlte ich mich wirklich niedergeschlagen. Ich verlor so sehr den Mut, daß ich daran dachte aufzugeben, um John ärztlich versorgen lassen zu können. Doch ich verwarf den Gedanken. So gering die Chance auch war, daß unsere Flucht glückte, sie war besser als überhaupt keine Chance.

Mein Vater, der mehr abgedroschene Sprüche, Mottos und Sprichwörter kennt als sonst irgendwer, hätte in seiner Sammlung von Binsenwahrheiten sicher Ermutigung gefunden. »Man darf niemals aufgeben«. »Laß den Mut nicht sinken.« »Wenn du glaubst, es geht nicht mehr, kommt von irgendwo ein Lichtlein her.« Und er hätte recht gehabt.

Vier Stunden später saßen wir hinten in einem Lieferwagen, der durch die Vororte Roms raste.

Der Himmel wurde im Osten heller, und die Sterne verblaßten. Der Lieferwagen war uralt und wurde von Drähten und guten Worten zusammengehalten. Ich saß nicht gerade bequem, denn ich war in eine Ecke gequetscht, die für eine Frau mit meiner Körpergröße nicht ausreicht. Der Laderaum des Wagens war vollgestopft mit Gemüse. Die Ecke einer Kiste Tomaten grub sich in meinen Rücken, und auf meinem Schoß hielt ich einen Sack Karotten. John lag auf einem Kartoffelsack. Die Kartoffeln fühlten sich bestimmt so hart und klobig an wie Steine, aber er beklagte sich nicht.

Wie wir hierhergekommen waren, ist eine Geschichte für sich.

Während ich herumfummelte und versuchte, Johns Arm zu verbinden, kam er wieder zu sich und machte mehrere bissige Kommentare über meine Ungeschicktheit, bis ich ihn zum Schweigen brachte. Als ich ihn fragte, ob er gehen könne, antwortete er, jede andere vernünftige Alternative sei ihm lieber. Es gab nur wenige, und keine davon war vernünftig. Ich konnte ihn nicht tragen, und wir konnten nicht bis zum Morgen warten.

Also gingen wir weiter. Mit der Kleidung hatten wir Glück, aber ein bißchen war es auch mein Verdienst. Ich hielt Ausschau danach. Wir mußten bis an den Stadtrand von Tivoli gehen, bis wir eine Hausfrau fanden, die zu faul gewesen war, um ihre Wäsche abends ins Haus zu holen. John beschwerte sich bitter über diese Sachen. Sicher, seine Hose war fünfzehn Zentimeter zu kurz und in alle übrigen Richtungen viel zu weit, aber das grobe, blaue Hemd war schön groß. Er brauchte viel Stoff, um seinen Verband und die vielen Schrammen und Kratzer zu verdekken.

Ich hatte die Wahl: ein abgetragenes, formloses Gewand, das der Mutter des Hauses gehörte, oder einen billigen Kunstseidenrock mit Bluse, die der Tochter gehörten. John meinte, ich sei eitel, als ich mich für letzteres entschied. Rock und Bluse waren ein bißchen zu kurz und viel zu eng, doch ich hatte sie nicht aus Eitelkeit gewählt. Das konnte ich beweisen, als der erste Lastwagen auf der Autobahn mit quietschenden Reifen anhielt, sobald mich die Scheinwerfer erfaßten.

Über John freuten sich die Fahrer nicht so sehr. Er hatte sich versteckt, während ich meinen Daumen ausstreckte. Doch mit einem Grinsen und einem Achselzucken nahmen sie uns beide mit. (Der eine grinste, der andere zuckte mit den Achseln.) Die beiden waren Brüder und auf dem Weg zu einem Markt in Rom.

So landeten wir beim Gemüse. Ich habe keine Ahnung, was unsere neuen Freunde von uns dachten. Wahrscheinlich war es ihnen egal. Wir hätten arme Studenten sein können, von denen viele im Sommer in Europa unterwegs sind. Sie übernachten in Heuhaufen oder an weniger respektablen Orten, schnorren Essen und lassen sich mitnehmen.

Kurz nachdem wir in den Wagen geklettert waren, schlief John ein. Eigentlich hätte ich auch müde sein müssen, denn eine anstrengende Nacht lag hinter uns. Aber ich war zu aufgeregt, um zu schlafen. Ich saß einfach nur da, hielt die Karotten fest und beobachtete, wie die Sonne über Rom aufging.

Der Nebel, der über der Stadt hing, nahm eine feine, rosa Perlmuttfarbe an, als es heller wurde. Dann wechselte die Farbe des Himmels von Rosa zu einem tiefen Blau, und der Nebel löste sich auf. Hoch über den verwinkelten Dächern beherrschte Michelangelos große Kuppel die Skyline.

Wir fuhren durch die Porta Pia in die Stadt hinein, zwischen den antiken Stadtmauern hindurch. Dann brausten wir die Via Venti Settembre mit einem Tempo entlang, das selbst für diese frühe Tageszeit extrem hoch schien. Es war nicht viel Verkehr auf den Straßen, und der einzige Polizist, an dem wir vorbeirasten, winkte nur. Ich vermute, die Jungs waren hier bereits bekannt, weil sie diese Strecke sechsmal in der Woche fuhren.

Als wir die Piazza Venezia überquerten, überlegte ich, wohin wir eigentlich fuhren. Wir waren jetzt mitten in der Stadt. Mussolini hatte sich von dem Balkon auf dem Palazzo Venezia an die Römer gewandt, und der Platz wurde von dem riesigen weißen Marmordenkmal zu Ehren Viktor Emanuel II. beherrscht. All dieses Reiseführerwissen hätte ich gern gegen einen kurzen Besuch im Polizeipräsidium ausgetauscht. Ich wollte die beiden Burschen aus Tivoli nicht bitten, uns dorthin zu bringen. Die Leute sind mißtrauisch gegenüber Fremden, die zur Polizei wollen.

Als wir an der Basilika der San Andrea delle Valle vorbeikamen, wurde ich langsam nervös. Ich schüttelte John. Er öffnete ein Auge.

»Wach auf, wir sind gleich da«, sagte ich.

Die enge Gasse, in der der Lieferwagen schließlich hielt, lag nur ein paar Häuserblocks von der Via delle Cinque Lune entfernt. Mit dem deprimierenden Gefühl, wieder dort zu sein, wo alles angefangen hatte, kletterte ich über das Gemüse und sprang vom Wagen hinunter.

Es konnte nicht später als sechs Uhr morgens sein, doch die Verkäufer hatten ihre Buden bereits aufgebaut. Sie säumten die Straße zu beiden Seiten. Es war eine dieser mittelalterlichen Gassen, in denen es keine Gehwege oder Vorgärten gibt, sondern nur hohe, dunkle Häuserfronten mit Geschäften und Wohnungen, die direkt an das enge Straßenpflaster grenzen. Die Buden waren wacklige Dinger aus grobem Holz. Über einigen hingen gestreifte Markisen, doch künstlicher Verzierungen bedurfte es eigentlich nicht. Die angebotenen Waren bildeten ein wundervolles Sortiment aus unterschiedlichen Farben und Formen, das bunter war als jede Dekoration. Zarte, knittrige, hellgrüne Salatblätter; symmetrisch aufgehäufte Orangen und Mandarinen; saftig rote Tomaten; Kästen mit grünen Bohnen; schwarze Kirschen; Pfirsiche und Erdbeeren in kleinen Holzkisten. All das und noch mehr wurde von den Lastwagen abgeladen, die die Straße versperrten. Es herrschte ein ohrenbetäubender Lärm – Motoren knatterten, Kisten klapperten, Leute brüllten. Viele Leute schienen sich zu streiten, doch meistens handelte es sich wohl um ein mehr oder weniger gutmütiges Geplänkel über die Preise und die Qualität der Ware.

Unser Fahrer sprang von seinem Sitz herunter und kam freundlich lächelnd auf mich zu. Er war jung und sah ziemlich gut aus, und das wußte er auch. Sein Hemd war offen bis zum Bauchnabel, und auf seiner braungebrannten Brust blinkte ein goldenes Kreuz.

»*Va bene, Signorina?*« fragte er.

»*Molto bene, grazie.* Danke fürs Mitnehmen.«

»*Niente, niente.*« Er machte eine wegwischende Handbewegung. »*Dov'è vostro amico?*«

Stimmt, wo war er eigentlich? Ich blickte auf und entdeckte Johns Fuß, der aus den Kohlköpfen herauslugte. Ich bewegte ihn leicht hin und her, aus Achtung vor seinem Status als verletzter Held. Ich machte mir Sorgen um ihn. Ohne zu zaudern oder zu klagen hatte er Schritt gehalten, doch ich hielt es für besser, mich als erstes um einen Arzt zu kümmern.

»John, wach auf. Wir sind da.«

Der Fahrer ließ die Ladeklappe herunter und begann mit dem Ausladen, wobei ihm sein Kamerad mit dem ausdruckslosen Gesicht behilflich war. Die Eigentümerin der nächsten Bude, eine kleine, dicke Frau mit drei Goldzähnen, stapfte herüber und tat so, als wolle sie den Preis der Karotten wissen. Als mein Freund ihn ihr nannte, stieß sie einen Schrei vor gespielter Empörung aus. Doch ich sah, daß ihr Blick auf mich gerichtet war, und nach der ersten Finte gab sie jegliches vorgegaukeltes Interesse an etwas anderem auf.

»Wer ist denn das?« wollte sie wissen und wies mit ihrem schwieligen Daumen in meine Richtung. »Schon wieder so ein ausländisches Flittchen, das du aufgegabelt hast, Battista?«

Battista wußte, daß ich Italienisch konnte, und gab entschuldigende Laute von sich. Ich lächelte die alte Matrone zuckersüß an und gab ihr den Sack Karotten.

»Sie sind sehr preisgünstig, Signora, gute, süße Karotten. Ein Sonderangebot. Mein Freund liegt da in dem Wagen. Er ist gestern gefallen und hat sich verletzt, als wir in den Hügeln gewandert sind. Signor Battista war so nett, uns mitzunehmen.«

John kam aus den Kohlköpfen herausgekrochen und sah schrecklich aus. Anscheinend hatte er seine Wunde am Kopf aufgekratzt, denn an seiner Wange lief Blut herunter.

Die alte Dame stieß einen Schrei voller Bestürzung und Mitgefühl aus. Frauen jeden Alters und jeder Nationalität fallen auf ein jungenhaftes Gesicht und ein bißchen Blut herein.

»Ah, *poverino,* du Ärmster, wie ist das denn passiert?«

John hockte auf der Ladeklappe, sah die Signora mit seinen schmachtenden, babyblauen Augen lange an und lächelte schwach.

»Ich bin hingefallen, Signora. Danke... Sie sind sehr freundlich...«

Sie streckte ihren dicken Arm aus, um John zu stützen, als er sich hinunterließ. Unter seiner Bräune war sein Gesicht ganz fahl geworden, und er sah aus, als hätte er sich ohne die Hilfe der Signora nicht auf den Beinen halten können. Bei jedem anderen wäre auch ich vor Mitgefühl dahingeschmolzen. Aber bei John hielt ich mich lieber zurück.

»Ich bringe ihn zu einem Arzt«, sagte ich.

»Nein, mir geht's gut. Ich muß mich nur ein wenig ausruhen.«

»Wo denn?« wollte ich wissen. »So wie wir aussehen, können wir nicht einfach in ein Hotel gehen. Zumal wir kein Geld haben.«

Die alte Dame hatte anscheinend ein paar Brocken Englisch von den Touristen aufgeschnappt.

»Meine Tochter hat Zimmer zur Untermiete«, warf sie ein. »Ihre Wohnung liegt gleich hier um die Ecke.«

Sie führte das Angebot nicht weiter aus. An ihrem Tonfall konnte man erkennen, daß ihre natürliche Vorsicht mit ihrem Mutterinstinkt kämpfte.

»Wir haben Geld, Signora«, murmelte John. »Nicht viel, aber wir können Ihre Großzügigkeit nicht annehmen. Nehmen Sie das hier, bitte – ich glaube, ich kann ein paar Schritte gehen...«

Er streckte eine Hand voller zerknitterter Hundert-Lire-Scheine aus.

Alles, was ich besaß, befand sich in meiner Handtasche und meinen Koffern in der Villa. Ich Dummkopf hatte vergessen, daß Männer ihren Kram in ihren Taschen mit sich herumtragen. Allerdings hatte ich sowieso nicht vor, in ein Hotel zu gehen. Ich wollte ohne Umwege sofort zur Polizei. Als ich das John gegenüber während unserer Wanderungen letzte Nacht erwähnt hatte, war er nicht sonderlich begeistert gewesen, aber er hatte auch nicht widersprochen. Jetzt stieg in mir die leise Ahnung auf, daß er etwas anderes beabsichtigte.

Ich konnte nichts dagegen tun. Inzwischen hatte sich eine ansehnliche Menschentraube um uns versammelt. Eigentlich gelten die Römer als egozentrische Großstädter, doch in jeder Großstadt – sogar in New York – finden sich einige bereitwillige Helfer, wenn man jung, gutaussehend und in Not ist. Hilfsbereite Arme stützten John und lenkten seine wackligen Schritte in die von der Signora angezeigten Richtung. Mir blieb nichts anderes übrig, als hinterherzutrotten und einen üblen Verdacht zu hegen.

Die Wohnung war alt und armselig eingerichtet, aber recht sauber. In dem Zimmer gab es ein Bett aus Eisen, einen Toilettentisch aus Kiefernholz, zwei Stühle, ein Waschbecken und ein Bild von der heiligen Katharina, die einen Ring vom Jesuskind annimmt. Ich merkte zum zweiten Mal an, einen Arzt holen zu wollen, und wurde von meinen freundlichen Helfern niedergebrüllt, die uns inzwischen als eine große Familie ansahen. Solange der Patient nicht reif für die Sterbesakramente sei, könnten sie auf einen Arzt verzichten. Ein bißchen Wein, ein bißchen Suppe, ein bißchen Pasta, und dem armen jungen Mann würde es wieder bestens gehen. Der Stoß auf den Kopf hätte ihm zwar weh getan, aber er wäre nicht ernsthaft verletzt. Ein bißchen Wein, ein bißchen Suppe, ein bißchen Pasta ...

Schließlich schaffte ich es, sie loszuwerden und die Tür hinter ihnen zu schließen. Dann wandte ich mich John zu, der auf dem Bett lag und apathisch die rissige Decke anstarrte.

»Ich werde nach einem Arzt schicken«, sagte ich. »Auf meinem Weg zur Polizei.«

»Warte.« Er setzte sich so übereifrig auf, daß meine schlimmsten Verdächtigungen bestätigt wurden, und griff nach meinem Arm. »Laß uns erst darüber reden.«

»Da gibt es nichts zu reden. Ich habe dir gesagt, was ich tun werde. Je länger wir warten, um so mehr Zeit wird Pietro haben, um diese Werkstatt auszuräumen.«

»Setz dich.« Er drehte mir unsanft den Arm um. Ich setzte mich.

»Hab' ich dir weh getan?«

»War das nicht deine Absicht?«

»Nein. Tut mir leid. Aber du hast es immer so furchtbar eilig ...« Er schwang die Beine aus dem Bett, so daß wir nebeneinander saßen. Durch diese ungestüme Bewegung wurde sein Gesicht noch eine Spur fahler. Vielleicht war ein Teil seiner Schwäche gespielt, aber bestimmt nicht alles.

»Hast du wirklich vor, mich der Polizei zu übergeben?« fragte er und lächelte mich schwach von der Seite an. »Nach allem, was wir zusammen durchgemacht haben?«

»*Du* wolltest doch bei mir bleiben«, entgegnete ich ungehalten. »Wahrscheinlich hättest du besser alleine flüchten können. Verdammt, John, natürlich verpfeife ich dich nicht gern, aber was für eine Wahl habe ich denn? Ich kann diese Gaunerbande doch nicht einfach so davonkommen lassen. Warum nimmst du so viel Rücksicht auf sie? Sie haben versucht, dich umzubringen.«

»Das war ja nicht persönlich gemeint.«

»Persönlich oder nicht persönlich, darauf kommt es überhaupt nicht an. Wie kann ich dich laufen lassen, wenn ich nicht einmal weiß, was du getan hast?« Meine ansteigende Wut vermischte sich mit einer gewissen Scham. »Wenn du mir etwas über die Sache erzählen würdest – wenn ich eine Alternative hätte ...«

»Das klingt vernünftig.«

»Ich meine, wenn du mir nicht mal ... Oh. Du willst mir etwas erzählen?«

»Ja.«

»Okay. Leg dich wieder hin«, fügte ich hinzu. »Du siehst furchtbar aus.«

Er gehorchte. Ich drehte mich um, so daß ich ihn ansehen konnte. Erstaunlich, wie unschuldig der Mann wirken konnte. Seine Augen waren unglaublich blau. Die Ringe darunter sahen aus wie blaue Flecke. Dann grinste er, und sein feingeschnittenes Gesicht bekam einen leicht boshaften Ausdruck.

»Ich wurde als Kind armer, aber anständiger Eltern geboren«, fing er an.

»Im Ernst jetzt.«

»Ich meine es ernst. Meine Eltern waren sehr, sehr arm. Sie stammten vom niederen englischen Adel ab – leider nicht vom Landadel. Nur ein paar armselige Morgen Land sind in Familienbesitz, und das Haus wird wahrscheinlich in spätestens fünf Jahren von Termiten zerfressen sein. Hast du eine Vorstellung, welches Handicap diese Kombination darstellt – Armut und eine vornehme Abstammung? Ich konnte keinen Job bekommen, der ...«

»Unsinn«, unterbrach ich ihn barsch und kämpfte gegen die sanft stimmende Wirkung seiner kornblumenblauen Augen an. »Die Klassenschranken sind im zweiten Weltkrieg untergegangen, selbst in England. Wenn sogar der Herzog von Bedford Souvenirs an Touristen verkauft, die sein stattliches Heim besuchen, kann auch jeder andere arbeiten.«

»Na ja, einen Versuch war es wert«, sagte John achselzuckend. »Du ahnst es wahrscheinlich schon – richtiges Arbeiten liegt mir einfach nicht. Das ist eine seelische Schwäche. Wenn du meine Mutter kennen würdest ...«

»Diese Entschuldigung kannst du ebenfalls vergessen«, entgegnete ich. »Ich glaube nicht an die Theorie, daß Perverse und Kriminelle nur das unschuldige Produkt einer korrupten Gesellschaft sind. Und als Frau habe ich die Nase voll davon, daß man jedes Verbrechen, das seit Kain und Abel begangen wurde, Mama in die Schuhe schieben will.«

»Eva hat Abel wahrscheinlich zu sehr umsorgt«, sagte John nachdenklich. »Sie mochte ihn immer lieber. Das machte seinen Bruder wütend. Meine Mutter heißt übrigens Guinevere.«

Ich sah ihn lange an und fing dann an zu lachen.

»Du bist unverbesserlich«, stellte ich fest. »Heißt sie wirklich so?«

»Ja.«

»Dann hast du vielleicht doch eine Entschuldigung.«

»Wir sind eine alte Familie aus Cornwall«, erklärte John. »Alt und dekadent. Nein, eigentlich kann ich meine Sünden nicht auf meine Mutter schieben. Sie ist ein gutes Mädchen, obwohl sie aussieht wie Judith Anderson als verrückte Hausfrau. Nein, ich bin selbst für meine Sünden verantwortlich. Ich bin einfach nicht in der Lage, einer langweiligen geregelten Arbeit nachzugehen.«

»Und kriminell zu sein ist nicht langweilig?«

»Na ja, dieses Projekt ist nicht so raffiniert wie einige andere, an denen ich beteiligt war. Da war mal so eine Sache ... Aber wir sollten besser nicht davon sprechen. Obwohl der Plan wirklich genial war. Und auch fast geklappt hätte. Er ging nur deshalb schief, weil ich in meiner Naivität nicht wußte, wie verdorben die Menschen sein können. Einer im besonderen – mein damaliger Partner.«

»Diese Naivität hast du anscheinend noch nicht überwunden«, merkte ich vorsichtig an.

»Das ist wohl richtig. Ich sollte etwas vorsichtiger werden. Auf jeden Fall schien dieser Plan hier bombensicher zu sein. Ein Bekannter von mir in London kam auf mich zu. Ich kann dir leider keine Namen nennen – einige Beteiligte sind mir egal, aber er ist ein guter Kerl und außerdem ein Freund von mir.«

»Lassen wir deine noble Ader mal außer acht. Was war jetzt der Plan?«

»Hetz mich nicht«, sagte John und genoß jede einzelne Silbe. »Ich muß mir erst überlegen, wie ich es dir am überzeugendsten erkläre. Also, mein Freund, den ich ›Jones‹ nennen werde – das paßt gut zu ›Smythe‹ –, ist der einzige Erbe einer wohlhabenden Tante. Zumindest war sie wohlhabend; so wie sie ihr Vermögen verpraßt, wird für den armen Jones nicht viel übrigbleiben. Deshalb lebt sie auch so spendabel – sie mag Jones nicht. Sie hält ihn für einen faulen Taugenichts, und da liegt sie absolut richtig. Das einzige, was sie weder verpfänden noch verkaufen will, ist ihre Sammlung antiken Schmucks. Die möchte sie dem British Museum hinterlassen, um Jones eins auszuwischen.

Als sich nun ein sonderbarer kleiner Mann an Jones wandte und ihm einen Deal vorschlug, hörte er aufmerksam zu. Dieser Deal war ziemlich einfach. Die alte Dame traut den Banken nicht. Sie bewahrt die Juwelen in einem Safe in ihrer Wohnung auf. Der Familiensitz ist übrigens schon vor Jahren versteigert worden. Die Juwelen sind weitestgehend abgesichert, nicht nur durch den Safe, sondern zusätzlich durch ein Dutzend aufgeweckter Hunde. Die alte Hexe liebt diese Viecher abgöttisch.

Jones gibt nun zu, daß er daran gedacht hatte, sich ein paar kleinere Diamanten – äh – auszuleihen. Aber er hatte diese Idee verworfen, denn er wäre der erste gewesen, den man verdächtigt hätte. Der Plan seines neuen Freundes umging dieses Problem. Er würde Jones Imitationen besorgen, die selbst die scharfen Augen der alten Dame täuschen würden.

Jones war skeptisch und spottete – bis man ihm eine Kostprobe zeigte. Und zwar den Talisman von Karl dem Großen, den du ja auch schon gesehen hast. Ist er nicht vorzüglich?«

»Exzellent«, mußte ich zugeben. »Er sollte Jones' Skrupel beseitigt haben – falls er überhaupt welche hatte.«

»Ich muß gestehen, daß er sich ohne Zögern überreden ließ«, sagte John trocken. »Das Ganze lief ziemlich problemlos ab. Jones besorgte Fotos und Maßangaben, und den Austausch wikkelten sie an einem Abend ab, während das Tantchen in der Oper weilte. Wagner.

Die Bande teilte sich den Erlös mit Jones, der jetzt ein schönes, unbeschwertes Leben an der Riviera führt. Als sie ihn fragten, ob er nicht jemanden wüßte, der ihnen dabei helfen könnte, weitere ... äh ...«

»... Opfer zu finden«, ergänzte ich.

»Opfer zu finden«, stimmte John zu, ohne mit der Wimper zu zucken. »Da dachte er an mich. Ich nahm das Angebot mit Freuden an. Unter den unredlichen Reichen habe ich viele Bekannte.«

»Aber wie verkaufen sie den Schmuck?« fragte ich. »Wenn die Juwelen so berühmt sind, wird sich doch kein Hehler darauf einlassen.«

»Das ist ja gerade das Schöne. Es sind keine Mittelsmänner nötig. Der Schmuck wird direkt an Sammler verkauft. Heutzutage ist viel Geld auf der ganzen Welt in Umlauf, meine Liebe. Im Nahen Osten, in Südamerika, in den Vereinigten Staaten ... Die Leute kaufen die Juwelen als Kapitalanlage, und antiker Schmuck wird bei Sammlern immer beliebter. Der Käufer weiß natürlich, daß bei diesen Transaktionen irgend etwas nicht stimmt. Aber es ist ihm egal. Er ist durchaus gewillt, über seine Errungenschaften Stillschweigen zu bewahren.«

»Das ist doch verrückt.«

»Das sehe ich ganz genauso. Aber auf der Welt gibt es eben jede Menge verrückter Leute. Eine riesige Untergrundorganisation hat sich auf Fälschungen aller Art spezialisiert. Antike Möbel, chinesische Keramik, berühmte Gemälde. Lies mal die Fachliteratur. Die Liste entdeckter Fälschungen ist unendlich lang. Und wohlgemerkt, das sind nur die *entdeckten* Fälschungen. Wer weiß, wie viele gefälschte Rembrandts und Vermeers noch in den Museen hängen. Wo befinden sich die ganzen echten Stücke? Sie sind in Privatsammlungen gelandet. Das einzige, was an diesem Schachzug besser ist als an anderen, ist, daß die Fälschungen quasi nicht als solche zu erkennen sind. Ich bezweifle, daß selbst das erhabene British Museum den Unterschied bemerken wird, wenn das Tantchen ihm irgendwann einmal den Schmuck überläßt.«

»Und Pietro ist einer von denen, die die Stücke ihrer Sammlungen kopieren lassen?«

»Exakt.«

»Aber warum denn? Seine Villen und Paläste sind vollgestopft mit Antiquitäten, teuren Autos, Dienstboten ... Warum sollte er sich an einem so krummen Geschäft beteiligen?«

»Vicky, Vicky! Offensichtlich gehörst du wie meine Eltern zu den armen, aber ehrlichen Leuten. Du würdest wahrscheinlich nichts kaufen, wenn du es nicht bezahlen kannst.«

»Ich *kann* nichts kaufen, wenn ich es nicht bezahlen kann«, erwiderte ich.

»Das meinst du, weil du zu den ehrlichen Armen gehörst. Der Conte Caravaggio – der ein unehrlicher Reicher ist – kann in ein Geschäft gehen und mit einem nagelneuen Rolls wieder herauskommen, und über so etwas Profanes wie Geld wurde überhaupt nicht gesprochen. Irgendwann muß er dann eine Anzahlung leisten, aber du glaubst gar nicht, wie lange man mit seinem finanziellen Ruin jonglieren kann, bevor alles zusammenbricht. Pietro hat bereits eine ganze Reihe seiner Schätze verkauft. Die Hälfte der Bilder im Palast sind Kopien. Du hast sie dir nicht genauer angesehen, weil du dich auf den Schmuck konzentriert hast. Das Anwesen ist bis zum Gehtnichtmehr mit Hypotheken belastet, und die Angestellten haben schon jahrelang keinen Lohn mehr erhalten. Er braucht Geld, Darling, ebenso wie viele andere mit einer solchen gesellschaftlichen Stellung. Wenn er kein Adliger wäre, würde er keinen Beluga-Kaviar und keine handgefertigten Lederschuhe mehr kaufen und Konkurs anmelden. Doch die Ehre der Caravaggios erlaubt es ihm nicht, arm und anständig zu sein.«

»Das ist ja alles sehr interessant«, sagte ich. »Und sehr überzeugend ... Du hältst mich wohl nicht für besonders intelligent, was?«

»Meine Liebe, wovon redest du?«

»Mein Lieber, der Coup, den du mir da beschrieben hast, hat nichts mit Diebstahl zu tun – außer der allerersten Transaktion. Du dachtest wahrscheinlich, ich würde meine ganze Aufmerksamkeit darauf richten und über die Tatsache hinwegsehen, daß es kein Gesetz gibt, das Pietro davon abhalten kann, sein Eigentum zu verkaufen, wenn er das möchte. Und kein Gesetz kann ihm verbieten, für sich selbst Kopien anfertigen zu lassen.«

»Es war einen Versuch wert«, erwiderte John kühl.

»Worum geht es dann? Nein, antworte nicht, es ist ziemlich offensichtlich. Pietro verkauft nicht seinen Schmuck, sondern die Kopien. Und das nicht nur einmal, sondern immer wieder! Er und die anderen Beteiligten treten nie selbst in Erscheinung – das ist deine Aufgabe, das Geschäft abzuwickeln. Die Sammler, die dir etwas abkaufen, glauben, daß sie Diebesgut erwerben. Aus diesem Grund tauschen sie sich nicht untereinander aus und machen ihre Anschaffungen auch nicht publik. Luigis Fälschungen bestehen jeden denkbaren Test. Und falls sie in der Presse mal etwas über die Originalstücke lesen – zum Beispiel, daß die Gräfin von Hochstein die Hochstein-Smaragde in der Oper getragen hat –, dann glauben sie, daß *sie* die Fälschungen besitzt! Das ist es doch, oder?«

»Im großen und ganzen ja.«

»Das ist ja unglaublich«, murmelte ich.

»›Brillant‹ würde ich sagen«, erwiderte John selbstzufrieden. Er richtete sich auf und rückte dichter an mich heran, berührte mich jedoch nicht. »Nun, Vicky, was meinst du dazu? Hatte ich nicht recht, als ich sagte, daß niemand dabei zu Schaden kommt? Die meisten dieser Juwelen werden irgendwann in Museen landen, wie der Hope-Diamant und andere bekannte Schmuckstücke. Die Museen bekommen dann die Kopien – das ist doch für ihre Zwecke ganz angebracht, denn sie wollen ja Objekte von außergewöhnlicher Schönheit oder historischem Interesse ausstellen. Luigis Kopien können es durchaus mit den Originalen aufnehmen. Ehrlich, nur ein verknöcherter Kleinigkeitskrämer würde behaupten, daß es sich hierbei um ein unmoralisches Geschäft handelt.«

»So kriegst du mich auch nicht rum«, sagte ich ernst. »Ich bin zu alt, als daß ich Angst vor Beleidigungen hätte. Vielleicht bin ich ein verknöcherter Kleinigkeitskrämer, aber deine Argumentation hat Lücken. Zum Beispiel gefällt mir die Tatsache nicht, daß ihr Museen bestiehlt.«

»Aber wir bestehlen doch gar keine Museen«, entgegnete John. »Der Talisman war nur so eine Art Musterstück. Museen sind zu riskant. Sie besitzen die allerneuesten Alarmanlagen, und meine Mitarbeiter sind nur ein Haufen Amateure, nicht so gewieft wie die Räuber von Topkapi. Wir rauben ja niemanden aus, und wir betrügen nur Leute, die es sich leisten können. Außerdem sind sie genauso korrupt wie wir, denn sonst würden sie kein Diebesgut kaufen.«

»Nein«, sagte ich hartnäckig. »Ich kann das trotzdem nicht gutheißen.«

»Warum nicht?«

Ich merkte, wie mir das Blut in die Wangen stieg. Meiner Generation wird häufig vorgeworfen, daß sie sprachlich so ungeniert ist. Und normalerweise benutzte ich auch oft Ausdrücke, bei denen Oma Andersen Seife holen ging, damit sie mir den Mund auswaschen konnte. Aber hier saß ich nun total verlegen, mit Schamesröte im Gesicht, und sollte meine Moralvorstellungen erklären.

»Das ist eine Frage der – der Integrität«, stammelte ich. »Der Unbescholtenheit. Heutzutage betrügt doch jeder, von Politikern und Staatsmännern bis hin zu den Handwerkern, die mir das Auto und das Radio reparieren. Jeder hat eine scheinbare Entschuldigung dafür, warum er den anderen übers Ohr haut. Irgendwo muß doch eine Grenze sein. Ich kenne die Argumente, ich habe sie alle schon gehört. ›Wenn diese Leute nicht von Grund auf unehrlich wären, könnten wir sie auch nicht betrügen. Und außerdem verdienen es diese beschränkten Mistkerle nicht, solch schöne Dinge zu besitzen, sie können ja nicht mal das Original von der Fälschung unterscheiden.‹ Abgesehen davon lassen sich Kritiker auch oft täuschen. Aber der springende Punkt ist doch folgender: Wenn man über ein bestimmtes Geschick, Talent oder Wissen verfügt, ist man verpflichtet, es auf ehrliche Weise anzuwenden. Verpflichtet gegenüber sich selbst. Es besteht überhaupt kein Unterschied zwischen einem Mann, der eine kleine, alte Dame beraubt, die von Sozialhilfe lebt, und einem Gauner, der einen fiesen, geldgierigen Ölbaron reinlegt. Beide sind Betrüger. Und ich habe die Nase voll von Betrügern.«

Als ich geendet hatte, glühten meine Wangen. Ich wartete darauf, daß John anfangen würde zu lachen – oder seine Arme um mich legen würde. Männer glauben immer, sie könnten die Zweifel einer Frau beiseite wischen, wenn sie zärtlich zu ihr sind.

Statt dessen saß er ganz still da, den Kopf gesenkt.

»Wenn du so fühlst«, sagte er, »kann ich es dir nicht ausreden, selbst wenn ich wollte. Sollen wir zur Polizei gehen?«

»Nein«, antwortete ich mit einem tiefen Seufzer. »Ich werde diesen Schwindel auffliegen lassen. Aber ich gebe dir vierundzwanzig Stunden Zeit, um zu verschwinden. Das bin ich dir schuldig.«

Er sah auf, und seine Augen funkelten belustigt.

»Glaub bloß nicht, daß ich dich nicht beim Wort nehme. Ich bin nicht so anständig wie du.«

»Aber du mußt mir helfen. Ich brauche vielleicht eine Aussage von dir.«

»Ich weiß etwas Besseres. Ich habe schriftliche Beweise.«

»Welche?«

»Ich bin nicht so naiv, wie ich aussehe«, sagte John und versuchte relativ erfolglos, naiv auszusehen. »Ich habe gelernt, Vorsichtsmaßnahmen zu treffen. Die Beweise sind nicht unbedingt schlüssig, aber ich habe eine Namensliste und Kopien von Luigis Skizzen. Du könntest sie brauchen, falls Pietro seine Akten beseitigt und die Werkstatt ausräumt.«

»Sie wären sicher hilfreich. Ich bin mir durchaus klar darüber, daß es eine Weile dauern wird, bis sich die schwerfälligen Mühlen der Justiz in Bewegung setzen. Es geht hier schließlich um eine absolut haarsträubende Geschichte.«

»Okay, das ist ein Deal. Angenommen, ich bekomme meine Papiere. Sie sind in einer Bank auf dem Corso deponiert; dazu etwas Bargeld, das ich glücklicherweise weggelegt habe. Die Schwierigkeit besteht darin, einen Paß zu bekommen.«

»Ach du meine Güte, stimmt. Ohne einen Paß kannst du gar nicht ausreisen.«

»Doch, das schon. Aber die Risiken, die ich bei der Einreise nach England auf mich nehmen würde, wären viel größer als die, die ich eingehen müßte, um meinen Paß wiederzubekommen.«

»Warum willst du nach England zurück? Ich dachte, du würdest in die Sahara oder auf eine Südseeinsel wollen.«

»Nein, das wäre doch dumm. Der beste Ort, um unterzutauchen, ist unter seinesgleichen. Ein Ausländer fällt auf wie der Eiffelturm, wenn er nicht in Paris steht. Zu Hause habe ich Freunde.«

»Deine Zukunftspläne sind mir eigentlich relativ egal«, sagte ich. »Aber wie willst du an deinen Paß kommen? Ich nehme mal an, er befindet sich noch in der Villa.«

»Egal, wo er ist, ich werde ihn schon bekommen.«

»An deiner Stelle«, merkte ich an, »würde ich es begrüßen, wenn jemand immer wüßte, wo ich mich aufhalte.«

»Falls ich nicht wieder zurückkomme?« Er grinste schwach. »Was würdest du denn machen? Mit einem Maschinengewehr hereinstürmen?«

»Ich würde die Polizei rufen.«

»Hmmm.« John dachte darüber nach. »Ja, ich könnte mir gewisse Situationen vorstellen, in denen ich diesen Gedanken sehr tröstlich finden würde. Okay. Also, ich besitze hier in Rom eine kleine Zweitwohnung . . .«

»Mit einem halben Dutzend Ersatzausweise? Ach, sag es mir

lieber nicht. Ich möchte über deine kriminellen Aktivitäten lieber nicht Bescheid wissen.«

»Ist auch besser für dich.« Er legte den Kopf in beide Hände. »Verdammt, ich kann überhaupt nicht klar denken. Nach der aufregenden Nacht könnte ich erst mal ein paar Stunden Schlaf gebrauchen.«

»Das ist vielleicht gar keine so schlechte Idee.« Sein Nacken sah zart und schwach aus, wie der eines kleinen Jungen. Ich fragte mich, ob er wußte, wie er auf Frauen wirkte.

»Vielleicht ist es auch keine gute Idee. Wir sollten sehen, daß wir hier wegkommen.« Trotzdem rührte er sich nicht. Er saß einfach nur da und strahlte zugleich stoischen Gleichmut und unterdrückten Schmerz aus. »Sie wissen, daß wir nur mit dem Auto fliehen konnten. Um die Uhrzeit fahren keine Busse. Und in den frühen Morgenstunden herrscht nicht viel Durchgangsverkehr...«

»Deshalb könnte Pietro auf die Idee kommen, sich in Tivoli nach uns zu erkundigen«, führte ich den Gedanken zu Ende. »Ja, du hast recht. Aber wir haben mehrere Stunden Vorsprung. Unsere Fahrer werden erst am späten Vormittag nach Tivoli zurückkehren. Was ist mit deiner Zweitwohnung? Du hast doch hoffentlich niemandem die Adresse genannt?«

John schaute zu mir auf. Einen Moment lang machte er ein komisches Gesicht. Dann schüttelte er den Kopf.

»Dann brauchen wir uns nicht zu beeilen«, sagte ich. »Leg dich hin und schlaf ein bißchen. Und gib mir etwas Geld.«

»Wofür?« Er blickte mich argwöhnisch an.

»Ich gehe zur *farmacia,* wenn ich eine finde, die geöffnet hat. Und in einen Lebensmittelladen. Ein bißchen Brot, ein bißchen Wein... Und ein bißchen Penizillin.«

In Italien werden alle möglichen Medikamente verkauft, für die man in den USA ein Rezept brauchte. Ich erzählte dem Apotheker, daß mein Freund vom Fahrrad gefallen sei und sich verletzt habe. Er gab sich überaus verständnisvoll.

Ich dachte schon, John wäre nicht mehr da, wenn ich zurückkäme, doch er lag auf dem Rücken und schlief tief und fest. Als ich begann, ihn ärztlich zu versorgen, erwachte er sofort. Die Schußwunde sah im hellen Tageslicht ziemlich übel aus. Er spielte den tapferen Helden und verkniff sich das Stöhnen, bis ich mit dem Bandagieren fertig war und die Spritze herausholte.

»Oh, nein«, wehrte er sich. »Wo zum Teufel hast du die denn her?«

»Die verkaufen sie hier einfach so«, erklärte ich und warf einen professionellen Blick auf die Nadelspitze. »Dreh dich um.«

»Niemals.«

»Ich wußte gar nicht, daß du so verklemmt bist.«

»Ach was, verklemmt. Wenn du glaubst, daß ich mir dieses Ding von einem Laien in mein wehrloses Hinterteil stechen lasse, hast du dich getäuscht.«

»Sieh mal, du hast wahrscheinlich so viele Krankheitserreger im Blut, daß du damit ein ganzes Dorf umbringen könntest. Du willst doch auf der Flucht nicht krank werden, oder?«

John schob die Unterlippe nach vorn und drückte sich fest auf die Matratze.

»Nun komm schon, stell dich nicht so an. Ich weiß, wie das geht. Der Apotheker hat es mir gezeigt. Es ist ganz einfach.« Als ich merkte, daß meine Argumente nichts nützten, versuchte ich es mit Drohungen. »Wenn du nicht sofort mit dem Theater aufhörst, gehe ich schnurstracks zur Polizei.«

Ich machte meine Sache ganz gut. »Na siehst du, das war doch gar nicht so schlimm«, sagte ich besänftigend.

»Den Brand hätte ich lieber gehabt.«

»Sei kein Dummkopf. Ich habe auch ein paar Pillen für dich. Du sollst alle vier Stunden eine davon nehmen.«

Mit einem gequälten Stöhnen richtete sich John auf.

»Es ist schon spät. Wir müssen langsam los.«

Als erstes gingen wir zur Bank. Ich wartete draußen, bis John mit einem dicken Umschlag aus Manilapapier wieder herauskam.

»Hast du die Papiere?«

»Ja. Hier, bitte. Und ich habe auch etwas Geld.«

»Gib mir ein bißchen.«

»Das ewige Begehr der Frau«, entgegnete John unwillig. »Wofür brauchst du Geld?«

»Damit ich mir etwas zum Anziehen kaufen kann. Während ich hier gewartet habe, hat man mir drei eindeutige Angebote gemacht. Dieser Rock ist zu eng.«

»Wofür zu eng? Na gut, vielleicht hast du recht. Derjenige, dessen Wäsche wir geklaut haben, hat den Diebstahl vielleicht gemeldet. Aber kauf dir bitte etwas Unauffälliges. Und einen Hut. Dein wallendes blondes Haar fällt furchtbar auf.«

»Und was ist mit deinem?« Wir zogen uns in eine Ecke hinter einer der Marmorsäulen der Bank zurück. John zog ein Bündel Geldscheine aus der Tasche, das so groß war wie ein Laib Brot, zählte ein paar Scheine ab und gab sie mir.

»Ich kaufe mir auch einen Hut. Oder vielleicht eine Kutte. Was meinst du, wie sähe ich als Franziskanermönch aus?«

»Nicht sehr überzeugend.«

John blickte auf seine Taschenuhr. Sie mußte wirklich von guter Qualität sein, denn sie hatte Wasser, Erschütterungen und weitere Aktivitäten überstanden.

»Wir treffen uns in einer Stunde an der Ponte Milvio auf dieser Seite des Flusses. Dann werden wir ein Häppchen zu Mittag essen.«

»Gute Idee«, erwiderte ich dankbar.

»Ich dachte dabei nicht an deinen Appetit, meine Liebe. Hast du nicht ein paar Pfunde zugelegt, seit wir uns kennengelernt haben? Ich habe dir gleich gesagt, Pietros Eßgewohnheiten würden deiner Figur schaden ... Meine bescheidene Wohnung liegt in Trastevere, und ein sehr neugieriger *portiere* hat dort

Dienst. Wie alle anständigen Italiener hält er nach dem Essen seinen Mittagsschlaf, und wenn wir bis dahin warten, können wir hoffentlich ungesehen hineinschleichen.«

Normalerweise wäre ich bei dem Gedanken, mir in einer Stunde eine komplette neue Garderobe zuzulegen, in schallendes Gelächter ausgebrochen. An diesem Morgen schaffte ich es in einer Viertelstunde – ich kaufte mir einen grünen Baumwollrock, eine weiße Bluse, ein Tuch, das ich mir über die Haare binden konnte, und eine Umhängetasche, die groß genug für Johns Dokumente war. Die Verkäuferin gab mir eine Papiertüte für meine alten Sachen. Ich warf sie sofort in die nächste Mülltonne und dachte daran, daß ich einer Familie in Tivoli ein paar neue Kleidungsstücke schuldete, sobald ich alles andere geklärt hatte.

Ich lief am Fluß entlang auf die Ponte Milvio zu. Die Aussicht war bezaubernd, doch ich wunderte mich, wie alles so herrlich und postkartenmäßig aussehen konnte, wo ich doch so nervös war. Allmählich begann ich den Petersdom zu hassen, dessen Kuppel wie ein riesiger Zeppelin im Himmel stand. Flußaufwärts sah der ausgeblichene, braunrote Zylinder der Engelsburg gar nicht mehr anheimelnd und mittelalterlich aus; ich erinnerte mich schaudernd daran, daß sie ursprünglich ein Mausoleum war.

Jetzt, da ich Zeit zum Nachdenken hatte und nicht von Johns Gerede abgelenkt werden konnte, wurde mir die Unsinnigkeit meines Tuns erst klar. Ich hätte sofort zur Polizei gehen sollen. Zumindest würde ich mich in einer schönen, schmuddeligen Gefängniszelle sicher fühlen. Allerdings sehnte ich die Unterredung mit den Polizisten auch nicht gerade herbei. Sie würden mich sowieso für verrückt erklären. Immerhin beschuldigte ich einen der angesehensten Bürger Roms des schweren Diebstahls. Und obwohl Johns Dokumente eine Art Beweis darstellten, würden sie niemanden überzeugen, solange man mir nicht den Rest der Geschichte glaubte. Und um zu erklären, woher die

Informationen stammten, würde ich zugeben müssen, daß ich ein Mitglied der Bande laufen lassen hatte. Je länger ich darüber nachdachte, desto mulmiger wurde mir.

Als ich die Brücke erreichte, lehnte ich mich an das Geländer, wandte dem Petersdom den Rücken zu und versuchte mir darüber klarzuwerden, was zu tun war.

Ich mußte zum Telegrafenamt gehen und ein Gespräch nach München anmelden. Schmidt würde meine abstruse Geschichte glauben. Der Gute würde alles glauben, was ich ihm erzählte. Wenn sich die Münchner Polizei mit ihren römischen Kollegen in Verbindung setzen würde, würde ich als eine junge, gebildete Frau mit einigem Fachwissen empfangen werden und müßte mich nicht durch vierzehn Schichten bürokratischen Unglaubens kämpfen. Ja, das war das einzig Vernünftige. Warum setzte ich es also nicht in die Tat um?

Ich erkannte John zuerst gar nicht. Er trug ein scheußliches, bedrucktes Sporthemd zu einer ausgebeulten Hose und hatte die Nase in einem Reiseführer vergraben. Der Reiseführer war in deutscher Sprache, und John sah exakt aus wie ein gewissenhafter Student – eine dicke Brille, ein nichtssagendes, ernstes Gesicht. Nur der Hut paßte nicht dazu. Es war ein Strohhut, wie ihn die sizilianischen Bauern ihren Maultieren aufsetzen, mit Löchern für die Ohren. Er stellte sich neben mich und hielt den Reiseführer dicht vor die Augen.

»Hältst du das vielleicht für ein unauffälliges Outfit?« fragte ich.

»Laß uns für den Rest des Tages auf Sarkasmus verzichten, ja?« John zog nervös die Schultern hoch. »Ich habe so ein ungutes Gefühl.«

»Was ist denn passiert?«

»Nichts Besonderes. Ich weiß auch nicht, warum ich so unruhig bin. Ich bin ein feinfühliger, sensibler Mensch; und so ein Versteckspiel vertrage ich nicht gut.«

»Laß uns essen gehen.«

»Okay.« Er klappte das Buch zu und sah mich durch seine Brille schief an. »Na, schönes Fräulein, wie wär's mit einem armen Studenten?«

Ich nahm seinen ausgestreckten Arm.

»Überaus charmant.«

»Wenn ich nicht gerade einen deutschen Studenten, sondern mich selbst spiele, bin ich besser.«

»Ist mir nicht entgangen.«

Trastevere ist eine beliebte Touristengegend. Es gibt dort jede Menge nette, kleine Trattorias und Restaurants, von denen die meisten überfüllt und überteuert sind. Wenn ich nervös bin, verspüre ich immer großen Hunger, und im Moment fühlte ich mich sehr nervös. Ich aß *tagliatelle alla bolognese, cotoletta alla milanese* und irgend etwas *alla romana,* und dazu noch allerlei andere Kleinigkeiten, während John mit der Gabel in seinem Essen herumstocherte.

»Iß lieber etwas«, sagte ich, den Mund voller *insalata verde.* »Damit du bei Kräften bleibst. Geht es dir gut?«

»Nein, mir geht's überhaupt nicht gut. Erspar mir deine mütterliche Fürsorge, ja?«

Wir hatten auf den Tisch warten müssen. Als wir die Rechnung bezahlten, war es spät genug, um uns auf den Weg zu Johns Wohnung zu machen. Sie befand sich in einem der malerischen Seitensträßchen von Trastevere, mit einem Springbrunnen an der Häuserecke und einem Wandschrein direkt darüber. Zu Füßen der auffälligen Madonnenstatue lagen Blumen. Am Hauseingang hing ein Eisengitter, das sich in einen Hof öffnete. Die Straße war fast menschenleer. Es herrschte Mittagsruhe, und die Geschäfte waren geschlossen.

Auf dem Hof döste nur eine dicke, schwarze Katze in einem Fleckchen Sonne. Zur Linken stand eine Tür offen; von dort hörte man ein gewaltiges Schnarchen. John legte den Finger an die Lippen, und wir huschten auf Zehenspitzen vorbei. Die Katze öffnete ein Auge und schaute uns derart verächtlich an, wie es nur Katzen mit einem Auge können, und schloß es wieder.

Auf jeder der vier Seiten des Hofes führte eine Treppe nach oben zu den Wohnungen. So idyllisch das auch klingen mag – außer der Katze war hier alles schmutzig und schäbig. Im Treppenhaus roch es nach Knoblauch. Wir schlichen auf Zehenspitzen nach oben und begegneten niemandem. Auf der obersten Etage zog John seinen Schlüssel hervor und öffnete die Wohnungstür.

Ich war dermaßen nervös, daß ich fast damit rechnete, daß Bruno uns anspringen würde. Doch in der Wohnung wartete niemand. Sie hatte den staubigen Geruch einer Wohnung, die schon seit längerer Zeit unbewohnt ist. Doch da hing noch ein anderer, undefinierbarer Geruch in der Luft, der fast vom Knoblauch aus dem Treppenhaus übertüncht wurde. Auch John bemerkte ihn. Seine Nasenflügel bebten. Dann zuckte er mit den Schultern.

»Meine Sachen sind im Schlafzimmer«, sagte er leise. »Warte hier.«

Er schloß die Tür. Das Schnappschloß fiel zu. Während John durch das Zimmer ging, sah ich mich um. In einer Nische am anderen Ende des Wohnzimmers standen ein winziger Kühlschrank und ein Herd mit zwei Kochplatten. Anscheinend war das die ganze Wohnung – Wohnzimmer, Schlafzimmer und vermutlich ein Bad.

John öffnete die Tür zum Schlafzimmer.

Er blieb abrupt stehen, als wäre er in eine Mauer aus unsichtbarem, undurchdringbarem Glas hineingerannt. Ich lief zu ihm. Er hob einen Arm, damit ich nicht hinein konnte. Seine Muskeln waren hart wie Stahl. Ich konnte nicht an ihm vorbei, aber ich konnte alles sehen. Nach dem ersten Blick wollte ich auch nicht mehr weiter.

Das Zimmer besaß ein Fenster und zwei Türen, wahrscheinlich vom Bad und vom Einbauschrank. Es war ein eher kleines Zimmer. Das Bett füllte es fast vollkommen aus.

Sie lag auf dem Bett. Sie trug ein hellblaues Negligé aus dünner Seide, das unter ihr ganz zerknittert und zerdrückt war, als hätte sie sich gewehrt. Sie hatte einen wunderschönen Körper – etwas zu rundlich, aber exquisit geformt. Ihre Rundungen erkannte ich wieder, ebenso das seidige, blonde Haar, das auf dem Kissen ausgebreitet war – doch ihr Gesicht war bis zur Unkenntlichkeit verzerrt.

Elf

Ich drehte mich zur Seite, lehnte mich an den Türrahmen und hielt die Hände vor die Augen. Durch das Dröhnen in meinem Kopf hörte ich Johns Schritte, danach ein furchtbar vielsagendes Knistern und Rascheln. Schließlich sagte er etwas; mit einer fremdartig klingenden Stimme.

»In Ordnung. Ich habe sie bedeckt.«

Ich blickte aus dem Augenwinkel auf. Das Ding auf dem Bett war nun etwas Fremdes, Anonymes, ein langer, flacher Hügel aus einem weißem Laken. Aber es würde lange dauern, bis ich dieses grauenvolle, aufgedunsene Gesicht vergessen könnte. John stand am Bett. Er hatte seine Gesichtszüge unter Kontrolle, aber ein winziger Muskel in seiner Wange pulsierte heftig.

»Warum nur?« flüsterte ich. »Warum sollte sie jemand umbringen wollen?«

»Ich weiß es nicht. Sie war so harmlos. Dumm und einfältig und oberflächlich, aber absolut harmlos ... Und so stolz auf ihr hübsches Gesicht.«

Während er das sagte, schwang in seiner Stimme so ein Unterton mit, und sein Gesicht nahm einen merkwürdigen Ausdruck an ... Ich mußte daran denken, wie er früher an diesem Tag geschaut hatte, als ich ihn gefragt hatte, ob jemand von seiner Wohnung wußte.

»Sie wußte davon«, sagte ich. »Deshalb haben sie es herausgefunden. Du hast sie hierhergebracht. Du und sie, ihr wart ...«

»Mein Gott, hältst du mich wirklich für so blöd? Sie war Pietros Geliebte und total naiv. Ich hätte es nicht riskiert, es ihr zu erzählen oder sie hierherzubringen.«

»Aber du und sie ...«

»Das macht doch keinen Unterschied«, entgegnete John. »Außer vielleicht für mich.«

»Du mußt schnellstens von hier verschwinden«, rief ich. »Sie haben sie hierhergebracht, damit es so aussieht, als hättest du sie umgebracht.«

»Das ist ein Irrtum«, sagte John ebenso ruhig.

»Ich kann dir ein Alibi geben.«

Er schüttelte den Kopf.

»Sie ist schon mindestens zwölf Stunden tot, vielleicht auch länger. Sie werden behaupten, ich hätte sie gestern abend umgebracht, bevor sie mich in den Keller einsperrten.«

Dann wurde mir klar, warum er so bleich aussah. Es war sicher nicht leicht für ihn, diesen leblosen Körper vor sich zu sehen, den er früher einmal liebkost hatte.

»Es tut mir so leid«, sagte ich zögernd. »Ich mochte sie.«

Um seine blassen Mundwinkel herum war eine schwache Spur seines alten Lächelns zu erkennen.

»Ich auch ... Das ändert die Lage, Vicky. Ich bin zwar viel zu durcheinander, um klar denken zu können, aber ich kann davor jetzt nicht weglaufen.«

»Du mußt aber. Ich kann auch nicht klar denken ... Wann haben sie sie wohl hierhergebracht? John, du mußt ihr von der Wohnung erzählt haben. Wie hätten sie sonst darauf kommen sollen?«

Er wollte etwas erwidern. Dann schloß sich sein Mund wieder, und sein Gesicht nahm einen äußerst sonderbaren Ausdruck an.

Genau in diesem Moment begann jemand, an die Wohnungstür zu klopfen.

Dieser letzte Schock war nach all den anderen fast zuviel für mein benommenes Hirn. Ich war nicht einmal überrascht – nur verärgert, daß ich es nicht vorhergesehen hatte. Wenn die Bande wirklich beabsichtigte, John des Mordes zu bezichtigen, gab es doch keinen besseren Weg, als einen anonymen Anruf bei der

Polizei zu machen. Sie hatten uns eine Falle gestellt, und wir waren hineingetappt.

John warf die Schlafzimmertür zu, zögerte einen Moment lang und schob dann das Bett davor.

»Wir kommen hier nicht raus«, keuchte ich. »Vielleicht sollten wir aufgeben. John, ich werde ihnen sagen …«

»Halt den Mund.« Er preschte mit einem Satz durch das Zimmer und riß das Fenster auf.

Die Häuserwand fiel kerzengerade ab, drei Stockwerke tief. Unten führte eine schmale, gepflasterte Gasse entlang.

»Ich kann doch nicht fliegen«, sagte ich. Das Poltern an der Wohnungstür wurde immer heftiger.

»Nach oben«, meinte John. Er hielt Kopf und Schultern aus dem Fenster. Ich blickte hinaus.

Dieses Haus war keine von diesen Luxusvillen mit hohen Zimmerdecken. Die Dachtraufe lag keine zwei Meter über dem Fensterbrett. Ich hielt das Ganze trotzdem für keine gute Idee und wollte das John gerade sagen, als er meine Taille umfaßte.

»Ich hoffe, du bist schwindelfrei«, sagte er und half mir aus dem Fenster.

Ich *bin* schwindelfrei. Als ich so dastand, die Finger in der Dachtraufe und Johns Arme um die Beine, hörte ich, wie die Wohnungstür eingebrochen wurde. Das Pochen begann von neuem, diesmal an der Schlafzimmertür.

»Such dir ein Telefon«, rief John. »Ruf Schmidt an und erzähl ihm alles.«

Ich wollte etwas erwidern, doch er hielt mit den Händen meine Knie fest und hievte mich nach oben. Ich sah, wie sein Gesicht schneeweiß wurde, als er mein ganzes Gewicht halten mußte. Dann brachte ich die Ellbogen über die Dachkante. Von da an ging alles ganz leicht. John schob die Hände unter meine Schuhsohlen und drückte mich noch ein letztes Mal nach oben, so daß ich auf dem flachen Dach landete.

Er hatte gerade noch Zeit, das Fenster zu schließen, als die

Schlafzimmertür aufflog. Als ich hinuntersah, war das Fenster zu, und ich konnte den Lärm aus dem Zimmer hören. John schlug sich recht tapfer.

Er hätte niemals auf das Dach klettern können. Das sagte ich mir die ganze Zeit, während ich über die heiße Teerdecke rannte. Wenn er nicht von unten nachgeholfen hätte, hätte ich es auch nicht geschafft. Und er konnte nur einen Arm belasten. Ich sagte mir auch, daß er bei der Polizei in Sicherheit war und daß alles in Ordnung käme, wenn ich mit Schmidt gesprochen hätte. Zumindest konnte er dann nicht des Mordes beschuldigt werden. Ich fragte mich, wie die italienische Polizei ihn behandeln würde.

Ich wußte, daß er Helena nicht getötet hatte. Ich konnte mir überhaupt nicht vorstellen, warum sie irgend jemand umbringen sollte. Pietro war nicht der Typ, der in rasende Eifersucht verfiel, selbst wenn er herausgefunden hätte, daß sie ihn betrog. Er würde nur fluchen, die Achseln zucken und Helena fallenlassen. Natürlich bestand die Möglichkeit, daß sie über irgendeine Information gestolpert war, durch die sie für die Bande gefährlich geworden war. Aber welche? Die Ärmste war nicht besonders helle gewesen, und ich konnte mir nicht vorstellen, daß sie mehr gewußt hatte als John und ich. Als die Bande gemerkt hatte, daß wir für sie gefährlich wurden, hatte sie uns eingesperrt. Vielleicht hatten sie uns später umbringen wollen. Aber warum sollte man Helena aus dem Weg räumen? Eine Handvoll Diamanten hätte sie mit Sicherheit absolut wirkungsvoll zum Schweigen gebracht. Es hätten noch nicht mal echte Diamanten sein müssen. Mit einer von Luigis schönen Kopien hätte man sie wunderbar täuschen können. Nein, es wäre nicht nötig gewesen, sie zu töten.

Diese Gedanken schwirrten – nicht ganz so geordnet – in meinem Kopf umher, während ich wie Zorro oder Scarlet Pimpernel oder sonst jemand von diesem Format über die Dächer von Trastevere jagte. Diese fiktiven Helden sind gar nicht so verwegen, wie man immer meint; sie haben immer einen Helfer, der mit einem Karren voller Heu oder einem schnaubenden weißen Hengst unten auf sie wartet. Dann können sie sich dramatisch auf den Rücken des Pferdes fallen lassen und in den Sonnenuntergang reiten, wobei sie »Rache!« oder »Ich werde wiederkommen!« brüllen.

Ich blieb stehen und blickte mich um. Niemand war hinter mir auf das Dach geklettert. Entweder hatte John die Polizisten davon überzeugen können, daß er allein war, oder sie nahmen an, ich sei entwischt. Trotzdem konnte mich hier oben jedermann gut erkennen. Das Wohnhaus war von mittlerer Höhe; einige der angrenzenden Häuser waren flacher, andere höher, und überall gab es Balkone und Fenster. Ich ließ mich im Schatten der Brüstung, die um das ganze Dach lief, nieder und versuchte, zu Atem zu kommen.

Vom Dach herunterzukommen stellte kein Problem dar. Die alten Häuser von Trastevere besaßen zwar nicht so einen modernen Luxus wie Feuerleitern, aber dafür andere Eigentümlichkeiten, durch die jeder Einbruch ein Kinderspiel wäre. In diesem überfüllten Stadtteil gibt es keine Höfe oder Gärten, daher benutzen die Leute statt dessen die Dächer. Einige waren wunderschön hergerichtet, mit Gartenmöbeln, Markisen und eingetopften Palmen. Offensichtlich gelangte man von den oberen Etagen auf die Dächer. Ich mußte mir nur ein Haus aussuchen, welches weit genug von diesem hier entfernt lag, und hinuntergehen.

Ich wollte gerade aufstehen und mich auf den Weg machen, als ich unten auf der Straße etwas hörte. Ein Auto hielt mit quietschenden Reifen, und irgend jemand rief etwas. Ich stand auf und spähte über die Brüstung.

Das Auto war fast so breit wie die Straße. Es stand genau vor Johns Haus, und dann sah ich drei Männer aus dem Hof kommen. Von hier oben konnte ich nur ihre Köpfe und ihre Schultern in einer merkwürdig verkürzten Perspektive erkennen. Es war nicht schwer, John auszumachen. Er hatte seinen Hut verloren, und sein Kopf fiel nach vorn, während ihn die anderen beiden zwischen sich vorwärtszogen. Sie sahen sehr groß aus, aber das mochte daran liegen, daß John nicht aufrecht ging. Seine Füße schlurften über das Straßenpflaster, als sie ihn ins Auto warfen. Dann stiegen sie ebenfalls ein und fuhren davon.

Ich brauche wohl nicht zu erwähnen, was mir in diesem Moment durch den Kopf ging. Unwichtige, belanglose, sentimentale Gedanken.

Ich kletterte auf das Dach des angrenzenden Hauses, kämpfte mich durch eine hübsche, immergrüne Hecke und stand vor einer wohlgerundeten italienischen Matrone, die in der Sonne lag. Als sie mich sah, stieß sie einen Schrei aus und hielt ihr Handtuch vor die Brust.

»Buon giorno«, sagte ich höflich. *»Dovè l'uscita, per favore?«*

Sie saß wie versteinert und mit offenem Mund da, deshalb mußte ich den Ausgang selbst suchen. Die Stufen führten geradewegs nach unten, und ich folgte ihnen, so schnell ich konnte, da ich auf ein Kreischen aus Richtung Dach wartete. Es kam aber nichts. Wahrscheinlich hielt sie mich zwar für sonderbar, aber ansonsten harmlos.

Nach München zu telefonieren würde nicht gerade einfach werden. Das ausgeklügelte italienische Telefonsystem ist für jeden unbegreiflich, der ein stark überteuertes, aber dafür effizientes und hochmodernes System gewohnt ist. Wie führt man zum Beispiel ein Ferngespräch aus einer Telefonzelle, wenn das Kleingeld in Italien nur aus schmutzigen, zerknitterten Scheinchen besteht? Aber mit Geld kommt man trotzdem weiter, und ich hatte noch ein bißchen von dem, das John mir gegeben hatte. Nach einem langen, hitzigen Wortwechsel mit dem Fräulein vom Amt nahm der Eigentümer des Tabakladens schließlich jede Münze, die ich hatte, und ließ mich telefonieren. Ein Gespräch nach Alaska hätte wahrscheinlich nicht halb soviel gekostet, aber ich hatte es schließlich eilig.

Der geldgierige kleine Kerl lauerte neben mir und war bereit, mir den Hörer aus der Hand zu reißen, falls ich länger als drei Minuten sprechen sollte. Nach einem nicht enden wollenden Gesurre, einem Stimmengewirr in drei verschiedenen Sprachen und einer falschen Verbindung mit einer Autowerkstatt mitten in Frankfurt hörte ich schließlich die vertraute Stimme von Schmidts Sekretärin.

»Gerda«, brüllte ich. »Hier ist Vicky. Gib mir ...«

»Ah, Vicky. Wo bist du?«

»Immer noch in Rom. Laß mich mit ...«

»Du Glückliche.« Gerda seufzte. Ein langes und vor allem teures Seufzen.

»Wie ist es denn so in Rom? Du hast bestimmt einen netten italienischen Freund gefunden, was? Erzähl doch mal!«

»Gerda, ich habe jetzt keine Zeit dafür«, kreischte ich und schaute den Ladeninhaber an, dessen Atem über meiner Schulter nach Knoblauch stank. »Schnell, laß mich mit Schmidt sprechen.«

»Der ist nicht da.«

»Was?«

»Signorina, das sind jetzt schon zwei Minuten.«

»Seien Sie still! Nein, nicht du, Gerda.«

»Was hast du gesagt, Vicky?«

»Signorina, Sie haben mir gesagt, Sie würden nur ...«

Ich drehte mich weg von der fetten, behaarten Hand, die mir den Telefonhörer wegnehmen wollte.

»Gerda – wo ist der Professor?«

»Er mußte weg. Erzähl mir was von den Nachtclubs.«

»Signorina!«

»Wann kommt er zurück?«

»Och, bald. Hat er auf einen Anruf von dir gewartet?«

»Ja«, schrie ich und wirbelte herum, als der Ladeninhaber schon wieder nach dem Hörer griff. Die Schnur wickelte sich um meinen Hals.

»Signorina, Sie betrügen mich! Ich rufe die Polizei!«

»Sie unverschämter Blutsauger! Ich habe Ihnen das Doppelte von dem gegeben, was dieser Anruf kostet!«

»Vicky, mit wem sprichst du denn da?«

»Mit dir, leider! Ich sollte Professor Schmidt um fünf Uhr anrufen, Gerda. Es geht um Leben und Tod – ein Notfall.«

»Deine Stimme klingt so komisch«, sagte Gerda aufmerksam.

»Weil ich gerade mit einer Telefonschnur erwürgt werde«, erwiderte ich und stach meinen Ellbogen in den Magen des Tabakhändlers.

Gerda kicherte.

»Du bist immer so witzig, Vicky.«

»*Polizia! Polizia!*«

»Wer ruft denn da nach der Polizei?« wollte Gerda wissen. »Oh – oh, geht es um einen Überfall, bei deinem Notfall? Vicky, dann solltest du besser nicht Professor Schmidt, sondern die Polizei anrufen.«

»Gerda«, sagte ich zwischen den Zähnen, »sag mir, wann Professor Schmidt zurückkommt. Sag es mir jetzt sofort, oder ich schick' dir eine Briefbombe.«

»Um fünf natürlich«, antwortete Gerda. »Er sagte, daß du dann anrufst. Vicky, hast du dir etwas Schönes zum Anziehen gekauft? Die Boutiquen in Rom sind ganz berühmt.«

Ich blickte über meine Schulter. Der Tabakhändler hatte die Polizei gar nicht rufen wollen, mit seinem Gezeter wollte er mich nur verjagen. Er hatte eine wirksamere Verstärkung beordert: Aus dem hinteren Teil des Ladens kam eine hünenhafte Frau angerannt, die eine Bratpfanne schwenkte. Ich ließ das Telefon fallen und lief davon.

Ich rannte den ganzen Viale Trastevere bis zum Fluß hinunter; nicht, weil ich mich vor der wütenden Angetrauten des Tabakhändlers fürchtete, sondern weil ich so frustriert war und mich deshalb schnell bewegen mußte. Ich hatte keinen Grund, auf Schmidt böse zu sein. Ich konnte schließlich nicht verlangen, daß er den ganzen Tag in seinem Büro saß und auf meinen Anruf wartete, wenn ich vorher gesagt hatte, ich würde zu einer bestimmten Zeit anrufen. Aber jetzt war ich am Ende meiner Weisheit. Ich konnte auch nicht die Polizei in München anrufen, weil ich kein Geld mehr besaß.

Ich ließ mich auf eine der Banken auf dem Boulevard am Tiber fallen. Die Leute schauten mich verwundert an, wie ich so ausgestreckt, schweißüberströmt und nach Luft schnappend dasaß. Aber das war mir egal. Mir machte mehr Sorgen, daß ich überhaupt nicht klar denken konnte. Warum verfiel ich in Panik, nur weil ich Schmidt nicht erreichen konnte? Ich trug keine Uhr, aber es mußte schon spät am Nachmittag sein, und spätestens in ein paar Stunden würde Schmidt in seinem Büro sitzen. In der Zwischenzeit konnte ich zur römischen Polizei gehen und die ersten Schritte in die Wege leiten. Ich konnte Schmidt von dort aus anrufen. Das war das einzig Vernünftige. Warum hatte ich dann bloß das Gefühl, daß mir die Zeit davonlief und jede Sekunde über Leben und Tod entscheiden würde?

Ich versuche immer, solche dumpfen Gefühle zu berücksichtigen. Manchmal entstammen sie einer unsinnigen, neurotischen Furcht, aber ich bin nicht neurotischer als jeder andere auch. Und viele meiner Vorahnungen sind von unbewußten, aber vollkommen logischen Gedanken ausgelöst worden. Wie ich so dasaß und mir die kühle Brise vom Fluß über das Gesicht strich, wußte ich, daß ich irgend etwas außer acht gelassen hatte -irgendeine Tatsache, die ich zwar wahrgenommen, aber um die ich mich nicht weiter gekümmert hatte und die jetzt für meinen nervösen Zustand verantwortlich war. Ich legte den Kopf in beide Hände, preßte die Fingerknöchel an die Schläfen und versuchte nachzudenken.

Vor meinem geistigen Auge sah ich klar und deutlich Helenas schwarzes, aufgedunsenes Gesicht, umrahmt von ihrem wallenden, silberblonden Haar.

Schnell öffnete ich die Augen. Die Sonne stand schon tief am Himmel, und ihre Strahlen tauchten die goldenen Kuppeln und Kirchtürme von Rom in ein sanftes Licht. Die Schatten waren nicht grau, sondern hatten zauberhafte, weiche Farben wie Blau, Flieder und Mauve.

Geh zurück zu Helenas Tod, sagte ich zu mir selbst. Kümmere dich nicht darum, warum sie getötet wurde; nimm nur die Tatsache an sich und geh von da aus weiter.

Nach ihrem Tod hatte irgendein schlauer Bursche – vielleicht der Boß selbst – die Idee, zwei Fliegen mit einer Klappe zu schlagen. Es ist schon ziemlich schwierig, Tod durch Erwürgen als Unfall auszugeben. Aber durch das Plazieren von Helenas Leiche in Johns Wohnung lieferten sie der Polizei gleich den Mörder mit und diskreditierten alles, was John der Polizei erzählen könnte.

John war ihr großes Problem, nicht ich. Ich konnte ja nichts beweisen. Sie brauchten nur ein paar Stunden Zeit, um die Werkstatt auszuräumen und alles weitere Belastungsmaterial zu beseitigen, und ich hätte es sehr schwer, sie eines Verbrechens zu überführen. Die Entführung, das stundenlange Gefangenhalten im Keller, die mörderische Jagd durch die Gärten – immer stünde meine Aussage gegen ihre. Inzwischen befanden sich in dem Zimmerchen unter Luigis Atelier vielleicht Leinwände oder Heuballen. Dank der Listen, die John mir gegeben hatte, kannte ich die Namen aller Sammler, denen er etwas verkauft hatte, und würde schließlich auch die Spur der gefälschten Schmuckstücke verfolgen können. Aber die Gang wußte ja nicht, daß ich diese Information besaß. Wahrscheinlich machten sie sich um mich keine großen Sorgen.

Bei John sah das schon anders aus. Er kannte die Namen und alle Einzelheiten, und er würde auspacken, um sich von dem Vorwurf des Mordes freizusprechen ...

Alarmglocken läuteten in meinem Kopf. Irgend etwas stimmte nicht. Eine Mordanklage könnte Johns Zeugenaussage in

Miskredit bringen. Aber die Polizei würde seine Aussagen überprüfen, und das würde der Bande nicht gefallen. Solange er nicht durch irgend etwas zu einer Aussage gezwungen wurde, konnten sie auf sein Schweigen zählen, denn er konnte die Bande nicht des Betruges bezichtigen, ohne sich selbst zu belasten. Aber ein Mord...

Sie wußten, wo seine Wohnung lag. (Wieder klingelte eine Alarmglocke. Ich ignorierte sie, denn sie brachte mich auf ein nebensächliches Problem; ich verfolgte gerade eine wichtige Spur und hoffte, daß ich nicht zu dem Schluß kommen würde, den ich voraussah.) Sie hatten Helenas Leiche in die Wohnung gebracht und dann... Nein, sie hatten die Polizei nicht angerufen. Sie konnten ja später immer noch anrufen, falls der Hausmeister die Leiche nicht entdeckte. Sie rechneten damit, daß John noch einmal in die Wohnung kommen würde, bevor er das Land verließ. Er mußte seinen Paß haben. Und wenn er kam...

Dann fiel es mir wieder ein. Ich wußte jetzt, was meinem Unterbewußtsein zu schaffen gemacht hatte, der unbekannte Faktor, der die Alarmglocken zum Läuten gebracht hatte. Es war nur eine Kleinigkeit – ein kleines Metallding auf einer Motorhaube. Normalerweise interessieren mich Autos nicht besonders, und ich hatte mich auf etwas anderes konzentriert, als John in das wartende Auto hineingeschubst wurde, aber trotzdem hatte ich mir dieses Emblem eingeprägt. Bei dem Auto handelte es sich um einen Mercedes. Die Römer halten zwar außerordentlich viel von der *bella figura,* aber ich kann mir eigentlich nicht vorstellen, daß sie ihre Polizisten in einem Mercedes durch die Gegend fahren lassen.

Ich sprang wie von der Tarantel gestochen von der Bank auf, setzte mich aber wieder. Ich hatte bereits einen schlimmen logischen Fehler gemacht. Von nun an mußte ich jeden noch so kleinen Aspekt berücksichtigen.

John hatte ganz genau gewußt, wer da an die Tür gehämmert

hatte. Das wurde mir jetzt klar. Ich war bedauerlicherweise geneigt, ihn für den großen Helden mit Heiligenschein zu halten. Aber er hatte mir nicht aus Selbstlosigkeit geholfen zu fliehen, sondern aus Weitsicht. Zu zweit hätten wir es nie geschafft. Er baute jetzt darauf, daß ich ihm helfen würde. Ich wußte zwar nicht, warum er sich dessen so sicher war – aber er hatte natürlich recht. Nur – wie sollte ich vorgehen?

John hatte mir geraten, Schmidt anzurufen. Mit meinem Boß als Verstärkung konnte ich die römischen Behörden natürlich sehr viel schneller von meiner Aufrichtigkeit überzeugen. Aber selbst angenommen, ich könnte mit der Hilfe der Polizei rechnen – wo sollte ich denn nach John suchen? Sie würden ihn mit Sicherheit nicht in den Palast oder die Villa bringen. Vielleicht brachten sie ihn sofort um.

Wieder versuchte ich, den schrecklichen Farbbildern vor meinem geistigen Auge zu entkommen – alle möglichen Arten der Folter und Körperverletzung, die John vielleicht in diesem Moment erdulden mußte – und positiv zu denken. Sie würden ihn nicht umbringen, nicht, wenn er als erster reden konnte. John besaß einige heldenhafte Eigenschaften – mehr als er zugeben wollte –, aber er war auch sehr verschlagen. Ich kannte ihn inzwischen sehr gut und konnte mir gut vorstellen, was für eine Geschichte er ihnen auftischen würde. Belastendes Beweismaterial, Fotos, Aussagen – und das ganze heiße Zeug in meinen Händen. Ja, genau das würde er ihnen erzählen, der Schuft, ohne sich darum zu kümmern, daß er mich damit in Gefahr brachte.

Ich überlegte, warum sie mich nicht auf dem Dach verfolgt hatten. Sie mußten gesehen haben, wie wir zusammen hineingingen. Ich konnte mir mehrere Gründe denken. Zum einen wären sie mit Sicherheit nicht gern dabei beobachtet worden, wie sie über die Dächer von Rom hetzten. Beim Einbrechen in Johns Wohnung hatten sie einen ganz schönen Krach veranstaltet, und wahrscheinlich hielten sie es für besser, gleich zu verschwinden, bevor jemand wirklich die Polizei rief.

Jetzt hatte ich es herausbekommen, ich kluges Mädchen. Ich wünschte fast, es wäre nicht so. John befand sich in der Gewalt von Pietro und seinen Freunden. Falls sie es noch nicht getan hatten, würden sie jetzt die Polizei anrufen und ihnen erzählen, daß eine tote Frau in einer Wohnung in der Nähe des Viale Trastevere lag – eine Wohnung, die ein blonder Engländer gemietet hatte. Wenn Helena identifiziert worden war, hatte Pietro eine überzeugende Geschichte parat. Nein so was, der mordlustige Ausländer war sein vermißter Sekretär, der seine Geliebte zuerst verführt und dann ermordet hatte. Die Polizei würde nach John fahnden – und sie würden ihn auch finden. Und zwar tot.

Ich konnte nicht länger stillsitzen. Ich sprang auf, lief über die Brücke und schlängelte mich blitzschnell durch den Verkehr. Ich wollte kein örtliches Polizeirevier, sondern geradewegs zum Präsidium auf der Piazza San Vitale. Ein langer Marsch, aber ich besaß ja kein Geld für ein Taxi.

Ich hatte die Brücke halb überquert, als mir ein anderer Gedanke kam. Er war so brillant, daß ich mich wunderte, warum ich nicht eher darauf gekommen war. Ich ging weiter und wühlte dabei in meiner Tasche herum. Ich habe immer alle möglichen Kleinigkeiten in meinen Taschen, selbst wenn ich sie erst seit ein paar Stunden besitze. Ich hätte fast einen Freudenschrei ausgestoßen, als meine Finger ein weiches, zerknittertes Stückchen Papier befühlten. Es war ein lädierter Hundert-Lire-Schein, den ich übersehen haben mußte, als mich der gierige Tabakhändler meines ganzen irdischen Reichtums beraubte. Das reichte gerade für ein Stadtgespräch.

Ich kaufte im erstbesten Café ein *gettone* und stürzte zum Telefon. Natürlich gab es kein Telefonbuch, aber die Telefonistin nannte mir die Nummer. Ich wurde ins Sekretariat durchgestellt.

Die Principessa war nicht in ihrem Büro. Nach einem bißchen Drängen bekam ich ihre Privatadresse. Ich weiß nicht, was ich gemacht hätte, wenn sie irgendwo draußen in einem der Vororte gewohnt hätte. Ich hätte nicht einmal Geld für den Bus gehabt. Zum Glück lag ihr Haus auf dem Monte Gianicolo, ganz in der Nähe.

Ich konnte Schmidt von dort aus anrufen. Und selbst wenn sie mir nicht glaubte, konnte sie sich immerhin bei der Polizei für mich stark machen. Warum war mir bloß erst so spät eingefallen, daß ich hier in Rom eine berühmte Bekannte hatte?

Den Europäern ist ihre Privatsphäre wichtig. Sie stellen keine niedlichen, kleinen Lattenzäune auf, sondern bauen Mauern. Das Haus der Principessa war ein recht einfaches, modernes Gebäude, aber die Mauern ragten sehr hoch. Das Tor stand einladenderweise offen, und so folgte ich dem Kiesweg zwischen den Blumenbeeten bis zur Haustür.

Bevor ich nach einer Klingel oder einem Türklopfer suchen konnte, öffnete die Principessa höchstpersönlich die Tür.

Die untergehende Sonne schien genau über den Garten hinweg, so daß sie wie im Scheinwerferlicht und wie an einem Pranger vor der dunklen Eingangshalle stand. Sie trug ein langes, seidiges Abendkleid aus herrlichem Scharlachstoff. Es hatte einen engen Gürtel und klebte an ihren Hüften und an ihrer Brust wie Kunststoff. Das Licht schmeichelte ihrem Gesicht nicht gerade. Ich konnte kleine Muskeln und Fältchen erkennen, die ich vorher nicht bemerkt hatte.

»Oh«, sagte ich erschrocken. »Ihr Sekretariat hat Ihnen sicher angekündigt, daß ich komme.«

»Genau.«

»Es tut mir leid, daß ich Sie belästigen muß. Aber es handelt sich um einen Notfall.«

»Das ist schon in Ordnung. Bitte, kommen Sie herein.«

Sie trat zurück und machte eine einladende Geste. Drinnen in der Halle war es dunkel, alle Vorhänge waren wegen der Hitze zugezogen. Plötzlich fühlte ich mich so erschöpft, daß mir die Knie einknickten. Ich hielt mich am Türrahmen fest.

»Sie Ärmste«, sagte die Principessa mitfühlend. »Irgend etwas ist passiert. Kommen Sie herein und erzählen Sie mir alles.«

Sie streckte die Hand aus, um mir zu helfen. Sie umfaßte meinen Arm unerwartet fest und zog mich hinein. Sie schloß die Tür, und wir standen im Halbdunkel.

»Hier entlang«, sagte sie und schritt voran, an mehreren Türen vorbei, die geschlossen oder angelehnt waren. Am anderen Ende der Eingangshalle öffnete sie schließlich eine Tür. Sonnenlicht flutete in die Dunkelheit.

Der *salone* war ein langer Raum mit einem Kamin an einer Seite und Fenstern, die sich in einen blühenden Garten öffneten. Ich ließ mich in den nächsten Sessel fallen, und Bianca ging zu einem Tisch. Eis klirrte.

»Sie brauchen etwas zu trinken«, meinte sie und reichte mir ein Glas.

»Danke.« Ich nahm das Glas, war aber zu schlapp, um es an die Lippen zu führen.

»Erzählen Sie.«

»Ich weiß gar nicht, wo ich anfangen soll«, murmelte ich. »Es gibt so viel zu erzählen ... Und ich muß es richtig erzählen, denn Sie müssen mir unbedingt glauben. Sie haben ihn. Sie werden ihn umbringen, wenn wir sie nicht aufhalten.«

»Ihn?« Ihre geschwungenen Augenbrauen hoben sich. »Ach ja, Ihr Liebhaber.«

»Er ist nicht mein Liebhaber«, entgegnete ich benommen. »Wir haben nie – ich meine, wir hatten keine Zeit dazu!«

»Nein? Das ist aber schade. Ich versichere Ihnen, Sie haben eine einmalige Erfahrung verpaßt.«

Ihre Mundwinkel neigten sich nach oben ... Die antike Göttin lächelte ihr geheimnisvolles, archaisches Lächeln.

Plötzlich waren meine Erschöpfung und meine Verwirrung mit einem Schlag verschwunden. Ich war hellwach, als hätte mein Kopf soeben den zweiten Wind bekommen. Schade, daß es nicht ein paar Minuten früher passiert war.

Die Principessa war eine kluge Frau. Sie bemerkte, daß sich mein Gesichtsausdruck veränderte, und ihr Lächeln erstarrte.

»Aha, also wissen Sie es. Woher, frage ich mich?«

»Ich hätte es schon viel früher wissen müssen«, antwortete ich verärgert. »Ich habe mir selbst immer wieder befohlen stillzusitzen, nicht herumzulaufen, sondern nachzudenken... Auf das meiste bin ich gekommen. Aber eine Kleinigkeit habe ich übersehen. Ich hätte warten und alles noch einmal überdenken sollen.« Ich setzte das Glas an die Lippen, zögerte und stellte es behutsam auf den Tisch. Sie fand meine Vorsicht amüsant.

»Ich habe kein Betäubungsmittel hineingetan.« Sie lächelte. »Erzählen Sie mir, wie Sie darauf gekommen sind.«

»Durch die Wohnung«, erklärte ich. »John sagte mir, daß er Helena nie dorthin gebracht habe, und er hatte keinen Grund, mich anzulügen. Er machte keinen Hehl daraus, daß er... Aber irgend jemand mußte von der Wohnung wissen. Wenn er Helena nicht dorthin mitgenommen hat, dann vielleicht eine andere – sagen wir mal – ›Dame‹, nur so zum Spaß?«

»Aber warum mich?« fragte sie lächelnd. »Ich glaube kaum, daß ich die einzige – sagen wir also ›Dame‹ – war, an der Sir John sein Interesse bekundet hat.«

»Ach, zum Teufel!« sagte ich ärgerlich. »Von mir aus kann er der größte Liebhaber seit Casanova sein, aber jeder Tag hat nur vierundzwanzig Stunden. Er war noch keine Woche in Rom und hatte noch andere Dinge zu tun. Sie und Helena – wie viele andere sollte er denn in seinem Terminkalender unterbringen? Außerdem schließen Sie eine große Lücke in meinen Mutmaßungen, Bianca. Ich hatte mich die ganze Zeit gefragt, wer der Boß sein könnte. Sie sind die einzige Person, die klug und egoistisch genug ist, um diesen Betrug zu organisieren. Es mußte jemand aus Rom sein, jemand, der den Caravaggios nahesteht und von Luigis Talent weiß. Im übrigen ist es nicht fair, wenn der Bösewicht erst am Ende des Buches in Erscheinung tritt. Was haben Sie mit John gemacht?«

»Er ist hier.« Sie lächelte nicht mehr und betrachtete mich gespannt. »Wir wollten ihn als Geisel nehmen, damit Sie nicht auspacken. Wer kann denn ahnen, daß Sie so dumm sind und von allein hierherkommen? Warum in Gottes Namen sind Sie gekommen?«

Ich glaube, ich wußte die Antwort darauf, aber sie war zu kompliziert, um sie zu erklären. Mein gutes altes Unterbewußtsein hatte mir die fehlenden Antworten geliefert. Da es aber gegen eine Wand aus sturer Dummheit ankämpfen mußte, konnte es mir die Informationen nur teilweise vermitteln. Bianca war mir mehrmals in den Sinn gekommen, aber ich wußte nicht, warum. In Zukunft sollte ich vielleicht gar nicht mehr nachdenken, sondern mich nur noch auf meinen Instinkt verlassen. Wenn überhaupt eine Zukunft vor mir lag...

»Sie glauben doch nicht, daß ich wie ein Lamm zur Schlachtbank gekommen bin, ohne Vorkehrungen zu treffen?« sagte ich und hoffte, daß ich zuversichtlich klang. »Ha, ha. So blöd wäre wohl niemand, meine liebe Principessa. Wenn ich nicht in fünf Minuten mit John dieses Haus verlasse, werden Sie große Schwierigkeiten bekommen.«

Sie schien mir gar nicht zuzuhören. Sie saß gerade und steif in ihrem Sessel, den Kopf leicht geneigt, als hörte sie etwas, das ich nicht hören konnte.

»Ich sagte, Sie lassen uns besser gehen«, wiederholte ich. »Wir geben Ihnen Zeit zu verschwinden. Sie haben doch bestimmt ein hübsches Sümmchen an die Seite gelegt. In ein paar Stunden können Sie um die halbe Welt fliegen. Sie sind doch eine vernünftige Frau, Bianca. Ihnen muß doch klar sein, daß Sie nicht ewig das Land mit Leichen übersäen können.«

»Das ist wahr«, murmelte sie.

»Dann...«

»Es tut mir leid.« Sie schüttelte den Kopf. »Ich glaube, Sie verstehen nicht ganz. Sie haben einen großen Fehler gemacht, meine Liebe.«

»Was meinen Sie denn?«

»Ich meine, daß ich nicht diejenige bin, die über Ihr Schicksal entscheiden wird.« Sie beugte sich nach vorn und machte mit ihren schlanken Händen eine ausladende, theatralische, aber dennoch überzeugende Geste. »O ja, es war mein Plan. Von Anfang an. Können Sie sich vorstellen, daß ein so scharfsinniger, so – verzeihen Sie meine Unbescheidenheit – intelligenter Geist den nicht wiedergutzumachenden Fehler begehen würde, dieses einfältige, kleine Flittchen umzubringen? Das war dumm, brutal und unnötig. Sie müssen annehmen ...«

»Das reicht, Bianca«, sagte eine Stimme.

Die meergrünen Vorhänge neben dem Kamin bauschten und teilten sich und gaben den Blick auf eine Tür frei. Und dann trat er heraus, schön wie eine Skulptur von Michelangelo, und er hielt eine kleine Pistole in der Hand. Luigi.

Zwölf

Er sah so jung aus. Durch das düstere Stirnrunzeln wirkte er wie ein unglückliches Kind, mehrere Jahre jünger, als er in Wirklichkeit war. Ich wollte meinen Ohren nicht trauen. Wenn da nicht die Pistole gewesen wäre, hätte ich auch meinen Augen nicht getraut.

»Du solltest mich besser nicht dumm nennen«, sagte er und musterte Bianca finster. »So hat sie mich genannt. Ein dummes Kind, einen Naivling, einen Trottel ... mich, den Wichtigsten von allen! Ohne mich wäre gar nichts gelaufen. Den Rest von euch kann man ersetzen, aber ohne mich hätte es überhaupt keinen Plan gegeben! Das ist mir zu spät klargeworden. Aber jetzt bin ich der Boß, ich nehme meinen rechtmäßigen Platz ein. Und keiner von euch wird mehr über mich lachen, verstanden?«

Sie war kein Feigling, das muß ich ihr zugestehen. In diesem Moment befand sie sich in größerer Gefahr als ich. Luigi verhielt sich so unberechenbar wie ein Tisch mit zwei Beinen, sein jugendliches Ego war verletzt und wollte verletzen. Doch Bianca gab nicht klein bei oder versuchte, sich zu entschuldigen, sondern lächelte mich nur schief an.

»Wie andere Tyrannen hat man auch mich abgesetzt. Ein Putsch. Es lebe der neue König.«

»Er hat recht«, sagte ich sanft. »Ohne ihn hättet ihr es nicht geschafft. Er ist ein Genie. Weißt du, Luigi, du könntest der größte Juwelier der Welt sein.«

Der erste Teil meiner schmeichlerischen Rede gefiel ihm. Sein finsterer Blick wurde etwas sanfter, als er sich mir zuwandte. Aber beim letzten Satz schüttelte er den Kopf.

»Juweliere sind Handwerker. Ich bin Künstler. Wenn mein

Vater nicht versucht hätte, mein Talent zu zerstören, wäre das hier nicht nötig gewesen. Ich bin kein stumpfsinniger Handwerker!«

»Auch Cellini hat Schmuck gefertigt«, sagte ich. »Holbein hat Schmuck für Heinrich VIII. entworfen.«

»Das stimmt«, meinte Luigi bedächtig.

Ich bewegte mich wie auf brüchigem Eis – ein falscher Schritt, ein einziges falsches Wort konnte das dünne Band zwischen uns durchtrennen. Auch er machte sich Gedanken. Er war gar nicht so dumm, der Junge, wenn auch verrückt.

»Was haben Sie gerade zu ihr gesagt?« wollte er wissen. »Daß wir Sie gehen lassen sollen? Sie haben eine Falle gestellt? Was für eine?«

Ich zögerte. Seine Augen zogen sich zusammen, und sein Finger lag fest am Abzug.

»Ich habe da etwas falsch verstanden«, sagte ich schnell. »Ich wußte nicht, daß du in die Sache verwickelt bist, Luigi – nicht so. Ich möchte nicht, daß du Schwierigkeiten bekommst.«

»Moment«, sagte er wie zu sich selbst. »Lassen Sie mich einen Augenblick nachdenken. Sie haben irgend etwas ausgeheckt... Ah! Die Telefonanrufe. Mein Vater sagte mir, Sie hätten irgendeinen Mann in München angerufen. Das ist doch Ihr Plan, oder nicht? Wenn Sie sich nicht bei ihm melden, wird er die Polizei informieren. Sehen Sie, ich bin viel schlauer, als Sie dachten!«

Sein junges Gesicht glühte vor Freude. Ich wußte, daß dieser gutaussehende, reizende Junge ein Killer war, doch meine Gefühle wollten das einfach nicht einsehen.

»Du bist ganz schön schlau«, meinte ich. »Ja, genau das hatte ich vor. Aber ich werde nicht...«

»Rufen Sie ihn an.« Er wies mit der Pistole auf einen niedrigen Tisch, auf dem ein Telefon stand. »Na los, machen Sie schon. Sie werden ganz vorsichtig sein. Sie werden ihm sagen, daß alles in Ordnung ist. Und damit Sie auch alles richtig machen...« Er drehte sich um. »Bruno! Bring ihn her.«

Ich wechselte einen Blick mit der Principessa. Sie zuckte die Achseln auf diese unbeschreibliche italienische Art.

»Sie sind ja eine große Hilfe«, sagte ich scharf.

Die Tür, durch die Luigi gekommen war, stand noch offen; die Vorhänge wehten. Ich hörte sehr langsame, schleppende Schritte. Dann erschien John, gestützt von Bruno. Sein Gesicht war übel zugerichtet, und es sah ganz nach einem blauen Auge aus.

»Ich wollte ihn gerade befragen«, erklärte Luigi knapp. »Ich wollte wissen, wo Sie sich verstecken mit den Informationen, die er Ihnen gegeben hat.«

John und ich betrachteten uns von weitem. Er stützte sich schwer auf seinen Aufpasser. Ich konnte seinen Gesichtsausdruck nicht erkennen, weil sie ihn so verprügelt hatten, doch seine ersten Worte waren nur allzu deutlich.

»Diesmal hast du es wirklich vermasselt, was?«

»Du hättest mich ja warnen können«, entgegnete ich tief beleidigt. »Du wußtest doch – verdammt, deshalb hast du in der Wohnung so komisch geschaut, als ich sagte ...«

»Dich warnen! Ich konnte nicht mal Luft holen, als diese Gorillas an die Tür hämmerten! Ich habe ja schon von vielen blöden Heldinnen gehört, aber du hast wirklich den Vogel abgeschossen! Ich riskiere Leib und Leben, um dich vor dem gewaltsamen Tod zu bewahren, und du drehst dich um und läufst geradewegs zurück in die ...«

Luigi, der mit einem mißbilligenden Stirnrunzeln zugehört hatte, machte Johns Tirade – die, wie ich zugeben mußte, durchaus ihre Berechtigung hatte – ein Ende, indem er die Pistole auf ihn richtete.

»Es reicht!« brüllte er. »So redet man nicht mit einer Dame, und erst recht nicht, wenn sie ihr Leben für dich aufs Spiel gesetzt hat. Du solltest dich schämen.«

Einen Moment lang dachte ich, John würde anfangen zu lachen, deshalb warf ich ihm vielsagende Blicke zu. Luigi war sehr empfindlich, was das betraf.

»Du hast recht«, stimmte John nach einer gewissen Überwindung zu. »Ich entschuldige mich. Vielleicht sollte unsere Unterhaltung besser zu dieser schrecklichen Farce passen, in die wir verwickelt sind. Wie wär's denn hiermit? Oh, Liebling, wie mutig und töricht von dir! Weißt du denn nicht, daß ich lieber tausend Tode sterben würde, als daß dir nur ein einziges Haar deines dummen kleinen Köpfchens gekrümmt würde?«

»Aber Schatz«, erwiderte ich. »Ich könnte nicht weiterleben, wenn dich die dir eigene, verhängnisvolle Bescheidenheit das Leben gekostet hätte. Ich mußte kommen, und sei es nur, um mit dir zu sterben.«

Wenn wir auf diese Weise Zeit schinden konnten, vergaß Luigi vielleicht den Telefonanruf. Eine minimale Chance. Selbst wenn Schmidt die Polizei um Punkt fünf anrief, würden sie lange brauchen, bis sie in Gang kommen würden, und noch länger, bis Pietro ihnen verriet, daß die Principessa zu den Verschwörern gehörte. Eigentlich war die Chance gleich Null. Wenn mir nur irgendeine vernünftige Alternative eingefallen wäre, hätte ich es damit versucht.

Inzwischen hatte John mit einem weiteren Vortrag begonnen. Ich lenkte meine Aufmerksamkeit gerade wieder rechtzeitig auf ihn, so daß ich den letzten Teil mitbekam.

»... werde ich immer an deine Tapferkeit und deine gedankenlose Hingabe denken. Hab keine Angst, Geliebte, wir werden nicht umsonst sterben. Die Hüter des Gesetzes werden uns rächen. Mein letztes Anliegen ist es, ein passendes Epitaph zu verfassen, das unsere gütigen Widersacher sicher in unseren Grabstein meißeln lassen werden. ›Zu Lebzeiten lieblich und schön, waren sie im Tode ...‹«

Ich hätte mir denken können, daß er die Kontrolle verlieren und zu weit gehen würde. Luigi begriff schließlich, daß er auf den Arm genommen wurde. Sein Gesicht verdüsterte sich bedenklich.

»Ihr macht euch über mich lustig!« rief er.

»Aber nein«, entgegnete John. »Ich meine, das fiele mir nicht im Traum ein, Luigi.«

»Das Telefon«, sagte Luigi. »Rufen Sie an. Bruno!«

Bruno ließ John los, der sofort zu Boden fiel. Luigi brüllte einen Befehl; Bruno hob John auf und warf ihn in einen Sessel. Luigi preßte die Pistole an Johns Stirn.

»Paß auf, was du sagst, Darling«, sagte John.

Ich mußte nichts anderes tun, als anzurufen. Wenn man bedenkt, wie verrückt die ganze Situation war, klappte dieser Anruf hervorragend. Ich mußte nicht einmal die unüberwindliche Mauer von Gerdas Geplapper überwinden. Schmidt ging selbst ans Telefon.

»Ah«, kreischte er, als ich meinen Namen genannt hatte. »Da sind Sie ja, Vicky. Gerda hat mir gesagt, daß Sie angerufen haben. Tut mir leid, daß ich nicht da war. Um was für einen Notfall geht es denn?«

»Oh, es gibt ihn immer noch«, sagte ich herzlich und wünschte, Schmidts Stimme wäre nicht so schrill und laut. Ich fragte mich, ob Luigi Deutsch verstand. Die Principessa bestimmt.

»Sie haben mich nicht verstanden«, sagte Schmidt. »Ich höre Sie ganz gut. Können Sie mich denn nicht hören?«

»Oh, ja«, antwortete ich und lachte hysterisch. »Ich kann Sie sehr gut hören. Aber ich fürchte, Sie verstehen mich nicht richtig.«

»Aber die Verbindung ist doch hervorragend.«

»O nein, das ist sie nicht«, antwortete ich.

»Wie geht es denn mit dem Fall voran?«

»Nicht allzu gut. Man könnte auch sagen katastrophal. Das heißt, im Moment.«

»Das tut mir sehr leid«, rief Schmidt aus. »Aber ich vertraue Ihnen, Vicky. Sie schaffen das schon, das weiß ich.«

Am liebsten hätte ich ins Telefon gebissen. Direkter konnte ich wirklich nicht werden. Ich dachte daran, mich indirekt auf Herrn Feder von der Münchner Polizei zu beziehen, aber es war mir zu riskant. Die Principessa kannte ihn vielleicht, und Luigi zappelte jetzt schon vor Ungeduld. Er deutete mir quer durch das Zimmer an, was ich sagen sollte, und drückte die Pistolenmündung so dicht an Johns Kopf, daß sie sich in die Haut hineinbohrte. John wagte nicht, sich zu bewegen, nicht mal die Lippen, doch seine Augen sprachen Bände.

»Es ist schon in Ordnung«, sagte ich schwach. »Ich – *good-bye,* Poopsie. Auf Wiedersehen, hoffentlich.«

Das Telefon klapperte, als ich es zurückstellte. Meine Hände zitterten.

»Poopsie?« fragte Luigi ungläubig.

Die Principessa rührte sich.

»So nennen ihn seine guten Freunde«, erklärte sie.

Ich begriff erst nach einer Minute, was sie gesagt hatte und was es bedeutete. Auf meinen überraschten Blick reagierte sie mit einem leichten Kopfschütteln. Sie hatte Luigi den Rücken zugewandt. Ihr Lippen formten lautlos ein Wort.

Ich legte die Hand an die Stirn.

»Oh«, sagte ich geschwächt. »Mir ist so komisch. Ich glaube, ich falle in Ohnmacht.«

So ganz gespielt war das nicht. Meine Knie wurden zittrig. Ich wußte nicht ganz, wozu das gut sein sollte, aber zumindest war Bianca auf unserer Seite. Vielleicht hatte sie einen Plan. In meinem Kopf herrschte dagegen völlige Leere.

Ich sank auf das Sofa, und Bianca beugte sich über mich.

»Sie ist ohnmächtig«, rief sie aus. »Mein Riechsalz, Luigi – im Badezimmerschrank. Und hol eine Decke aus dem Schrank, ich glaube, sie hat einen Schock.«

»Bruno . . .« begann Luigi unsicher.

»Nein, ich will nicht, daß dieser Gorilla meine Sachen anfaßt. Gib ihm deine Pistole, wenn du mir nicht traust.«

Ich wagte nicht, die Augen zu öffnen, aber meine Ohren lauschten angestrengt. Nach einem spannenden Moment trottete Luigi aus dem Zimmer; diese leichten, federnden Schritte konnten nur seine sein. Sobald er verschwunden war, begann die Principessa, tröstend auf mich einzureden, so als wollte sie mir über meine Ohnmacht hinweghelfen. Doch sie sprach Deutsch.

»Es gibt nur eine Chance. Wir müssen den Grafen herholen. Er ist in Rom, im Palazzo. Denken Sie nach.«

Ich stöhnte gekünstelt und murmelte in derselben Sprache:

»Der Junge haßt doch seinen Vater. Wozu ...«

»Diese Schläger – in der Halle ist noch ein zweiter – werden ihrem Herrn gehorchen. Das Ganze ist erst gestern abend passiert, nachdem ich Pietro das Betäubungsmittel verabreicht hatte. Ich gebe zu, das war ein Fehler. Aber sie befolgten meine Befehle, bis der Junge sich gegen mich auflehnte. Das ist noch das feudale System, wissen Sie. Er ist der Erbe. Wenn wir Pietro erreichen können, wird er nicht ...«

In ihrer Not war ihr ein Mißgeschick passiert. Sie hatte einen Namen genannt. »Pietro« hört sich in jeder Sprache gleich an. Bruno räusperte sich.

»Warum sprechen Sie vom Herrn? Sie dürfen nicht sprechen. Ich traue Ihnen nicht.«

»Sie phantasiert«, erklärte Bianca. »Sie hat nach dem Grafen gefragt. Sie kann nicht glauben, daß er das hier zuläßt.«

»Ich gehorche dem jungen Herrn«, sagte Bruno mürrisch.

»Aber er hat dir doch nicht befohlen, daß du der Signorina etwas antun sollst«, warf John plötzlich ein. »Er holt doch gerade Medizin für sie. Hör mal, ich glaube, sie ruft nach mir!«

»John«, stöhnte ich gehorsam. »Oh, John!«

»Siehst du? Nicht schießen, Bruno, alter Junge, ich werde nur ihre Hand halten.« Er ließ sich auf einem Knie neben der Couch nieder. Von nahem sah sein Gesicht noch schlimmer aus. »Der Fernsprecher, du Volltrottel«, sagte er zuckersüß. »*Tesoro mio*, meine Liebste ...«

Er verstummte sofort, als Luigi zurückkam.

»Was ist denn hier los?« fragte er. »Bruno, du läßt sie miteinander reden?«

»Sie haben mir nicht gesagt, daß sie nicht miteinander reden dürfen«, rief Bruno.

»Ist schon gut. Du, Smythe, zurück auf den Sessel. Hier ist das Riechsalz. Ist sie wieder in Ordnung?«

»Es geht mir jetzt wieder besser«, murmelte ich. Dieses unglaublich junge Geschöpf beugte sich über mich und sah aufrichtig besorgt aus. Ich lächelte ihm zu. »Danke, Luigi. Das ist sehr lieb von dir.«

Er half mir, mich hinzusetzen, und wartete ängstlich, während Bianca mir das Riechsalz unter die Nase hielt. Ich mußte niesen.

»Du bist ein guter Kerl«, sagte ich und blinzelte Luigi zu. »Ich weiß, daß du mir nicht weh tun willst, Luigi. Ich kann dich nicht anlügen. Ich habe zu viel Achtung vor dir. Dieser Anruf nach München... das war nicht der eigentlich wichtige Anruf. Ich muß noch jemand anderen erreichen. Wenn ich mich nicht bei ihm melde, wird er den Umschlag öffnen, den ich bei ihm gelassen habe.«

»Wer? Ein Anwalt?« wollte Luigi wissen. »Die Polizei?«

»Ein Anwalt«, antwortete ich.

»Dann rufen Sie ihn an. Jetzt sofort. Schnell.«

Ich erhob mich langsam vom Sofa und ging mit taumelnden Schritten zum Telefon. Dann fiel mir etwas ein, und ich taumelte wirklich: Ich wußte die Nummer vom Palazzo nicht.

Ich warf John einen erschrockenen Blick zu, der wieder in seinem Sessel saß und mich gespannt beobachtete.

Vielleicht handelte es sich nicht um übersinnliche Wahrnehmung, sondern einfach nur um gesunden Menschenverstand. Doch seit jenem Augenblick glaube ich insgeheim und etwas verschämt an Gedankenübertragung. John verschränkte die Arme und fing an, Finger hochzuhalten.

Gott sei Dank gilt bei uns das Dezimalsystem. Ich weiß nicht, wie wir mit einem Zwölfersystem zurechtgekommen wären, wie es die Babylonier benutzten. Alle Blicke ruhten auf mir, deshalb achtete niemand auf Johns Verrenkungen, die er mit einigem Geschick vorführte. Die einzige Zahl, die ihm Schwierigkeiten bereitete, war die Neun.

Diese Methode funktionierte prima, doch ich wählte ganz langsam, um Zeit zum Nachdenken zu gewinnen. Ich mußte so viele Hindernisse überwinden. Das erste bestand darin, daß Pietro wahrscheinlich nicht selbst ans Telefon gehen würde.

Dem war auch so. Die Stimme war die seines Butlers; sie klang sehr weich und unpersönlich. Natürlich konnte ich nicht nach Pietro fragen.

»Hier spricht Signorina Bliss«, sagte ich langsam. »Ich rufe wegen Sir John an.«

Luigi, der Bruno die Pistole wieder abgenommen hatte, beäugte mich mißtrauisch. Ich lächelte und nickte ihm zu. Schließlich konnte er nicht wissen, welche Vereinbarungen ich mit dem nicht existierenden Anwalt getroffen hatte. Es war nicht ungewöhnlich, daß ich Johns Namen nannte.

Egal, ob der Butler von der Verschwörung wußte oder nicht; er wußte auf jeden Fall über Sir John Bescheid.

»Sir John?« wiederholte er und vergaß ganz seine Würde. »Meinen Sie Sir John Smythe, Signorina?«

»Ja, genau.«

»Dann möchten Sie sicher seine Exzellenz sprechen.«

»Exakt.«

»Ich werde ihn holen. Bitte warten Sie, Signorina.«

»Danke«, sagte ich und bemühte mich, nicht erleichtert aufzuseufzen. Ich wandte mich Luigi zu. »Die Sekretärin holt ihn ans Telefon.«

Dann hörte ich eine vertraute, hohe Stimme.

»Vicky? Vicky, sind Sie es?«

»Ja, genau. Signorina Bliss. Ich bin bei Sir John.« Pietro begann herumzustottern. Ich hob die Stimme und sprach einfach weiter. Dies war der gefährliche Moment. Luigi erkannte vielleicht die vertraute laute Stimme seines Vaters. »Nein, es ist alles in Ordnung. Wir trinken gerade ein Gläschen mit Bianca und ein paar Bekannten von ihr und unterhalten uns nett ... Sie müssen sie unbedingt mal treffen, sie möchte Sie sehr gern kennenlernen. Ich kann jetzt nicht sprechen, meine Freunde lassen mich nicht.«

Ich legte auf und strahlte Luigi an.

Vielleicht hatte er irgendwie Pietros Stimme erkannt, oder er spürte die Spannung, die uns alle erfaßt hatte.

»Das hat sich nicht gut angehört«, sagte er. »Wenn Sie mich ausgetrickst haben, Signorina ...«

»Das würde ich doch nie tun«, erwiderte ich. »Dafür bewundere ich dich viel zu sehr. Luigi, ich wünschte, du würdest mir erzählen, wie du gelernt hast, mit Gold zu arbeiten. Du bist so ein vielseitiges Genie, wie Cellini, nur noch besser.«

Diesmal half die Schmeichelei nicht.

»Mir bleibt keine Zeit zum Reden«, sagte er. »Ich muß – ich muß handeln.«

Das Problem war, daß er nicht ganz wußte, was er eigentlich tun sollte. Er besaß nicht Biancas Intelligenz oder Erfahrung. Er war einfach nur durchgedreht, und durch ein paar merkwürdige Umstände hatte er die Kontrolle über eine Situation erlangt, mit der er nicht fertig wurde. Früher oder später würde er gefaßt werden, aber bis ihn sein Vater oder die Polizei aufhielten, würde es eine Menge Tote geben – mich eingeschlossen.

Die Anhänger von Freud würden sicher gute Gründe für Luigis Scheitern finden. Die Abneigung und Verachtung seines Vaters, der Tod seiner Mutter (ich nahm an, daß sie tot war, denn sie wurde nicht mal erwähnt), die vielen billigen Frauen, die sie im Leben seines Vaters ersetzt hatten ... Aber das ist ganz egal, denn niemand kann mit Sicherheit sagen, warum manche Menschen so enden und andere nicht.

»Was wirst du jetzt tun?« fragte John und beobachtete ängstlich die Pistole, mit der Luigi fünfzehn Zentimeter von Johns Kopf entfernt herumfuchtelte.

»Ich glaube, ich werde euch umbringen müssen«, sagte Luigi unsicher. »Es tut mir leid, Signorina Bliss, Sie waren *simpatica,* aber Sie müssen mich auch verstehen.«

»Es gibt eine Alternative«, schlug ich vor. »Du warst so beschäftigt, daß du wahrscheinlich nicht daran gedacht hast.«

»Welche denn?« fragte Luigi.

Wie lange würde Pietro brauchen, um vom Palazzo zum Gianicolo zu kommen? Es war schon nach fünf, Hauptverkehrszeit in Rom. Die Straßen waren sicher schrecklich voll.

»Wir könnten ein Abkommen treffen«, sagte ich und setzte mein gewinnendstes Lächeln auf. »Bianca ist bereits in die Sache verwickelt. Sie würde nicht zur Polizei gehen. Ich bin sicher, sie würde in ihrer jetzigen Rolle gerne weiterarbeiten – unter deiner Führung natürlich. Das gleiche gilt für – äh – Sir John.«

»Und Sie, Signorina?« hakte Luigi nach. »Sie sind doch Wissenschaftlerin, eine gebildete, anständige Frau. Sie sind doch hergekommen, um uns aufzuhalten. Mein Vater sagte es mir.«

Peng, da waren wir wieder auf dem brüchigen Eis. Ein falsches Wort, ein falscher Schritt... Ich wollte meinen plötzlichen Sinneswandel nicht allzu deutlich machen. Paradoxerweise hing die Achtung des Jungen für mich von der anständigen Fassade ab, die ich vor ihm aufgebaut hatte.

»Das ist schwierig für mich«, sagte ich wahrheitsgemäß. »Aber es gibt Fälle, wo die üblichen Verhaltensregeln nicht greifen. Auf manche Menschen sind die gesellschaftlichen Normen nicht anwendbar. Du bist so jemand, Luigi. Wie kann ich mir erlauben, dich zu verurteilen?«

»Sie haben recht«, meinte Luigi bescheiden.

Er stand da und grübelte. Ich riskierte einen Blick hinüber zu John, und was ich sah, nahm mir den Atem. Er hatte die Pistole nicht vergessen, die nun gefährlich nah vor ihm herunterbaumelte, doch seine Augen waren ganz klein vor Vergnügen. Als sich unsere Blicke trafen, zwinkerte er, und seine inzwischen gar nicht mehr wohlgeformten Mundwinkel zitterten.

»Aber diese Frau«, sagte Luigi plötzlich. »Ich habe sie umgebracht, wissen Sie. Diese dreckige Hure, sie nahm den Schmuck meiner Mutter und wohnte in ihrem Zimmer ... Sie hatte kein Recht dazu. Und als sie dann zu mir kam, mich auslachte und mich trotzdem berührte, streichelte, als wollte sie ...« Er schürzte verächtlich die Lippen. »Ich habe sie getötet, und sie hat es verdient. Aber ... ich wollte es nicht, wissen Sie. Ich wollte sie nur aufhalten, ihr den Mund stopfen. Sie sagte so schlimme Sachen ...«

Ich verspürte solches Mitleid, daß ich unvorsichtig wurde.

»Luigi, ich verstehe dich. Du brauchst nicht ins Gefängnis zu gehen. Es gibt Ärzte. Du bist krank, du kannst nichts dafür.«

»Foul«, rief John plötzlich.

Es war zu spät. Ich hatte meinen Fehler erkannt, konnte aber die Worte nicht wieder zurücknehmen.

»Das glauben Sie also«, flüsterte Luigi. »Sie halten mich für verrückt. Sie wollen mich einsperren, in ein ... Da brachten sie auch meine Mutter hin. Ich erinnere mich genau. Ich erinnere mich daran, wie sie weinte, als sie mal zu Besuch war, und mein Vater sie zwang zurückzugehen ...«

Na, da hatte ich sie ja – eine schöne, logische Erklärung wie aus dem Lehrbuch. Daß die Witwe immer so um Luigis Gesundheit besorgt gewesen war, hatte ich für mehr oder weniger überflüssiges Bemuttern gehalten, aber sie hatte tatsächlich Grund zur Sorge. Ob er sein Problem nun geerbt hatte oder nicht – daß seine Mutter in eine Anstalt eingesperrt worden war, hatte seinem Geisteszustand sicher nicht gutgetan.

Bruno, der arme Kerl, starrte den Jungen fassungslos an. Luigis Gesicht war nicht wiederzuerkennen. Er weinte, konnte aber trotz der Tränen alles noch klar sehen. Er zielte mit der Pistole genau auf mich.

Er begann zu taumeln, als wir plötzlich hörten, wie ein schwerer Wagen mit lautem Gehupe und knirschenden Kieselsteinen quietschend in der Auffahrt hielt. Ich konnte gerade noch Pietro verfluchen – warum hatte er nicht ein paar Polizeiautos mit Sirenen mitgebracht? –, als John wie von der Tarantel gestochen von seinem Sitz aufsprang. Mit der Schulter stieß er Luigis Arm nach oben, und die Kugel flog knapp über meinen Kopf hinweg. Nicht zum ersten Mal verwünschte ich meine Körpergröße.

Plötzlich brach Chaos aus. Ich fiel auf den Boden, John fiel auf Bruno, die Principessa rannte zur Haustür, und Luigi suchte hektisch nach seiner Pistole, die ihm aus der Hand gefallen war. Ich bekam sie vor ihm zu fassen, doch ich hätte mir keine Sorgen zu machen brauchen. Der Junge sackte wie ein Häufchen Elend schluchzend in sich zusammen, als ich die Waffe unter seinen Fingern wegzog.

Ich richtete die Pistole auf Bruno, der John heftig umarmte.

»Laß ihn los«, keuchte ich.

»Nicht schießen«, sagten John und Bruno zusammen.

Die Haustür flog auf, und eine wütende Miniaturfurie kam hereinstolziert. Pietro hatte sich wohl gerade umziehen wollen, als ich angerufen hatte. Er trug noch seinen Morgenmantel, ein prachtvolles, schweres Gewand aus grüner Seide. Jetzt wußte ich, warum selbst die dickeren, lustig aussehenden Caesaren ein ganzes Kaiserreich beherrschen konnten.

»Bruno!« donnerte er. »Laß ihn!«

Das tat Bruno dann auch. John fiel wie ein nasser Zementsack zu Boden. Er hatte auch schon bessere Tage gesehen. Als ich zu ihm hinüberkroch und seinen Kopf auf meinen Schoß legte, war er bewußtlos.

»Wo ist denn bloß das Riechsalz hin?« fragte ich.

II

Weil er so eine liebenswürdige Art besaß und ich ihn mit fünftausend Lire bestach, ließ mich der kleine Mann an der Tür zum

Terminal auf das Rollfeld hinausgehen, wo ich mich vergewisserte, daß die Kiste auch ordentlich verladen wurde. Sie war eindeutig zu erkennen, denn es war die größte auf dem ganzen Wagen. Als er an mir vorbeifuhr, hörte ich, wie ein Knurren aus der Kiste kam. Der Tierarzt hatte Caesar eine starke Dosis Beruhigungsmittel verabreicht, damit er den Flug gut überstand, aber selbst in seinem halb weggetretenen Zustand war Caesar die Sache nicht geheuer.

John stand neben mir, die eine Hand in der Jackentasche, die andere in einer schwarzen Seidenschlinge, und betrachtete skeptisch die Kiste.

»Was in Gottes Namen willst du mit diesem Monster?«

»Lange Spaziergänge machen«, antwortete ich verträumt. »Nachts. Durch die Slums von München. Ich kann es kaum abwarten.«

»Nett, daß du mir vorher Bescheid sagst. Ich werde versuchen, meine nächtlichen Aktivitäten auf andere Städte zu beschränken.«

»Wahrscheinlich hast du nicht vor, dir einen Job zu suchen. Ich meine, einen richtigen Job.«

»Was, ich soll anständig werden? Ich, der moderne Nachfolger von Raffles und all den anderen charmanten, galanten britischen Abenteurern?« John versuchte ein Lächeln und besann sich dann eines Besseren. Seine Unterlippe sah noch immer merkwürdig verformt aus. »Na ja, wie dem auch sei, ich kann im Moment sowieso nicht gut untertauchen, wo ich die Polizei aus mindestens drei Ländern auf dem Hals habe.«

»Tut mir leid.«

»Oh, das ist schon in Ordnung. Ich möchte ja nicht, daß dich dein Gewissen quält, nur weil du deine Pflicht nicht erfüllt hast. Bist du mit dir selbst im reinen, meine Liebe?«

»Luigi ist in Behandlung, das beruhigt mich schon mal«, sagte ich und wollte mich nicht necken lassen. »Mein braves kleines Gewissen wird erst dann seinen Frieden finden, wenn diese dummen Millionäre entschädigt worden sind. Aber Pietro wird bestimmt ungeschoren davonkommen, paß mal auf. Er wird einfach sagen...«

»...daß er seine Schmuckstücke über einen Mittelsmann verkauft hat, und zwar in gutem Glauben. Und daß er die Kopien nur deshalb anfertigen lassen hat, weil die Welt nicht wissen sollte, daß er seine Familienschätze verkaufen mußte. Er hatte ja keine Ahnung, daß sein Sekretär seine Kunden betrog! Er hat es ganz offen zugegeben«, meinte John. »Ich war dieser Sekretär, und daher bin ich logischerweise der Sündenbock. Ich stecke sowieso schon tief drin, da kann ich ja auch die ganze Schuld auf mich nehmen.«

»Er hat seine Offenheit doch sicher mit einem kleinen Bestechungsgeld versüßt«, entgegnete ich.

»Oh, ja, natürlich. Du mußt zugeben, daß er sich doch ganz nobel verhalten hat.«

»Ich glaube, das einzige, was ich ihm übel nehme, ist seine Unehrlichkeit. Bianca war diejenige, die uns eins auswischen wollte.«

»Ach, hat sie das nicht aufgeklärt? Das war nie ihre Absicht gewesen. Pietro hat sie falsch verstanden.«

»Das sagt sie. Ich halte nicht allzuviel von unserer lieben Bianca. Sie half uns mit Luigi, aber nur, weil er sie bedrohte. Pietro tut mir fast ein bißchen leid. Er macht sich solche Sorgen um Luigi. Und das zu Recht.«

»Er wird schon wieder werden«, sagte John leise.

»Das würde ich auch gern glauben. Sie werden alles Menschenmögliche für ihn tun. Pietro liebt den Jungen wirklich. Nur schade, daß er das nicht früher gemerkt hat.«

»Wollte er dir nicht etwas schenken?« fragte John.

»Ja. Eine wunderschöne Halskette aus Smaragden und Opalen. Aber ich konnte sie natürlich nicht annehmen.«

»Warum nicht?«

»Das wäre unmoralisch gewesen. Und außerdem«, fügte ich hinzu, »hätte ich nie sicher gewußt, ob sie echt ist oder nicht.«

»Es war so ein schöner Schwindel«, sagte John wehmütig.

»Und der einzige, der dafür büßen wird, bist du. Ach, John, es tut mir wirklich leid. Ich weiß, du glaubst mir nicht oder verstehst mich nicht, aber ...«

»Doch, ich verstehe. Ich bin nicht deiner Meinung, aber ich verstehe dich. Vor Jahren hatte ich einmal das gleiche Problem. Da hilft nur ständige Praxis. Als ich meinen ersten Scheck gefälscht hatte, fühlte ich mich ein paar Stunden lang auch nicht besonders gut. Aber beim zweiten Mal läßt das nach.«

»Kannst du nicht einmal ernst bleiben?«

»Nein, warum denn? Lachen ist eins von den beiden Dingen, die das Leben lebenswert machen. Willst du mich nicht fragen, was das zweite ist?«

»Das hatte überhaupt nichts zu bedeuten«, erwiderte ich kühl und senkte vor seinem vielsagenden Blick die Augen. »Nur ein kurzes Intermezzo. Es wäre nie passiert, wenn du die Situation nicht ausgenutzt hättest – indem du deine ganzen Wunden und Flecken zur Schau gestellt und ganz hilflos getan hast. Und außerdem wollte ich wissen, ob ...«

»Ob was? Tu nicht so geheimnisvoll.«

»Ach, unwichtig«, entgegnete ich mit einem überaus geheimnisvollen Lächeln. Warum sollte ich ihm erzählen, was Bianca mir verraten hatte – oder daß ich ihre Einschätzung teilte? Das Selbstbewußtsein dieses Mannes nahm sowieso schon gigantische Ausmaße an.

»Das war nur ein Ausrutscher«, bestätigte ich noch mal. »Ein verrückter Ausrutscher ...«

»Nein, das sehe ich nicht so. Noch nie in meinem ganzen Leben ... Oder doch, einmal vielleicht schon, aber sie war Spanierin, und du weißt ja, wie diese Südländer ...«

»Schiffe, die sich bei Nacht begegnen«, sagte ich laut, »werden sich niemals wiedersehen ...«

»Oh, doch, wir werden uns wiedersehen«, meinte John nüchtern. »Du wirst von mir hören.«

»Wie denn? Einmal im Jahr eine rote Rose?«
John vergaß seine Haltung und fing an zu lachen.
»Ha! Jetzt habe ich dich«, sagte er und tippte an seine Unterlippe. »Ich wußte es. Ich wußte, daß du insgeheim eine verhinderte Romantikerin bist. Meine Güte, *Der Gefangene von Zenda*, stimmt's?«
»Nein, *Rupert von Hentzau.* Und außerdem bin ich keine Romantikerin, sondern eine fanatische Leserin. Meine Mutter hat ganze Regale voll von solchen Büchern – *Graustark, Scarlet Pimpernel*... Ich habe alles bei uns zu Hause gelesen.«
»Warum verteidigst du dich denn so?«
Aus dem Lautsprecher über uns kam auf einmal ein italienischer Wortschwall, von dem ich nur das Wort ›Monaco‹ aufschnappte. So heißt München auf italienisch.
»Das ist mein Flug«, sagte ich. »Auf Wiedersehen.«
»Zeit für eine letzte leidenschaftliche Umarmung«, meinte John und legte den Arm um mich.
Ich mußte mich zusammenreißen. Selbst mit nur einem Arm konnte er einen buchstäblich umhauen, wie ich ja nun schon aus sicherer Quelle wußte. Aber anstatt mich an sich zu ziehen, stand er einfach nur da und blickte mir in die Augen. Sein Gesicht wirkte unmaskiert und verwundbar – und gefährlich anziehend. Es war eine ungemein wirkungsvolle Vorstellung. Meine Knie wurden weich, und ich schmolz nur so dahin. Ich mußte mir ins Gedächtnis zurückrufen, daß man bei John nie genau wußte, was echt war und was ... eine Fälschung.
Er strich mit den Lippen sanft über die meinen und trat einen Schritt zurück.
»Du wirst von mir hören«, sagte er noch einmal und ging davon.
»Eine rote Rose?« rief ich ihm nach. Er drehte sich um.
»Das ist zu abgeschmackt. Ich werde dir nicht sagen, was für eine Botschaft es ist. Du wirst sie schon verstehen.«

Das war vor sechs Monaten. Aber er hatte recht. Als die Botschaft kam, wußte ich, von wem sie stammte.

Sie kam gestern. Es war keine Nachricht dabei, nichts Schriftliches. Nur eine kleine Schachtel, in der Marie Antoinettes Verlobungsring lag. Sechs Diamanten mit Rosettenschliff, die einen zehnkarätigen Saphir umschlossen.

Er liegt im Louvre. Glaube ich zumindest.

Ich habe jetzt ein bißchen Urlaub. Schmidt stimmte mir zu, daß die Reise nach Rom nicht zählte. Entführt, verprügelt und von einem verwirrten Jungen mit der Pistole bedroht zu werden kann man wohl kaum als Urlaub bezeichnen – noch nicht einmal Schmidt tut das. Ich wollte immer schon nach Paris. Es heißt, wenn man auf den Champs-Elysées steht, trifft man früher oder später jeden wieder, den man einmal gekannt hat.

Elizabeth Peters
Kreuzfahrt ins Ungewisse
Roman
408 Seiten
TB 27226-8
Deutsche Erstausgabe

Vicky Bliss, stellvertretende Direktorin am Bayerischen Nationalmuseum, wird mit einem ungewöhnlichen Auftrag betraut. Ein alter Bekannter der Münchner Polizei bittet sie um Hilfe bei der Überführung eines Kunstdiebes. Der Mann, dessen Identität unbekannt ist, soll an einer Kreuzfahrt auf dem Nil teilnehmen. Ohne zu zögern, macht sich Vicky Bliss zu der Traumreise nach Ägypten auf. Doch schon bald ahnt sie, daß sie sich auf ein höchst gefährliches Abenteuer eingelassen hat. Ein Mitglied der Schiffscrew wird brutal ermordet, und der Mann, den die Polizei verdächtigt, scheint ein berühmt-berüchtigter Meisterdieb zu sein – mit dem Vicky vor langer Zeit einmal eine Affäre hatte.